잘가거라 용생, 어서와라 이생

GOOD BYE, DRAGON LIFE.

나가시마 히로아키
Hiroaki Nagashima

목차

바란

베른 마을을 지키는
왕국 주재 병사단의
단장.

마글 할머니

우수한 마법 의사. 마을의
지혜 주머니이기도 하다.

아이리

베른 마을의 유일한
마법 의사인
마글 할머니의
손녀.

세리나

반인반사(半人半蛇)의
미소녀 라미아.
태어난 고향을 떠나
남편감을 찾기 위한
여행을 하고 있다.

크리스티나

인간을 초월한 신체 능력과
검기를 겸비한
절세의 미인 검사.

최강의 고신룡

전생 전의 드란.
오랜 세월 동안 살아온 최강의 용.
삶에 지쳐, 스스로 용사 일행의
손에 토벌당했다.

드란

최강의 용이 전생한 모습.
베른 마을에서 부지런히 밭일이나
마물 사냥에 참가하고 있다.
육체는 인간이지만
용종의 마력을 숨기고 있다.

주요
등장인물
MAIN CHARACTERS

프롤로그 잘 가거라 용생

나는 하늘을 올려다보며 달이 아름다운 밤이라고 생각했다. 기억을 떠올려 보면, 이처럼 평화로운 마음가짐으로 하늘을 올려다본 것도 오랜만이다.

시선을 밑으로 내리자, 무례하게도 나의 둥지에 발을 들여놓은 일곱 개의 그림자가 보였다.

괴물을 토벌하기엔 1000명의 병사보다 1명의 영웅이 적합하다고 하지만, 이 일곱 사람은 그야말로 모두가 특출한 힘과 지혜를 겸비한 영웅들이다.

나는 인간들의 선두에 선 청년을 바라보며 입을 열었다.

동시에 피 맛이 입 안에 퍼지면서 넘쳐 오른 피가 내 입으로부터 뚝뚝 떨어졌다. 그리고 그 핏방울들이 수정으로 이루어진 땅바닥에 여러 개의 붉은 피 웅덩이를 만들었다.

호오, 피 맛이라는 것도 오랜만에 맛보는군. 나는 그 사실에 관해 기묘한 기쁨을 느끼고 있었다. 사실 무언가를 느낀다는 경험 자체가 나에게 있어서 오랜만에 겪는 일이었기 때문이다.

"내 기억이 정확하다면, 토벌당할 만한 짓을 했던 적은 없다. 오히려 인간들의 편에 섰던 적도 있는 것으로 기억하고 있네만, 이건 대체 무슨 이유로 인한 소행인가?"

방금 전에 나의 심장을 꿰뚫은 검을 쥔 청년— 세계에서도 가장 널리 이름이 알려진 용사는, 영웅담의 주인공에 어울리는 그 미모에 고뇌의 빛을 띠고 있었다.

그것만으로도 나를 토벌하는 것이 그의 본심이 아니라는 사실을 알 수 있었다.

그렇다면 용사에게 명령할 수 있는 입장의 인간이 내린, 거역할 수 없는 명령인가? 번영의 극치에 다다른 인간들의 입장에서 보자면 나 같은 존재는 눈엣가시나 다름없을 것이다.

"구태여 토벌 같은 짓을 하지 않더라도 나가라고 했다면 나갔을 것이다. 용사여, 그대의 손에 쥐어져 있는 그 검을 만들기 위해 대체 얼마나 막대한 재물과 시간을 낭비했는지 알고 있나? 그 검을 만드는 데 소비한 수고와 자원으로 대체 얼마나 많은 인간을 구할 수 있었을까? 그런 생각은 들지 않나?"

나는 용사 일행과 여러 차례 얼굴을 맞댄 경험이 있었고 과거에 협력까지 했던 인연이 있었다. 그렇기에 나는 그들이 선량한 심성을 지닌 이들이라는 사실을 알고 있었다.

그런 인간들이 상대라면 이런 말투로 말하는 편이 더욱 부담스러울 것이다. 내 목숨을 가져가는 만큼, 나도 이 정도의 잔소리를 내뱉을 권리는 있지 않을까?

흠, 눈꺼풀이 상당히 무거워졌군.

전투를 개시하자마자 마법사가 전개한 생명력을 흡수하는 마법과, 드래곤 슬레이어의 마검으로 심장을 꿰뚫린 영향이다.

허허. 곰팡이가 슬 정도로 고리타분한 생물 한 마리를 죽이기 위해서 잘도 이런 복잡한 수단을 준비해 오셨군. 나는 솔직히 말해서 어이가 없었다.

"명심해라, 용사와 그 전우들이여. 인간의 마음이란 존귀하면서
도 아름답다. 인간의 마음은 천박하면서도 추하다. 아니, 역시 그
대들 인간은 아직도 일개 짐승에서 벗어나지 못했을지도 모르겠
군. 그대들 역시 무용지물이 되면 나와 똑같은 꼴로 배척당할 것
이다. 한번은 어깨를 나란히 했던 그대들이 나와 같은 결말을 맞
이하는 것은 마음이 아프다. 죽어 가는 늙은 용의 마지막 충고다.
단단히 명심하도록. 자그마한 친구들이여."

나는 이런 식으로 잘난 척하는 과장된 말투가 그다지 익숙한 편
이 아니었지만, 자그마한 친구들의 입장에서는 나름대로 그 귀와
마음에 따갑게 꽂히는 발언이었던 듯하다. 정도의 차이는 있었지
만 모두들 후회와 죄악감을 그 표정에 떠올리고 있었다.

후우, 그대들을 구박하는 건 이쯤 해 두도록 하지.

최근엔 동포들도 두드러지게 그 수가 줄었기에 오랜 삶에도 적
잖은 싫증을 느끼고 있던 참이다. 이렇게 아름다운 달을 올려다보
며 죽을 수 있다면 그것도 나쁘지 않구나. 평온하게 떠날 수 있다
는 것은 틀림없으니―.

"흠."

나는 마지막으로 그 숨소리를 남기고 눈꺼풀을 감았다.

신들의 시대부터 살아온 용의 최후치고는 조금 맥없는 모습일지
도 모르지만, 나는 세계에 한 마리 정도는 그런 용이 존재할 수도
있다고 생각했다.

나는 이제부터 찾아올 영원한 잠에 안식과 충족의 예감을 느끼

고 있었다.

　이런 최후도 나쁘지 않군. 스스로 생각해도 이상한 용이라는 느
낌이 들었지만 적어도 이때의 나는 내 삶의 마지막 순간에 대한
불만 따위는 전혀 없었다.

　자, 사신들아. 나의 혼이 안식을 느끼고 있는 동안에 나를 명부
(冥府)의 끝자락으로 옮겨 영원한 잠에 들게 해다오.

　그러지 않으면 내가 내쉬는 숨결로 그대들의 명부는 잿더미로
돌아갈 것이다—.

†

　"흐음."

　나는 중얼거렸다. 사실 실제로 입 밖에 내서 중얼거린 것은 아니
다. 움직이고 싶어도 혀와 입술이 만족스럽게 움직여 주지 않아
말을 제대로 내뱉을 수가 없다.

　내 마음속에 당황이라는 감정이 그 영토를 크게 넓히고 있었다.
내 마지막 인식에 따르면 내 육체에서 생명의 불꽃은 아스러졌고,
죽음의 운명을 받아들였다.

　그렇다면 어째서 이렇게 살아 있을 수 있는 거지?

　두근두근—. 문득, 나는 일정한 박자로 크게 울리고 있는 두 종
류의 소리를 감지했다.

　뭐지? 의문을 품은 것도 한순간이었다. 나는 이 소리가 심장 소
리라는 사실을 알 수 있었다.

동시에 소리가 들려오는 방식으로 보건대 아무래도 대기가 아니라 액체를 타고 들려오는 소리 같다는 것도 깨달았다.

내 심장과 다른 누군가의 심장 소리인가?

나는 약간 감각을 예민하게 곤두세우고 주변 정보를 파악하고자 했다.

아아! 스스로가 처한 상황을 깨달은 순간의 내 놀라움을 어떻게 하면 정확하게 표현할 수 있을까?

틀림없이 죽었을 터인 나는, 이유는 모르겠지만 지금 인간 여성의 배 속에서 태아로서 숨 쉬고 있었던 것이다!

나의 혼은 명부로 떨어져 그대로 영원한 잠에 들 예정이었는데 어째서 인간의 태아에게 깃들어 있단 말인가?

나의 의문에 대답해줄 존재가 있을 리도 만무했지만 나는 잠시 동안 그 의문에 사로잡혀 있었다. 그리고 마음의 안정을 되찾은 후, 과연 다시 한 번 삶을 살아가는 일에 의미가 있는지 고민했다. 하지만 어머니의 자궁 바깥에서 들려오는 말들을 헤아려 보건대 나의 부모가 될 분들은 나의 탄생을 기대하고 계셨다.

그리고 금생의 나에게는 형도 있는 것 같다. 흠, 부모님이나 형을 낙담시키게 되면 면목이 없겠군.

용으로서 태어나 용으로서 죽은 내가 과연 인간답게 행동할 수 있을지는 적잖이 불안했지만, 적어도 가족들의 기대를 저버리지 않도록 노력해보려는 생각은 들었다.

흐음, 아무래도 지금부터 태어나게 될 세계는 마법이나 과학이 많이 발전하지 않은 것 같군. 이래가지고서야 굶주린 배를 채우기도 어려울 것이다. 나는 아직 어머니의 양수 속에서 태동하는 태아에 지나지 않았지만 그 혼은 용의 혼이었다.

인간의 힘으로 도저히 불가능한 권능조차 태아의 단계에서 행사할 수가 있다고 판단했다.

이번 전생(轉生)으로 인해 나의 혼은 두드러질 정도로 약해졌지만, 내 가족들이 살고 있는 부근의 토지에 간섭하여 대지의 혈관이라고 할 수 있는 지맥(地脈)을 활성화시키는 정도의 능력은 아직 행사할 수 있다. 그리하면 언젠가 이 땅을 기름지게 할 수 있을 것이다.

나는 태아 상태에서 곧바로 대지에 간섭했다.

이제 얼마 안 있으면 대지에 넘치는 양분으로 인해 농작물은 그냥 내버려 둬도 풍작을 거둘 수 있을 것이다. 처음엔 내가 대지에 마력을 불어넣어 양분을 공급해야 하겠지만 몇 년만 있으면 자연스럽게 활성화되리라.

흠, 태어날 때까지 앞으로 수개월 정도는 기다려야 하겠군. 과연 인간으로 환생하는 일에 의미가 있을까? 살아가는 일에 의미가 있을까?

아직도 내 마음에는 단념과 퇴폐의 바람이 불고 있었다. 나는 이 바람을 정말로 멈출 수가 있을 것인지, 어머니가 될 분의 배 속에서 계속 생각했다.

그리고 드디어, 인간의 아기로서 태어날 순간이 다가왔다.

지금까지 나를 지켜준 자애로운 요람에서 벗어나 바깥세상으로 나오게 된 나는, 한없이 무겁게만 느껴지는 눈꺼풀을 겨우 뜨고 어렴풋이 초점이 맞지 않는 눈동자로 주위의 상황을 관찰했다.

내 시야에 비친 모습들을 보고, 나는 알고 있었는데도 불구하고 당황할 수밖에 없었다.

희미하게 뜬 내 눈동자가 바라본 것은 평온한 미소를 입가에 띤 남녀의 모습이었다.

내 시야를 꽉 채울 정도로 비친 두 사람의 모습을 보고 용이었던 나를 훨씬 능가하는 거구의 거인종(巨人種)일지도 모른다고 착각했다.

물론 그들은 거인종이 아니라 틀림없이 평범한 인간들이다. 이 거 안 되겠군. 아무래도 아직 머릿속 어딘가에서 스스로의 몸을 거대한 용의 육체라고 착각하고 있던 것 같다.

내가 아직 혼란을 떨쳐 내지 못하는 동안, 여성 쪽이 진심 어린 미소를 지으면서 입을 움직였다.

"어머? 애가 벌써 눈을 떴네? 후후, 안녕? 우리 아가?"

여성에 이어 남성 쪽도 입가에 작은 미소를 띤 채 짧은 감상을 입에 담았다. 나를 바라보는 두 사람의 눈에 공통적으로 대가를 바라지 않는 사랑이 깃들어 있었다.

"별로 울질 않는군. 보통 아기들은 좀 더 울지 않나?"

여성이 살짝 손가락으로 내 뺨을 부드럽게 어루만졌다.

지금 나는 스스로의 힘으로 아무것도 할 수 없는 아기의 모습으로 여성에게 안겨 있었다.

"너의 이름은 드란이란다. 내가 엄마고, 이쪽이 아빠야. 앞으로 잘 부탁해."

말랑말랑, 자상한 손놀림으로 내 뺨을 어루만지는 여성이 바로 내 인간으로서의 어머니고 남성 쪽이 아버지란 말인가.

피가 이어진 부모가 있다는 사실에 나는 지금까지 느끼지 못했던 불가사의한 감각을 느꼈다.

가장 오래된 용인 나에게는 아버지는 물론 어머니도 없었다. 형이나 누나라고 부를 수 있는 존재는 있었지만 부모라고 부를 수 있는 누군가가 존재했던 적은 한 번도 없었다.

그렇기 때문일까?

아기가 된 나에게 대가를 바라지 않고 사랑과 온기를 나눠 주는 남성과 여성에게, 나는 지금까지 느낀 적이 없는 불가사의한 감정을 느끼고 있었다.

너무나도 길었던 삶에 지쳐 나는 일부러 인간 용사들의 손에 살해당하는 길을 선택했다. 그리고 명부의 끝자락에서 영원한 잠에 들 생각이었다. 그런데 지금, 나는 이렇게 부모님이 선사하는 온기에 마음의 평화를 느끼고 있었다.

흠, 인간으로서 다시 한 번 살아 보는 것도 나쁘지 않을 것 같다.

"어머? 후후, 여보. 드란이 웃었어요."

"정말이야? 우리가 부모라는 걸 벌써 알고 있는지도 모르겠군."

아, 그렇군. 나는 지금 웃고 있는 건가? 대체 얼마 만에 웃는 거지?

그것만으로도 인간으로 환생한 가치는 있었다. 나는 새로운 **인생**에 벌써부터 새로운 의미를 발견했다.

제1장 늪지의 미소녀

내가 용으로서 죽고, 인간으로 다시 태어나고 나서 16년이라는 시간이 흘렀다.

그리고 지금 나는 어디에서나 흔히 볼 수 있는 초원의 한 귀퉁이에 서 있었다.

겨울의 찬 기운이 조금 남아 있지만, 봄의 도래를 예감하게 하는 따뜻한 온기를 띤 바람이 무릎까지 올라온 들풀을 흔들고 있었다. 나는 마치 녹색의 바다 한가운데에 멍하니 서 있는 듯한 착각을 느끼고 있었다.

바람 속에는 희미하게나마 꽃향기도 섞여 있었다.

운명을 관장하는 세 여신의 장난인지 세계 최강의 종족인 용이었던 나는, 개체로서는 결코 강력하진 않아도 대륙에서 가장 널리 번영하고 있는 종족인 인간으로 환생했다.

용사의 손에 죽임을 당했을 때, 나 스스로가 전생 술법을 발동시킨 것은 아니기 때문에 이번 전생엔 내가 아닌 다른 누군가의 의사가 끼어들었으리라.

추측에 지나지 않지만 누군가가 마지막 싸움이 끝난 그 순간에 나를 강제적으로 전생시키는 마법을 사용했을 공산이 크다.

용종(竜種)은 물리적인 육체 강도는 물론 영(靈)적인 측면에서도 최강의 종족이다. 아마도 용사들 내지는 나를 토벌하라고 명령했던 자들은 그러한 나의 혼을 완벽히 소멸시키기 위한 명확한 수단을 확립시키지 못했던 것이다. 그들이 나의 혼을 약체화시키기 위한 수단으로 선택한 방법이 바로 전생이었을 것이다.

그저 명부로 떨어뜨리는 것이 아니라, 강제적으로 전생을 반복하게 함으로써 나의 혼을 약체화시켜 최종적으로 용종으로서의 힘이나 기억을 상실하도록 유도할 생각인 것이 틀림없다.

영적인 등급이 높은 존재의 경우, 설령 육체가 소멸한다고 해도 혼에 기록된 정보를 토대로 무(無)의 상태에서도 육체를 복원할 수가 있다.

나의 육체 또한 혼을 담는 그릇에 지나지 않았으며 혼만 무사하다면 육체가 소멸해도 얼마든지 원래 상태로 복구시킬 수 있었다.

그때는 용사가 드래곤 슬레이어의 마검을 사용하고 있었을 뿐만 아니라, 나 스스로가 죽음을 받아들였기 때문에 그들의 힘으로 나에게 죽음을 선사할 수 있었던 것이다. 말하자면 일종의 예외라고 할 수 있었다.

그렇기 때문에 나를 죽인 측에서는, 만에 하나 내가 부활하는 사태를 우려하여 육체가 죽은 순간에 혼이 전생하도록 수작을 부린 것이다.

실제로 인간으로 환생한 순간 혼이 너무나도 심하게 약체화된 것을 느끼고 넋을 잃을 정도였다. 환생하기 전과 후를 비교하면 혼이 생산하는 마력의 질과 양적인 측면에서 차원이 달랐다. 용이었을 때의 내 혼이 지니고 있던 마력의 양과 영의 격은 인간이 된 지금은 자취를 찾아볼 수가 없을 정도로 미약해졌다. 나 스스로도 정말 한심할 따름이다.

그럼에도 불구하고 아직 나의 혼은 용으로서의 영역에 머물러 있었기에, 인간의 상식을 아득히 초월하는 수준을 유지하고 있었다. 다행히 힘을 사용하는 방법도 아직 기억하고 있으니 어설픈 일로 죽지는 않을 것이다.

육체는 틀림없는 인간의 몸이었지만 강화 마법을 구사한다면 마력 공급의 과잉에도 버틸 수 있고 인간을 초월한 동작도 가능하다. 그 정도의 힘이 남아 있었던 것은 불행 중 다행이었다.

내가 한쪽 손에 든 바구니에는 여러 종류의 약초와 식용으로 쓰는 흰털이끼가 산더미처럼 들어차 있었다. 이만큼 모였으면 오늘 수확은 충분할 것이다.

흠, 내가 용이었을 때의 입버릇이었던 한숨을 내뱉으면서 사사로운 자기만족에 젖어 있으니, 등 뒤에서 작은 발소리와 나를 부르는 목소리가 들려왔다.

"드란 오빠, 이제 슬슬 돌아가자."

"그래. 이제 곧 해가 저물 시간이야."

고개를 돌린 내 눈동자에 붉은 곱슬머리를 허리 근처까지 기른 소녀의 모습이 들어왔다.

닳고 닳은 천 재질의 블라우스와 스커트를 입은 소녀는, 어깨에 나와 마찬가지로 바구니를 걸었고 그야말로 모범적인 변경 마을의 주민이라는 차림새였다.

하지만 그녀가 나를 향해 짓는 미소는 태양처럼 밝았다. 그리고 뺨 부근에 난 주근깨가 소녀의 애교를 한층 북돋고 있었다. 소녀의 이름은 아이리라고 한다.

아이리 이외에도 네 명의 아이들이 초원 여기저기에 흩어져 있었다.

나와 아이리는 대륙의 변경에 위치한 작은 마을, 베른의 주민이다.

나는 여러 걸음 앞을 걷고 있는 아이리나 다른 아이들의 뒤를 따라 마을로 돌아가는 길을 걷고 있었다.

베른 마을은 변경의 마을이다. 인구는 300명 정도이며 마을 주변을 뺑 두르는 형태로 도랑못과 두꺼운 돌벽을 설치했다.

마물이나 도적 떼, 야만족들이 빈번히 출현하는 변경에서 외적의 침입을 막기 위해 일반적으로 사용하는 방법이라고 할 수 있다.

마을로 들어가는 입구는 북쪽과 남쪽에 강철로 보강한 목제 문 두 개였다. 항상 창이나 검, 활로 무장한 문지기들이 최소 2명씩 조를 짜서 지키고 있다.

이 부근에서는 어린아이 같은 몸집의 고블린이나 개의 머리를 지닌 코볼트, 무장한 2족 보행 도마뱀— 리자드의 모습을 자주 목격할 수 있다.

리자드 이외의 두 종족은 개체의 힘으로 보면 인간과 비교해 약간 떨어지지만, 번식 능력이 강하고 성장이 빠르기 때문에 금방 머릿수가 늘어난다. 뿐만 아니라 그들 중에는 정령술을 구사하는 샤먼들도 섞여 있어서 의외로 우습게 볼 수 없는 상대였다.

리자드는 고블린 정도로 번식 능력이 강하진 않았지만 개체의 전투 능력이 강하다. 어느 정도 훈련을 쌓은 우리 베른 마을 장정들의 힘으로도 일대일 싸움에서 승리하기는 상당히 힘들었다.

특히 리자드 부족 중에서도 전사 계급의 대장을 맡고 있는 개체의 경우, 숙련된 전사나 정규 훈련을 받은 기사라도 동원하지 않으면 전투를 치르면서 만만치 않은 피해를 각오해야 한다.

용이었을 때의 내 입장에서 보자면 세 종족 모두 다 오합지졸일 뿐만 아니라 상대할 가치조차 없는 존재들이었다. 하지만 인간의 기준에서는 그럴 수 없었다.

그나마 다행인 점은 아인종(亞人種)인 리자드는 인간과 교류를 나누는 경우가 많다는 것이다. 베른 마을도 예전에 기근으로 고생하던 리자드 종족을 도운 것을 계기로 우호적인 관계를 구축했던 적이 있다.

웬만해서는 그들과 적대 관계로 부딪치는 일은 없을 것이다.

귀갓길 도중에도 어린아이들은 시답잖은 잡담을 나누면서 떠들고 있었다. 그들은 돌아가는 와중에도 전혀 얌전히 있지 않았다. 인간의 아이들이란, 그야말로 원기로 똘똘 뭉친 덩어리나 다름없었다.

알에서 부화한 용종의 새끼를 가볍게 능가할 정도로 활발하게 웃고 떠드는 아이들의 모습을 보고 있으면, 대륙에서도 가장 넓게 번영을 이루고 있다는 사실도 납득이 간다.

나는 마을 중앙 광장에서 아이들과 헤어지고 풀을 섞은 진흙과 짚더미로 지은 허름한 자택을 향해 발길을 옮겼다.

베른 마을이 속한 왕국에서는 열다섯 살이 되면 성인으로 간주한다. 그리고 농촌 지역에서는 장남을 제외한 남자는 그 나이가 되면 집에서 나와, 마을이나 친가로부터 분양받은 토지에 집을 짓고 독립생활을 시작해야 한다는 관습이 있었다.

올해로 열여섯 살이 된 나는 작년에 집을 나와서 현재 독신 생활을 만끽하고 있는 중이다. 오늘은 예상보다 수확이 많았기 때문에 친가에 들러 어느 정도 나눠 주고 갈 생각이다.

집을 나왔다고는 해도 같은 마을에 살고 있으니 내 자택과 친가는 엎어지면 코 닿을 거리였다. 나는 삐걱거리는 대문을 열고 친가를 방문했다.

"다녀왔어. 약초와 흰털이끼를 따 왔는데, 혼자 먹기엔 많이 남을 것 같아서 여기서 좀 덜고 가려고."

"어서 오렴. 어머, 정말 많이 따 왔구나. 이만큼 있으면 상처약을 많이 만들 수 있겠네."

"그거 다행이로군."

아르세나가 나를 맞이해주었다. 그녀는 나를 이 세상에 낳아준 가장 큰 은인이라고 할 수 있는 나의 어머니다. 아버지나 형제들은 밭일에서 아직 돌아오지 못한 것으로 보인다.

시골 마을에 사는 농민답다고 할 수 있을 정도로 보잘것없는 스커트 차림에, 조금 빛이 바랜 금발을 새하얀 스카프로 감아올리고 약간 지저분한 앞치마를 허리에 두르는 것이 어머니가 평소에 입는 복장이다.

변경의 삶이란 고생과 고생과 고생과 불운과 불합리가 사이좋게

어깨동무를 하고 아무런 조짐이나 예고도 없이 갑작스럽게 돌격해
오는 것이나 다름없다고 한다. 하지만 어머니가 언제나 나를 보면
서 입가에 짓는 미소를 보면 그런 일상생활의 피로 같은 것은 조
금도 보이지 않았다.

변경의 여자들은 늠름하기 그지없다. 그렇지 못하면 살아갈 수
없기 때문이다.

나는 용이었을 때의 의식이 남아 있어서 그런지 나이에 걸맞지
않는 말투나 행동을 숨기지 못할 때도 있었다. 하지만 어머니는
그런 나에게 기분 나쁜 기색을 전혀 보이지 않고 다른 형제들과
마찬가지로 아들로서 사랑해주는 기특한 여성이다.

과거에 면식이 있었던 인간의 창조신들은 꼭 선량하고 지혜로운
이들만 있는 것은 아니었다. 나는 진심으로 그들보다는 우리 어머
니야말로 존경받기에 어울리는 분이라고 생각한다.

물론 그들 중에는 숭배의 대상이 될 만한 가치가 있는 신들도 있
다. 나는 인간들 속에서 생활하며 바로 그들이 이러한 생물을 창
조했을 거라고 절실히 느끼고 있었다.

하지만 그럼에도 불구하고 인간 역시 어처구니없을 정도의 추악
한 일면을 지니고 있으니 옥에 티라고 해야 할까? 아니면 그럴 수
밖에 없었다고 납득해야 할까?

나는 어머니에게 약초와 흰털이끼를 주고 용건을 마친 후, 그대
로 자택을 향해 발길을 옮겼다.

그날 저녁 식사는 내가 따 온 흰털이끼와 밭에서 수확한 채소를
사용해서 만든 검소한 수프와, 돌아오는 길에 어머니가 건네준 잘

안 씹히는 흑빵으로 끝냈다.

평소와 똑같은 저녁 식사였다. 인간으로서 태어나고 16년이 지난 지금도 용과는 완전히 다른, 인간의 미각을 비롯한 여러 가지 감각들은 나에게 신선한 자극을 선사하고 있었다.

여하튼 달을 올려다봐도 표면에 난 구멍들을 확인해볼 수 없고 귀와 코를 통해 얻을 수 있는 정보도 용이었을 때와는 완전히 다르다. 정말 같은 세계에 살고 있는지 의심이 들 정도였다.

보고 듣는 모든 것과 모든 맛과 냄새들이 아직도 익숙해지지 않는다. 그 모든 것들이 둘도 없는 소중한 체험들이었다.

오늘 하루 동안 마물의 습격도 받지 않고 무사히 식사까지 맛볼 수 있었다는 사실에 대해 감사의 기도를 올렸다. 그리고 나는 적당한 나뭇가지를 깎아서 목제 창이나 화살을 만드는 작업에 몰두한 뒤 잠을 청했다.

자택은 주방 겸 식탁과 창고, 그리고 침실까지 해서 총 세 개의 방으로 이루어져 있었다. 침실에 놓여 있는 나무 침대 위에 천으로 감싼 짚이나 동물의 모피를 깔고 그 위에 누웠다.

여름엔 후덥지근하기 그지없다. 하지만 겨울에는 누군가와 체온을 나누거나 몇 겹이나 되는 모피를 머리에서부터 뒤집어쓰지 않으면 농담이 아니라 얼어 죽을 위험성이 있으니 방심할 수가 없다.

나는 이 세계에 존재하는 온갖 다양한 환경에서도 아무런 지장 없이 활동해 왔기에 이 정도는 별것 아니었다. 하지만 인간의 입장에서 생각하니 정말 큰일이라고 탄식을 금할 수 없는 것이 바로 취침 시간이었다.

태양이 지평선의 저편을 황금색으로 물들이는 시각에 마을 사람들은 아침을 맞이하며 잠에서 깨어난다.

물론 나 역시 예외가 아니다. 나는 어젯밤 저녁 식사를 먹고 남긴 반찬을 데워서 아침 식사를 마친 후, 오늘도 밭일을 하기 위해 외출했다.

어린 시절의 나는 호기심이 왕성하여 농사일을 하다가 짬이 나는 시간에 마을 근처에서 버섯이나 과일, 채소를 채집해 오겠다고 부모님께 말씀드린 뒤 허락을 받은 적이 있었다.

용으로서의 육감과 마법을 구사하는 능력이 남아 있었기에 나는 신체 감각을 강화하여 반드시 성과를 거두고 돌아왔다.

농사일에 몰두하기보다는 바깥에서 놀고 오는 편이 보다 큰 성과를 거둘 정도였다.

그 당시의 행동이 습관으로 변해 지금도 틈틈이 마을 주변을 산책하면서 수확에 힘쓰는 경우가 많았다.

물론 최근엔 혼자 힘으로 생활비를 벌어야 하는 입장이라서 밭일에 많은 시간을 투자하고 있지만, 그래도 나의 외출 버릇은 마을 사람들 사이에 널리 알려져 있을 정도로 계속되고 있다.

농사일에 종사할 때도 마법을 사용하면 인간 성인이 거둘 수 있는 성과를 100인분 정도는 해치울 수 있지만, 가족이나 이웃들 앞에서 그렇게 빈번히 마법을 쓸 수도 없는 노릇이다.

변경 마을에서는 마법사가 희귀하므로 그런 짓을 하면 좋건 싫건 눈에 띌 수밖에 없다.

하지만 우리 베른 마을에도 몇십 년 전부터 정착해 살고 있는 마법사 일가가 있긴 있다.

사실 나도 그들로부터 인간의 마법에 관해 배우고 있지만, 유감스럽게도 그들의 마법은 하룻밤 동안 밭에 보리를 싹트게 하거나 지팡이를 휘두르기만 해도 흙을 경작할 수 있는 부류의 술법은 아니었다.

따라서 나 역시 다른 사람들과 마찬가지로 괭이 같은 농기구를 들고 밭으로 나가 그날 하루의 생활비를 벌기 위해 이마에 땀을 흘려야 했다.

가끔 아이들의 인솔 담당을 맡아 주위의 평원이나 숲에 발을 들여놓거나, 사냥을 돕기 위해 혼자서 마을 바깥으로 나가는 경우도 있었다.

그러던 어느 날에 벌어진 일이었다.

나는 예전에 리자드 종족이 촌락을 만들고 정착했던, 마을의 북서쪽에 위치한 늪지를 향해 혼자서 가보았다.

그들 종족은 베른 마을 사람들과 우호적인 관계를 구축하고 있었지만 내가 태어나기 전에 늪에 이변이 발생했다고 한다. 그 때문에 늪지는 그들의 생활에 부적합한 지형으로 변화했고, 지금은 우리 마을을 가로지르는 강의 상류에 위치한 호수 부근으로 거주지를 옮겨 살고 있다.

나는 그 늪의 이변에 대해 조사해야겠다고 마음먹고 며칠에 걸쳐 준비를 했다.

늪으로 향하는 날 아침, 나는 준비를 끝내고 자택 앞에서 동생 마르코와 대화를 나눴다. 나보다 두 살 어린 마르코는 어머니와 많이 닮아서 여성으로 착각할 정도로 섬세한 용모의 소유자였다.

그런 마르코도 가혹한 변경에서 자란 소년이기 때문에 단검 하나라도 쥐여 주면 고블린 한두 마리 정도는 물리칠 수 있었다.

나는 형과 내가 입었던 옷을 물려받아 여기저기에 기운 자국이 선명한 셔츠를 입은 마르코에게, 집을 비우는 동안 집과 밭을 살펴봐 달라고 부탁했다.

"하룻밤만 자고 내일 저녁쯤엔 돌아올 예정이야. 그리 오래 걸리진 않겠지만 잘 부탁한다, 마르코."

"응, 알았어. 드란 형네 밭은 정돈이 잘된 편이라 그다지 할 일도 없을 거야. 드란 형이야말로 늦까지 가려면 시간이 꽤 걸릴 테니 조심해."

리자드 종족이 떠나고 십수 년의 세월이 흐른 관계로, 늪지 주변은 여러 가지 짐승들이나 마물들이 활발하게 활동하는 지역으로 변모했다. 마을 사람들도 웬만해선 접근하지 않는 위험한 장소였다.

내가 그곳을 조사하러 가겠다고 말을 꺼내자 부모님이나 형은 물론 촌장까지 나서서 뜻을 바꾸도록 설득할 정도였다.

나는 반대하는 사람들을 납득시키는 데 이틀 정도의 시간을 소요하고 오늘에 와서야 겨우 늪지로 출발할 수 있게 된 것이다.

"적당한 기념품을 챙겨 올 테니 기대해라."

"다치지만 않고 돌아와 주면 그걸로 충분하다니까."

나는 출발 전에 인사를 마친 후, 이틀 먹을 식량과 물을 넣은 가죽 가방을 짊어지며 호신용 단검과 장검을 한 자루씩 지니고 마을을 떠났다.

늪지까지 가는 길은 최근 십수 년 동안 이용하는 이가 뚝 끊어졌기 때문에 대단히 황폐해진 상태였다. 거의 벌판길을 걷는 거나 다름없었다.

고블린이나 코볼트가 출몰한다고는 해도 그들의 촌락은 더욱 북쪽에 위치해 있기에, 베른 마을 근방에서 일정한 규모 이상의 패거리와 마주치는 일은 어지간해선 없었다.

가끔 무리에서 뒤처진 늑대 등을 목격할 기회도 있었지만 그들도 인간을 상대할 경우의 위험성을 숙지하고 있기 때문에 습격해 오지는 않았다.

나는 아무런 사건도 겪지 않고 늪지까지 가는 길을 걸었고 태양이 중천을 어느 정도 지나갈 때쯤에는 목적지였던 늪지에 도착했다.

리자드 종족이 이주한 이유가 늪지의 이변이라는 사실은 이미 알려져 있었다. 하지만 베른 마을 주민들 중 그 누구도 이변의 원인에 관해선 알지 못했다.

마을 사람들의 입장에서 보자면 리자드 종족이 떠난 이상 이 늪지에 용무는 없었다. 그런 것보다는 나날이 생활고를 이겨 내는 쪽에 힘을 쓰다 보니, 편도로 반나절이나 걸리는 늪지를 굳이 조사할 필요가 없었던 것이다.

나는 눈앞에 펼쳐진 광대한 늪지로 시선을 옮겼다. 늪지 부근에는 키가 큰 풀이나 나무들이 무성히 자라 있었고 밟고 있는 땅바닥은 물을 잔뜩 품은 상태로 질퍽거렸다.

습기를 듬뿍 머금은 늪의 공기가 내 뺨을 간지럽힐 때마다 적잖이 불쾌한 감촉이 느껴졌다.

늪에서 고약한 냄새가 나지는 않았고 부근에 생명의 기척은 거의 느껴지지 않았다. 주위를 둘러보자 리자드 종족이 예전에 살았던 촌락의 폐허가 눈에 들어왔다.

살던 이들이 사라지고 나서 오랫동안 바람에 노출되어 있었기에, 이 촌락의 가옥들은 거의 다 지붕은 벗겨지고 벽은 부서졌을 뿐만 아니라 문도 덜렁거리는 상태였다.

리자드 종족이 놔두고 간 가구나 무기라도 남아 있다면 나름대로 벌이가 될 거라고 생각했지만, 가령 남아 있다고 해도 이런 환경에선 녹슬거나 썩어 문드러져서 써먹을 수 없을 것이다.

"흠."

나는 잠시 동안 늪지 언저리에서 발걸음을 멈추고 있다가 부근의 정령력(精靈力)이 대지 속성에 치우쳐 있다는 사실을 깨달았다.

내가 이렇게 정령의 힘에 일어난 변화를 감지할 수 있는 것도 용으로서의 힘과 감각이 남아 있는 덕분이었다. 물질계(物質界)라고 불리는 이 세계의 자연 현상은 다른 차원에 위치한 정령계(精靈界)에 머물고 있는 정령들의 활동에 큰 영향을 받는다.

즉, 정령계에서 정령이 일으킨 활동의 영향이 물질계에서 자연 현상으로 나타나는 것이다.

대지의 속성이 강해짐으로써 물 속성이 약해지고, 그로 인해 지형에 영향을 끼치면서 늪이 혼탁해지는 결과를 초래한 것으로 보인다.

아버지의 말에 따르면 리자드 종족이 이주하기 전에 이 부근에서 큰 지진이 일어났다고 했다. 그때 일어난 지진의 영향으로 대지의 속성에 변화가 일어났다고 봐야 할까?

정령력을 제대로 조화시킬 수만 있다면 시간의 경과에 따라 늪은 다시금 맑아지면서, 리자드 종족의 서식에 적합한 환경을 되찾을 것이다.

물론 리자드 종족은 이미 새로운 거주지를 발견했으니까 굳이 돌아올 필요는 없을지도 모른다.

하지만 늪이 원래 모습을 되찾는 날에는 부업으로 물고기 양식이라도 시작해볼까?

날을 잡고 이유를 갖다 붙여서 늪에 가보니 깨끗해졌을 뿐만 아니라 물고기도 살고 있더라고 둘러대면, 마을의 새로운 식량 공급원을 확보할 수도 있을 것이다.

그렇지만 도중에 마물의 습격을 받을 가능성도 충분하니 그 대책까지 포함해서 고려할 필요가 있겠군.

용의 힘을 사용하면 당장에라도 해결할 수 있는 안건이지만 이렇게 머리를 굴리는 것도 나름대로 즐거울 때가 있단 말이지.

나는 팔짱을 끼고 잠시 동안 사색에 잠겨 있었는데 등 뒤에서 들려오는 소리에 생각을 중단할 수밖에 없었다. 스르륵스르륵, 거대한 뱀이 질퍽거리는 땅바닥 위를 기어가는 듯한 소리가 들려온 것이다.

나는 「리자드 종족이 기르던 구렁이라도 남아 있었나?」라고 생각하면서 고개를 돌렸다.

"호오."

그리고 솔직한 감탄의 한숨을 내쉬었다.

나의 시선 앞에 있던 것은 햇빛을 받아 찬란하게 빛나는 금발을 길게 기른 미소녀였다.

눈, 코, 입의 배치는 그야말로 조형의 천재가 직접 관여한 것이 틀림없었고 파란 눈동자는 사파이어처럼 눈부시게 빛나고 있었다.

간소한 재질의 하늘색 원피스와 후드가 붙어 있는 새하얀 케이프를 걸치고 왼쪽 어깨에 비스듬하게 가방을 매고 있었다.

10대 후반의 아직 앳된 구석이 남아 있는 소녀는 그 얼굴에 당황한 빛을 띠고, 붉은 입술에서 그 끝이 두 갈래로 갈라진 긴 혀를 날름거리며 이쪽을 바라보고 있었다.

우리는 서로를 마주 보고 있었지만 소녀의 얼굴은 나보다 훨씬 위에 위치해 있었다. 원피스의 치맛자락에서는 녹색 비늘이 잔뜩 나 있는 거대한 뱀의 몸통이 뻗어 있었다.

꿈틀거리는 뱀의 몸통이 바로 소녀의 하반신이었다.

나는 마음속에서 「라미아인가」라고 중얼거렸다. 인간의 얼굴과 뱀의 몸통을 지닌, 여성밖에 존재하지 않는 마물이다.

그녀들의 시조(始祖)는 이미 오래전에 멸망한 왕국의 왕녀가 저주에 걸려 변모한 모습의 마물이라고 알려져 있다. 설마 우리 고향 근처에 서식하고 있을 줄은 몰랐다.

마물로서의 격은 중상급 정도라고 할 수 있다. 그녀들은 인간보다 장수하며 오래 산 개체 중에는 상급 마물에 필적하는 능력을 지닌 이도 있다고 한다.

강력한 마법을 구사하는 데다가 뱀의 하반신을 한번 휘두르면 인간의 목을 간단히 부러뜨릴 수 있고, 그 뱀의 몸통으로 감아올리면 온몸의 뼈를 부술 수 있는 힘을 지니고 있다. 그런 라미아가 출현한다면 작은 마을 따위는 삽시간에 괴멸적인 위기에 처할 것이다.

라미아는 인간의 얼굴과 뱀의 몸통을 지니고 있는데, 일반적으로 그 인간의 상반신은 대단히 아름다운 여성의 모습을 하고 있다고 알려져 있다. 내 눈앞에 나타난 라미아 소녀는 그 가설이 올바르다는 사실을 증명하고 있었다.

뿐만 아니라 내가 지닌 용으로서의 감성으로 평가하자면, 비늘에 덮여 있는 하반신도 아직 설익은 구석이 있으면서 내 욕망을 자극할 정도의 매력을 발산하는 성숙 과정 도중의 암컷으로 느껴졌다.

비늘에 비치는 빛이나 매끄러움, 그리고 꿈틀거리는 몸통의 유연성뿐만 아니라 젊음이 느껴지는 근육의 모습까지 포함해서 대단히 매력적이었다.

이 경우에 내가 말하는 미소녀란, 인간의 상반신과 뱀의 하반신 양쪽을 가리킨다고 할 수 있다. 나는 2중의 의미로 라미아를 진심으로 아름답다고 느끼고 있었다.

라미아는 내 모습을 보고 웃음을 머금은 채 붉은 입술을 긴 혀로 날름 핥았다. 그녀의 새로운 타액이 마치 입술연지 같은 효과를 발휘하여 라미아의 입술이 한층 윤기를 더했다. 하지만 어딘지 모르게 어설프고 뺨이 조금씩 경련을 일으키고 있는 것으로 보였다.

추측컨대 나를 보고 먹음직스러운 사냥감이라고 판단한 걸까?

그런 것치고는 약간 묘한 반응이로군.

인간과 다를 바 없는 식사로 생명을 유지할 수도 있다고 들었지만 라미아의 주식은 다른 생물들의 정기(精氣)였다.

조상이 인간 여성이었기 때문인지 그녀들이 가장 선호하는 것은 인간 남성의 정기라고 한다.

그렇다면 나는 라미아의 눈에 최고의 사냥감으로 보일 것이다.

"이, 이런 장소에 혼자서 찾아오다니. 겨, 경솔한 인간이군. 너 말고는 아무도 없나?"

정말이지 달콤하기 짝이 없는 목소리였다. 아직 완전히 어른이 되지 못한 소녀인데도 불구하고, 마치 벌꿀이 흘러 떨어지는 듯한 착각을 불러일으키면서 내 뇌수를 뜨겁고 황홀하게 만드는 음색이다.

그 목소리에는 매료의 마력도 부가된 상태였다. 흠, 인간의 정기를 주식으로 삼는다면 이 정도 능력은 당연히 갖추고 있을 만하군.

그건 그렇고 이렇게 단조롭고 부자연스러운 대사는 처음 들어본다. 긴장으로 혀가 굳어서 제대로 움직이지 않는 모양이다.

만약 그녀가 이런 연기력으로 무대 위에 선다면 두 번 다시 연기자로서 활약하는 모습을 볼 수 없을 것이다.

나는 약간 질린 표정으로 대답했다.

"나 혼자뿐이다. 나 말고는 아무도 없다."

"그, 그런가요? 휴, 다행이다."

라미아는 내 눈앞에서 풍만한 가슴에 양손을 갖다 대고 호들갑스럽게 안도의 한숨을 내쉬었다.

이러한 상황에 처할 경우, 어찌 됐건 인간이라고 할 수 있는 내

쪽이 라미아와 마주친 일에 대해 겁을 먹어야 할 것이다. 하지만 아무래도 눈앞의 소녀는 이야기로 전해 들은 라미아와 상당히 다른 것 같았다.

새삼스레 라미아 소녀의 모습을 확인해 보니 여행자의 행색으로 보였다.

그렇다면 이 늪을 거처로 정한 것이 아니라 여행 도중에 우연히 들렀는지도 모른다.

그렇다면 나는 여기서 어떻게 해야 할까? 눈앞의 라미아로부터 나에게 해를 끼칠 의사나 사악한 기운은 느껴지지 않는다. 오히려 나에 대해 경계심을 품고 있다고 해야 하나? 겁을 먹고 있는 것으로 보이기도 했다.

하지만 인간의 입장에서 보면 라미아가 위험한 마물이라는 사실은 변함없다. 나는 오른손을 허리에 찬 장검으로 가져가 그 손잡이를 살짝 움켜쥐었다.

라미아 소녀는 내 움직임을 눈치채고 그 얼굴에 명확한 공포의 빛을 떠올리며 스르륵 뱀의 하반신을 후퇴시켰다.

아무래도 싸움을 싫어하거나 내성적인 성격인 것 같다. 점점 내가 알고 있는 라미아와 거리가 먼 존재로 보였다.

"기, 기다려주세요. 저는 인간을—!"

나는 라미아 소녀의 말에 아랑곳하지 않고 허리에 찼던 장검을 단숨에 뽑아 들었다. 그리고 질퍽거리는 땅바닥 위에서 바람을 일으킬 정도의 기세로 선회하며 등 뒤에서 덮쳐 온 진흙의 팔을 베어 넘겼다.

늪지에서 뻗어 온 진흙 팔은 깔끔하게 두 동강이 났고, 두 쪽 다 평범한 진흙으로 돌아가 질척거리는 소리를 내며 땅바닥에 떨어졌다.

"—해치지 않아요……! 어?"

나는 사태의 급박한 전개에 제대로 따라오지 못하고 있는 라미아에게 등을 돌린 자세로, 장검의 칼끝을 축 늘어뜨린 채 상황을 간결하게 설명하기로 했다.

이 라미아에게 나와 적대할 의사는 없어 보이고 어쩌면 협력해 줄지도 모른다고 생각했기 때문이다.

"옛날엔 이곳에 리자드 종족이 살고 있었지만, 어느 날인가를 기점으로 늪이 혼탁해지기 시작하면서 다른 장소로 이주했지. 이게 그들이 이주하게 된 원인이야. 광기에 사로잡힌 대지의 정령이지. 시간의 흐름 속에서 힘이 강해졌는지도 몰라. 지금까지 마을 사람들이 늪지에 접근하지 않았던 건 현명한 선택이었군."

나는 라미아에게 그렇게 전달하고 주위에서 차례차례로 뻗어 오는 진흙 팔들을 베어 넘겼다. 그리고 정령력이 모여 있는 부분을 찾아내기 위해 감각을 가다듬었다.

육체의 오감으로 감지할 수 있는 정보 이외에도, 영적인 감각망에 걸리는 온갖 정보들을 점검하면서 광기에 물든 대지의 정령이 있는 장소를 찾아다녔다.

나는 현재 밟고 있는 땅바닥이 진구렁으로 변하는 것을 느끼고, 몸이 가라앉기 직전에 그나마 비교적 굳은 기반이 남아 있는 땅바닥을 디뎌서 라미아의 왼편까지 도약했다.

"어, 아, 저기?!"

라미아 소녀는 굉장히 당황한 기색을 보이며 우물쭈물하고 있었다. 흠, 때와 장소를 차치하고 생각하면 굉장히 사랑스러운 모습이군.

"라미아는 마법을 쓸 수 있다고 들었는데, 확실한가?"

나는 오른편의 라미아에게 고개를 돌리면서 물었다. 그제야 라미아 소녀는 겨우 당황을 떨쳐 내고 표정을 다잡았다.

"쓸 수 있어요. 하지만, 저기요? 라미아도 대지에 속한 생물이라서요, 저희 일족은 물 속성에 가까우니까 대지의 정령이 상대일 경우엔 그다지……."

정령의 힘에는 각각 유리하고 불리한 상성이라는 것이 존재한다. 대지의 힘은 물에 대해 유리한 상성을 지니고 있기 때문에, 물의 힘으로 대지를 상대할 경우엔 상당히 불리한 상황에 처한다고할 수 있다.

대지의 속성을 상대할 경우엔 바람 속성을 사용하는 편이 가장유리하다는 것이 상식이다.

"그러고 보니 라미아종(種)들 중 대부분은 땅 속성이라고 들었다. 대지의 정령도 물의 힘을 띠고 있으니, 네 마법으로 결정타를날리긴 힘들다는 거로군. 흠."

일이 그렇게 간단히 풀리지는 않는다는 건가? 하지만 항상 만반의 준비를 갖추고 고난에 맞서기 힘들다는 것은, 인간으로 환생하고 겪은 16년 동안 뼈에 사무친 상식이다.

나는 낙담이나 실망을 보이지 않고 전방에서 꿈틀거리는 진흙 팔의 대군을 향해 다시 시선을 돌렸다. 하나, 둘, 셋…… 숫자를 세는 동안에도 계속 늘어나고 있으니, 이건 아예 센다는 것 자체가 헛수고로군.

"저, 저기! 하지만 말이죠? 라미아 종족이 지닌 고유의 마법이 있으니 그 마법들은 대지의 정령에게도 효력을 발휘할 거라고 생각해요!"

"그런가, 그거 다행이군. 한 가지 제안이 있네만, 일단 여기선 나와 네가 함께 힘을 합쳐 정령을 상대하는 게 어떨까? 각자 따로 싸우는 것보단 그러는 편이 효율이 좋을 거야. 내가 전방을 맡고 너에게 후방을 맡기고 싶은데, 괜찮을까?"

방금 전에 만났을 뿐만 아니라, 종족이 다른 상대에게 이런 제안을 하는 것은 너무 무모할지도 모른다. 하지만 나는 짧은 대화를 나눴을 뿐인 이 라미아 소녀가 믿을 만하다고 판단하고 있었다. 적어도 지금 상황에서 적대적으로 나오지는 않을 것이다.

과연 어떤 대답이 돌아올까? 내가 예상했던 기대에 걸맞을 뿐만 아니라 기대를 뛰어넘는 대답이 돌아왔다.

"예. 벼, 변변치 못한 소녀입니다만 잘 부탁드립니다!"

"그런 건 시집갈 때나 하는 말 아닌가?"

"어, 아, 저기, 죄송합니다."

재미있는 소녀군. 나는 마음속에서만 그렇게 중얼거리고 한 손에 장검을 든 채로 진흙 팔들이 기다리고 있는 전방을 향해 질주했다.

진흙 팔들은 손가락 하나만으로도 내 팔보다 거대했기 때문에,

정통으로 얻어맞기라도 하면 뼈 한두 대 정도는 간단하게 부러질 것 같았다.

이 진흙 팔들 자체는 대지의 정령이 아니라, 미쳐버린 대지의 정령이 조종하는 졸개들에 지나지 않는다. 이 녀석들을 물리쳐 봤자 그 주인의 힘을 약간 소비시키는 정도의 효과밖에 없다.

정령 같은 영적 존재를 타도하기 위해서는 상반된 정령의 힘을 사용해서 상쇄시키거나, 마력을 사용하여 상대가 물질계에 실체화시킨 힘을 무효화시키는 것이 일반적인 수단이다.

내가 지금 손에 들고 있는 장검은 원래 정령에게 유효한 무기가 아니지만, 내 혼이 생산하는 용종의 마력을 불어넣은 상태다.

인간의 육체도 물론 마력을 생산하지만 내 경우엔 용의 혼이 지닌 마력을 사용하는 편이 훨씬 강력했다.

나는 사냥감에게 달려드는 뱀처럼 덮쳐 들어오는 진흙 팔들을 용종의 마력을 부여한 장검을 휘두른 일섬(一閃)으로 한꺼번에 쓸어버렸다.

그러자 장검의 마력이 진흙 팔들을 조종하고 있던 대지의 마력을 순식간에 무효화시켰고 그 팔들은 평범한 진흙으로 돌아갔다.

하지만 곧장 팔의 형태로 복원되어 차례차례로 덮쳐 왔다.

이 팔들은 내 시야가 미치지 않는 방향을 노리고 들이닥쳤지만 용종의 감각은 그중 어느 하나도 놓치지 않고 전부 감지했다. 내 육체는 그 감각에 따라 움직였기 때문에 진흙 팔들이 내 몸에 당도하는 일은 없었다.

팔들은 그야말로 끊임없이 덮쳐 왔다. 인간이나 아인이었다면 언젠가 체력을 소모하여 몸을 가누지 못하다가 집중력이 끊어진 순간에 공격을 당했을 것이다.

하지만 나는 용종의 마력을 사용하여 육체를 강화할 수 있을 뿐만 아니라, 무한한 체력을 만들어 낼 수 있기 때문에 장기전으로 인한 피로와는 인연이 없었다.

잠시 동안 서로 간의 팽팽한 긴장 상태가 계속된 뒤, 마성(魔性)의 힘을 지닌 라미아 소녀의 영창이 주위의 대기를 진동시키기 시작했다.

"나의 몸에 흐르는 저주받은 마(魔)의 뱀이여 지금·바로 그 모습을 드러내어 그 저주를 나의 적에게 선사해라, 쟈라므!"

그녀가 적으로 간주한 진흙 팔들 사이에 투명한 구렁이의 환영(幻影)이 나타나더니 급속히 실체화되면서 위협적인 포효를 내질렀다.

커다란 구렁이의 환영은 인간 두세 명 정도를 한꺼번에 집어삼킬 수 있어 보이는 턱을 벌렸다. 꼬리가 꿈틀거릴 때마다 진흙 팔들이 한꺼번에 몇 개씩 날아가 버렸다. 뿐만 아니라 뱀의 저주가 정령력에 간섭하면서 순식간에 오염시키기 시작했다.

"흠."

지금 내가 내뱉은 한숨에는 감탄의 의미가 담겨 있었다.

종족 고유의 마법이라는 것은 대개 독특한 성질을 지니고 있어서 사용하기 불편한 만큼 그 위력이 강대한 경우가 일반적이다. 하지만 그녀가 사용한【쟈라므】라는 마법의 위력은 내 예상보다 훨씬 강력했다.

마법 자체의 성질에 소녀의 역량까지 어우러진 결과라고 생각한다면, 그녀는 자신 없어 보이는 태도에 반해 마법사로서 상당한 실력을 지니고 있는 것 같다.

저주받은 구렁이가 그 모습을 감출 때까지 진흙 팔들은 전부 파괴되어 흙으로 돌아갔다.

내가 장검을 휘두르면서 찔끔찔끔 진흙 팔들을 물리치는 것보다 훨씬 빠른 해결책이었다. 협력을 부탁했던 건 정답이었던 것 같군.

진흙 팔들이 새롭게 출현할 기색이 없다는 것을 확인하고 라미아 소녀가 어깨를 늘어뜨리며 긴장을 푸는 모습이 나의 시야 끄트머리에 들어왔다.

"아직 긴장을 풀지 마. 대지의 정령이 드디어 모습을 드러낼 속셈인 모양이니까."

"아, 예."

솔직한 소녀로군. 내가 그녀의 반응을 확인하고 조금 감탄하던 차에 늪 중앙 부근에서 정령력이 급속히 강해지고 있는 것이 느껴졌다. 시커멓고 탁한 늪의 표면이 마치 산처럼 일어나더니 늪의 주인인 대지의 정령이 우리들 앞에 모습을 드러냈다.

과거에 일어난 지진의 영향으로 미쳐버렸다는 대지의 정령은 최근 십수 년 동안 대지와 물 양쪽의 힘을 흡수해서 강대한 힘을 손에 넣은 모양이다.

방금 물리쳤던 진흙 팔들과 마찬가지로, 진흙을 매개체로 실체화한 그 일시적인 육체는 거의 2층 건물에 버금갈 정도로 거대했다.

그 꼭대기에 겨우 인간의 상반신처럼 생긴 돌기가 보이고 머리

부분에는 각각 눈과 코처럼 보이는 움푹 파인 부분과 부풀어 오른 부분이 있었다.

정령은 놀라울 정도의 속도로 우리를 향해 덮쳐 왔다. 우리는 시야를 가득 덮으며 들이닥치는 그 압박감과 위압감을 생생하게 느끼고 있었다.

특히 라미아 소녀는 그 중압감을 앞에 두고 숨을 삼키며 위축된 모습을 보였다.

방금 사용한 【쟈라므】도 이런 거구가 상대일 경우엔 별 효과를 기대할 수 없을 것이다.

그렇다면 내가 분발해야겠군. 나는 장검에 추가로 용종의 마력을 부여한 후 라미아 소녀에게 말을 걸면서 뛰쳐나갔다.

"나에게 명중하지 않도록 적당한 마법을 사용해서 정령의 신경을 분산시켜줘."

"위, 위험해요!"

겹겹이 쌓인 진흙으로 인해 지반이 굉장히 미끄러웠지만 나는 개의치 않고 달려 나갔다.

미쳐버린 대지의 정령은 접근을 일시적으로 중단하는가 싶더니 두 개의 팔을 뻗으며 그 끝에서 우리를 향해 진흙 포탄을 발사했다.

진흙 탄환은 두 발, 세 발, 네 발, 연속적으로 발사됐다.

나는 인간의 눈으로 쫓기 어려운 속도의 진흙 탄환들을 좌우로 움직이면서 회피했다. 때로는 장검으로 두 동강 내며 대지의 정령과의 거리를 점점 좁혀 갔다.

정령이 물질계에 실체화시킨 육체를 구성하는 진흙이나 물은 이

늪지에 얼마든지 있으니 찔끔찔끔 깎아 내기만 해서는 끝이 없다.

그렇다면 정령의 중핵(中核)을 일격에 파괴하는 방법이 가장 빠를 것이다.

"나의 피에 깃든 뱀이여 그대의 독니로 나의 적을 물어뜯어라, 쟈두크!"

내 등 뒤에서 라미아 소녀의 힘 있는 주문이 울려 퍼졌다. 다시금 출현한 뱀의 환영이 정령에게 달라붙더니, 크게 벌린 아가리 속에 보이는 어금니로 기세 좋게 정령의 거구를 물어뜯었다.

반투명한 뱀의 어금니에서 보라색 액체가 뚝뚝 떨어지는 모습이 보였다. 그 액체가 바로 압축된 저주가 담긴 주술독이라는 사실은 일목요연했다.

그 주술독은 방대한 정령력에 대해서도 어느 정도 효과를 거둔 듯했다. 정령이 그 거구를 부들부들 떨기 시작한 것이다.

하지만 역시 주술독만 가지고 정령을 물리칠 수는 없었다. 나는 기회를 놓치지 않고 정령의 동작이 둔해진 틈을 타서 한 걸음 앞까지 접근했다.

정령은 내 접근을 눈치채고 좌우의 팔을 거대화시키더니 그 팔들을 교차로 나를 향해 내리쳤다. 그 거대한 팔은 집 한 채 정도는 간단히 부수고도 남을 정도로 강인했다. 제대로 얻어맞기라도 하면 내 몸은 고깃덩어리로 변하겠지.

나는 정령의 오른팔을 옆으로 뛰어서 피했다. 하지만 곧이어 나머지 왼팔이 공중으로 도약한 나를 향해 들이닥쳤다. 회피할 방도가 없어 보이는 내 모습을 본 라미아 소녀가 작은 비명을 내질렀다.

나는 짧고 예리한 호흡을 내쉬며 시야를 가득 메운 정령의 왼팔을 검의 일섬으로 베어 넘겼다. 정령의 왼팔은 한순간에 진흙으로 돌아가 무너져 내렸다.

나는 지체하지 않고 허공을 디디며 공중에서 더욱 도약한 후 단번에 인간을 모방한 부위의 눈앞까지 올라갔다.

그저 움푹 파인 걸로밖에 보이지 않는 그 눈이 틀림없이 내 얼굴을 쳐다보고 있었다.

광기에 물든 정령의 사고방식이 어떨진 모르겠다만, 조금이라도 빨리 거짓된 육체에서 해방시켜서 마땅히 있어야 할 장소로 돌려보내 주는 것이야말로 이 정령을 위한 일이다.

대지의 정령이 인간을 모방한 부위가 붙어 있는 언저리에서, 셀수도 없는 진흙으로 된 창이 나타나더니 나를 꿰뚫기 위해 날아들었다.

하지만 나는 그 창들보다도 빨리 더욱 강한 마력을 부여하여, 하얗게 빛나는 장검의 검기로 인간형 부위의 머리 꼭대기부터 그 바닥 끝까지 일도양단(一刀兩斷)했다.

장검의 칼날을 초월하여 길게 뻗은 마력의 검기가 대지의 정령을 두 동강으로 잘라 버렸다.

이윽고 대지의 정령은 물질계에서 존재를 유지할 수 없게 되어 거짓된 진흙 육체를 내버려 둔 채 정령계로 돌아갔다.

"해냈다!"

라미아 소녀가 낸 갈채의 목소리가 들려왔다. 나는 대지의 정령에 대한 연민을 느끼면서도 조금 자랑스럽게 평소의 입버릇을 흘리고 말았다.

"흠."

이걸로 늪을 탁하게 만들던 원인을 제거했다. 이제 남은 일은 자연스럽게 정령력이 조화를 되찾는 것을 기다리는 것뿐이고 그것은 시간이 해결해줄 일이다.

자, 여기까지 그야말로 순식간에 벌어진 일이었다. 내가 안도함과 동시에 두 동강으로 갈라진 거대한 진흙 덩어리가 호쾌한 소리를 내면서 무너져 내렸다. 그리고 나와 내 뒤에 버티고 있던 라미아 소녀를 집어삼켰다.

나는 갈색 파도에 휩쓸리기 직전에 마력으로 몸 표면을 둘러싸서 옷이나 피부가 진흙에 젖지 않도록 처리했다. 숫자를 일곱까지 셀 동안에 진흙 파도는 잦아들었다.

나는 라미아 소녀의 안부를 확인하기 위해 등 뒤로 고개를 돌렸다.

"으윽, 입 안에 진흙이 씹혀. 우에엑, 옷에다가 머리카락까지 질펀거리고…….."

그곳에는 모처럼의 아름다운 금발과 옷이 비참할 정도로 진흙에 더럽혀진 라미아 소녀의 모습이 있었다.

나는 입 안에 들어간 진흙을 뱉는 작업에 열중하고 있는 소녀에게 다가가, 아직 등에 지고 있던 가방 속에서 가죽 수통을 꺼내 건네줬다.

"이걸로 입 안을 헹구도록 해."

"아, 감사합니다."

"도와줘서 고마워. 네 덕분에 상당히 도움이 됐어. 그런데 아직 서로의 이름도 모르는군. 나는 여기서 남쪽에 위치한 베른 마을의 드란이라고 한다. 네 이름을 가르쳐 줬으면 좋겠는데."

라미아 소녀는 내가 넘겨준 수통을 양손으로 받은 채, 내 시선에 맞춰 뱀의 하반신을 비비 꼬면서도 머리를 숙이고 스스로의 이름을 입에 담았다.

"저는 세리나라고 합니다. 보시다시피 라미아죠."

"흠, 세리나라. 부모님께서 멋진 이름을 지어주셨군."

세리나는 내 말을 듣고 수줍은 듯한 미소를 입가에 띠었다. 부모님에 관해 칭찬을 들어 기쁜 것 같군. 이 모습을 보면 사이가 좋은 가족인 것 같다.

부모 자식 간에 사이가 좋다는 건 멋진 일이다. 인간으로 다시 태어나 진짜 부모를 얻음으로써 나는 진심으로 그렇게 생각할 수 있게 되었다.

그건 그렇고 어쩌다 보니 세리나와 협력해서 정령을 물리치고 자기소개까지 끝냈다만, 눈앞에 있는 라미아 소녀를 어떻게 해야 할지 짐작도 안 가는군. 나는 머리 한구석에서 고민하고 있었다.

제2장 드란의 계책

† † †

온몸을 적신 진흙탕의 불쾌한 감촉에 울고 싶은 심정을 억누르고 가죽 수통에 담긴 물로 입 안을 헹구고 있었습니다. 그러다 보니 드란 씨가 저를 조금 곤혹스러운 표정으로 바라보고 있다는 사실을 깨달았습니다.

드란 씨는 머리에서부터 진흙탕을 뒤집어쓴 저와 달리, 대지의 정령과 아주 가까운 장소에 있었는데도 불구하고 몸이나 옷에 진흙이 묻지 않은 것 같습니다.

그렇게 가까이 있었는데 왜 저렇게 깨끗한 걸까요? 제가 고개를 갸웃거리며 드란 씨를 뚫어지게 쳐다보고 있자 드란 씨가 어깨를 으쓱대면서 작게 웃었습니다.

제가 무슨 이상한 짓이라도 한 걸까요? 아, 입 안을 헹구고 있는 모습이 이상하게 보였을지도 모르겠네요.

"빨리 진흙을 털어 내야겠군. 거기다 물에 젖은 상태로 그러고 있으면 감기에 걸릴 거야. 갈아입을 옷은 무사한가?"

드란 씨가 저의 가방으로 시선을 옮기면서 말했습니다. 진흙 때문에 몸이 이렇게 지저분해졌으니 가방 안의 내용물도 무사하리라는 보장은 없지요.

하지만 괜찮아요!

이 늪지를 산책하려고 마음을 먹었을 때, 갈아입을 옷이나 식량
은 다른 가방에 넣어 둔 채 안전한 장소에 숨겨 놨거든요. 젖으면
큰일이니까요.

퉤, 저는 입 안을 헹구던 물을 드란 씨에게 보이지 않도록 몰래
뱉은 후에 입술을 닦고 대답했습니다.

조금 상스러웠나? 엄마가 이 모습을 보셨다면 혼쭐이 났을지도
모르겠네요.

"예. 리자드분들이 쓰던 집 안에 놓고 나왔거든요. 갈아입을 옷
은 무사하답니다."

에헴, 제가 조금 가슴을 펴고 대답하자 드란 씨는 또 웃었습니다.

그렇게 이상한 소리를 하지는 않았을 텐데, 왜 웃는 걸까요? 혹
시 짓궂은 인간분인 걸까요?

제가 수통을 돌려 드리려고 드란 씨에게 다가가자, 드란 씨는 그런
저의 생각을 간파한 듯이 수통을 받아 들면서 이렇게 말했습니다.

"세리나가 내 지식으로 알고 있는 라미아와 너무 달라서 그만 웃
음이 나왔을 뿐이야. 그리고 세리나도 처음에 나와 눈이 마주쳤을
때는 얼떨떨했던 것 같지만, 지금은 너무 경계를 푼 것 같이 보이
네. 조금은 인간을 경계하는 편이 좋지 않을까 걱정될 정도로 말
이지."

드란 씨의 말을 듣고 저는 그제야 알아챘습니다. 그렇죠. 드란
씨는 인간입니다. 그리고 저는 마물인 라미아지요.

인간분들은 당연히 라미아를 두려워하면서 칼을 들이대도 이상

하지 않습니다. 가엾은 대지의 정령을 퇴치하다 보니 그만 깜빡하고 말았네요. 이러면 안 되는데.

사실 이렇게까지 가까이 다가올 생각은 없었는데 조금만 손을 뻗으면 닿는 거리까지 오고 말았잖아요!

"아, 저기, 죄, 죄송해요."

대체 무슨 말을 해야 좋을지 몰라서, 저는 스스로도 무슨 소릴 하는지 헷갈려 하며 드란 씨에게 사과를 드렸습니다.

그러자 드란 씨는 살짝 어깨를 으쓱하는 모습을 보였습니다. 굉장히 잘 어울리는 동작이네요.

드란 씨의 파란 눈동자는 자상한 빛으로 반짝이고 있었습니다.

마치 화창한 날의 하늘 같은 빛입니다. 드란 씨의 눈동자를 보고 있으니 불가사의하게도 마음의 안정을 찾을 수 있었습니다.

왜 이런 걸까요? 드란 씨가 저를 상처 입힐 일은 절대로 없을 것이라고, 이유는 모르겠지만 틀림없는 확신을 품을 수 있었습니다.

"사과할 필요는 없어. 나도 너를 어떻게 할 생각은 없으니까. 자, 그보다 어서 옷을 갈아입는 편이 좋지 않을까?"

아무래도 드란 씨는 저를 괴롭힐 생각은 없는 것 같아요.

부모님으로부터 인간에게 함부로 접근해선 안 된다는 설교를 귀에 못이 박힐 정도로 들었기 때문에, 솔직히 말해서 아직 인간에 관해선 무섭다는 인식을 떨칠 수가 없었습니다.

그렇기에 드란 씨의 자상한 말과 표정에 저는 굉장히 안심이 됐습니다.

서로 상대에게 악의가 없다는 사실을 알 수 있었으므로, 저는 옷을 갈아입기 위해 드란 씨와 함께 제 짐을 숨겨 뒀던 리자드분의 집으로 향했습니다.

리자드분들이 살던 이 마을에는 이미 아무도 살지 않았고, 대부분의 집들은 바닥이 빠지거나 벽이 부서져 있는 등 도저히 사람이 살 수 있는 환경이 아니었습니다.

그래도 저는 남아 있는 집들을 돌아다니면서, 개중에 그나마 가장 깨끗하게 보존되어 있던 집 안에 짐을 숨겨 놓았습니다. 아마도 촌장이었던 분의 집이 아니었을까 싶어요.

제가 젖은 옷을 갈아입으며 머리를 적신 진흙탕을 닦아 내는 동안 드란 씨는 밖에서 기다리고 있었습니다. 벽이 부서진 장소도 있었기 때문에 드란 씨가 옷 갈아입는 모습을 훔쳐볼지도 모른다고 조금 가슴이 떨렸지만요. 드란 씨가 쭉 집 밖에서 움직이지 않고 기다리고 있다는 사실을 기척을 통해 알 수 있었습니다.

저는 옷을 다 갈아입은 후, 진흙탕을 뒤집어쓴 가방을 손에 든 채로 숨겨 뒀던 가방을 등에 짊어지고 드란 씨가 기다리는 장소로 돌아갔습니다. 드란 씨는 서쪽을 향해 시선을 돌리고 있었습니다.

그러고 보니 어느새가 해님이 기울면서 해 질 녘이 다가오고 있었습니다. 봄의 발걸음이 서서히 들려오고는 있었지만 아직도 해가 지는 시각은 빠른 편입니다.

"이제 슬슬 야영할 준비를 해야겠군. 옷을 말리면서 식사 준비라도 시작하자. 나는 여기서 하룻밤 지새울 생각으로 왔다만, 세리나의 예정은 어때?"

"저도 오늘은 이곳에서 밤을 보내고 갈 생각이었어요. 저희 일족은 물과 친화적인 성질이 강하니까요, 대지와 물의 힘이 강하게 공존하는 이 늪지는 지내기 편한 편이랍니다."

제가 「옷이 젖기 쉽다는 건 좀 불편하지만요」라고 덧붙이자, 드란 씨는 납득했다는 듯이 한 번 고개를 끄덕이고 주변을 둘러봤습니다.

저녁 식사를 준비하려면 불도 필요하니 습한 공기가 차 있는 이 늪에서 조금 떨어진 장소로 가는 편이 좋아 보였습니다.

주변에는 나무도 잔뜩 나 있고 쓰러진 나무나 부러진 잔가지 등도 떨어져 있습니다. 하지만 전부 젖어 있어서 불을 붙이기에는 적합하지 않았습니다.

어둠 속에서 야영 준비를 하는 건 위험하니 해가 지기 전에 준비를 시작해야 합니다.

"서두르지요."

"그래."

다행히 제가 집에서 떠났을 때 가지고 나온 식량은 아직 충분히 남아 있었고, 드란 씨도 원래부터 하룻밤 묵고 갈 예정이라 식량을 가지고 있었습니다. 덕분에 저녁 식사가 없어서 곤혹스러울 일은 없었습니다.

저희들은 늪지에서 떨어져 땅바닥이 마른 장소를 찾아 야영 준비를 마쳤습니다.

야영이라고 해도 모포를 바닥에 깔고, 그 위에 눕고 나서 다시 담요를 뒤집어쓰고 자기만 하면 끝입니다. 하지만 아직 밤은 몹시 추우니 불을 꺼트릴 수는 없습니다. 그렇기 때문에 저와 드란 씨는 교대로 번갈아 가면서 불 당번을 맡기로 했습니다.

라미아는 기본적으로 추위에 약한 종족입니다. 따라서 저는 하반신인 뱀의 몸통에 중점적으로 담요를 감고, 머리에도 담요를 뒤집어쏩니다. 제 짐 가운데 대부분은 바로 이 담요로 이루어져 있습니다.

양이 많아서 부피가 큰 데다가, 무게도 묵직하기 때문에 여행길에 휴대하고 다니는 건 정말 고된 일입니다. 하지만 추운 건 더욱 견디기 힘드니 이 담요들은 어쩔 수 없이 지니고 다녀야 한다는 것이 고민거리지요.

지금 드란 씨는 담요에 감긴 채 살짝 얼굴만 내밀고 있는 제 정면에서, 적당한 바위 위에 걸터앉은 채로 들풀이나 말린 고기에 채소를 넣어 만든 수프 냄비를 젓고 있었습니다.

본래 인간이 야영을 할 경우엔 날이 저물고 나서 불을 피우고 식사 준비를 하는 것은 위험한 행위입니다. 야생 동물들은 불에 흥미를 가지고 접근하는 경우가 많은 데다가, 음식을 조리하는 냄새에 이끌려 다가오는 경우도 있으니까요.

하지만 오늘은 문제없습니다. 왜냐하면 제가 있거든요. 야생 동물들은 반인반사(半人半蛇)의 마물인 라미아, 바로 저를 두려워해서 함부로 다가오지 않을 테니까요.

동물들에게 두려움의 대상으로 비친다는 사실에 조금 쓸쓸한 감정을 느끼고 있다는 건, 누구에게도 말할 수 없는 저만의 비밀이지만요.

저는 담요를 둘러쓴 채 눈앞의 따끈따끈한 모닥불로 몸을 녹이면서도, 오랜만에 누군가와 이야기를 할 수 있다는 사실에 기쁨을 느끼고 있었습니다. 스스로 깜짝 놀랄 정도로 수다쟁이가 되어서 눈치를 채고 보니 제가 왜 여행을 하고 있는지에 대해서도 입을 열고 있었습니다.

제가 태어나고 자란 곳은 이 늪에서 더욱 북쪽에 위치한 모레스 산맥에 있는 라미아들이 숨어 사는 마을입니다.

그곳에서는 수많은 라미아들과 그 남편인 다른 종족의 남성들, 그리고 그들 사이에서 태어난 아이들이 생활하고 있습니다.

그 숨겨진 마을에서 열일곱 살이 된 라미아는 마을 바깥으로 나가 자신의 남편감을 찾기 위해 여행을 떠나야 한다는 관습이 있습니다.

저도 그 관습에 따라 남편감을 찾기 위해 여행을 다니고 있는 거죠.

라미아는 여성밖에 존재하지 않는 특수한 생태의 종족이니까요. 남자아이가 태어나기도 하지만 그 경우엔 라미아가 아니라 남편과 같은 종족의 아이가 태어납니다.

말하자면 라미아가 아이를 만들기 위해서는 다른 종족의 남성과 부부가 될 필요가 있는 거지요. 하지만 다른 종족의 남성이라면 아무나 상관없는 것은 아니랍니다.

라미아는 원래 인간이었던 여성이 저주에 걸림으로써 탄생한 종족입니다.

모든 라미아들은 시조로부터 그 저주를 물려받아 육체의 일부가 뱀의 형태를 취하고 그 피나 땀, 그리고 침 등에 뱀의 독이 섞여 있습니다.

그러니까 라미아는 자신들의 몸에 흐르는 뱀의 독을 견딜 수 있는 강인한 육체를 지닌 남성을 남편으로 선택해야만 합니다.

그렇지 못할 경우엔…… 그, 저기…… 키, 키스를 하거나, 아, 아, 아이를 만들 때에 상대 남성이 독에 쓰러질 수도 있거든요. 심할 경우엔 죽어버립니다.

으으, 얼굴에서 불이 날 것 같아요. 드란 씨는 정말 이야기를 잘 들어주는 분이라서 자기도 모르게 말할 생각이 없었던 말까지 입에 담고 맙니다.

제가 이야기를 일단락 짓는 동안에 식사도 끝났고 냄비도 텅 비었습니다.

드란 씨의 말에 따르면 집에는 형님분과 남동생분이 계셔서 여러 가지 이야기를 듣는 경우가 많다고 합니다. 그리고 마을에서 나이 어린 아이들을 돌보는 역할을 맡는 경우가 많아 다른 사람의 말을 들어주는 건 능숙한 편이라고 했습니다.

하지만 그 말은 혹시 제가 어린애 같다는 건가요? 그건 숙녀에게 좀 실례라고 생각해요.

드란 씨는 올해로 열여섯 살이라고 하셨어요. 그러니 열일곱 살인 제가 한 살 연상인 거죠. 말하자면 누나라고요.

제가 가슴속에 그런 불만을 품고 있으려니 텅 빈 냄비를 모닥불로부터 치우면서 식기를 정리하던 드란 씨가 이렇게 말했습니다.

"그렇게 볼을 부풀리고 있는 모습도 어린애 같군."

"아, 입 밖으로 나오고 있었나요?"

아뿔싸 싶어서 황급히 입을 가로막자 그런 제 모습이 어지간히 재미있었는지 드란 씨가 쿡쿡대며 웃었습니다. 너무해요!

"아니, 미안해. 세리나를 바보 취급할 생각은 없어. 그저 너무 사랑스러워서, 엉겁결에 그만."

"그렇게 치켜세우면서 얼버무려도 안 통하거든요?"

"그러지 말고 용서해 줘. 세리나의 기분을 상하게 하는 건 마음이 아프니까."

"흥, 어디 속나 봐요."

"이거 곤란하게 됐군. 내 말실수로 세리나의 배알이 틀어지고 말았어. ……그러고 보니 라미아의 배알은 어떻게 돼 있지?"

그렇게 간단히 용서해 줄 수는 없답니다. 제가 휙 하고 고개를 옆으로 돌리고 있자, 드란 씨는 응석꾸러기를 바라보는 눈빛으로 어깨를 으쓱했습니다.

으음? 왠지 드란 씨가 그런 반응을 하니까 점점 더 제가 어린애 같은 느낌이 드네요.

정확히 말하자면 드란 씨의 말을 듣고 있으니 제 동작이 하나하나 어린애 같다는 자각 증상이 솟아오르고 있어요.

으으…… 어쩔 수 없죠. 일단 얌전히 백기를 들어야 더 이상 무덤을 파지 않고 끝날 것 같아요. 저는 옆으로 돌렸던 얼굴을 원래대로 돌리면서 드란 씨를 정면에서 바라봤습니다.

"제가 졌어요. 어차피 저는 어린애 같다고요—. 그리고 라미아도 물론 창자는 인간하고 똑같답니다. 저희들의 몸은 여기서부터 뱀의 몸통으로 변하니까요."

저는 담요로 감싸고 있는 몸의 일부에 손을 가져갔습니다. 인간의 여성으로 치면 무릎에서 조금 위에 해당하는 부분일까요? 거기서부터 밑이 뱀의 몸체로 변하는 부분입니다.

물론 저희 엄마, 숨겨진 마을에 사는 다른 라미아들도 창자는 인간하고 똑같답니다. 저희 종족은 난생(卵生)이 아니라 태생(胎生)이거든요.

그리고 저는 아빠와 엄마에 대해 드란 씨에게 이야기했습니다. 저희 엄마는 당연히 라미아지만, 아빠는 인간이랍니다.

엄마는 마을 바깥에서 사냥을 하고 아빠는 마을 안에 있는 밭에서 일했습니다. 집안일은 저를 포함한 세 사람이 협력해서 분담했답니다.

"저도 그다지 자세한 사정을 물어본 적은 없지만요, 엄마도 저와 마찬가지로 여행을 하다가 아빠와 만나고, 마을에 돌아와 부부가 됐다고 들었어요. 후후, 저희 아빠와 엄마는 정말 사이가 좋은 부부랍니다. 제 앞에선 숨기고 있지만, 잠깐 한눈을 팔고 있으면 서로 손을 잡고 있거나 어깨를 맞대면서 꼭 달라붙어 있어요. 저도 아빠 엄마처럼 멋진 가정을 만들고 싶어요."

하지만 아빠에게 옛날 일을 물어보면 아빠와 엄마는 늘 슬퍼 보이는 표정을 짓습니다.

인간과 라미아가 부부의 언약을 맺는다는 것은 인간의 입장에서 보면 평범한 일이 아니니까요. 설령 서로 사랑하는 연인 사이였다고 해도 틀림없이 수많은 장애물이 있었겠지요.

그 사실을 깨닫고 나서는 아빠에게 옛날 일을 물어보지 않게 됐어요. 저는 아빠와 엄마를 누구보다도 사랑하니까요, 두 분이 슬퍼할 질문을 할 수 있을 리가 없습니다.

"그런가? 인간과 다른 종족이 혼인할 경우엔 그다지 좋은 얘기를 들은 적이 없다만, 실제로 꼭 그렇지만도 않은 것 같군. 그런데 세리나는 어머니와 닮은 편인가? 그렇다면 굉장히 아름다운 분이실 것 같은데."

"음~, 엄마가 굉장한 미인이라는 건 확실해요. 하지만 성격 같은 건 비슷하지 않아요. 저의 눈매나 성격 같은 부분은 굳이 따지자면 아빠와 닮았다는 이야기를 많이 듣고 자랐거든요. 근데 왜 그런 걸 물어보시는 거죠?"

"아니, 별거 아니야. 그저 좀 궁금한 점이 있을 뿐이야. 늪에서 세리나와 처음 만났을 때, 요염한 동작을 보이면서 매료의 힘이 담긴 목소리를 사용했잖아? 그런 건 어머니께서 가르쳐주신 건가 싶어서 말이야."

으으, 저는 아픈 곳을 찔렸다는 생각이 들어 마음속에서 신음 소리를 흘릴 수밖에 없었습니다. 그럴 수밖에 없지요. 라미아는 종족 특성상 다른 종족의 이성을 유혹하는 수법을 선천적으로 갖추고 있습니다. 하지만 저는 남자들을 매료하는 기술이 너무나 서투르거든요.

매료의 마안(魔眼)으로 상대방을 현혹시킬 수는 있지만, 매력적인 미소를 짓거나 요염한 자세로 상대방을 유혹하는 목소리를 내는 등의 후천적으로 배워야 하는 기법 같은 건 정말 형편없습니다.

집에 있었을 때부터 엄마가 쭉 들러붙어서 가르쳐 주셨지만 이런 방면에 관해서 저는 터무니없을 정도로 열등생이었습니다.

"엄마는 유혹 기술을 정말 능숙하게 부리는 분이세요. 하지만 오직 저만 그런 부류의 기법을 제대로 쓸 수가 없죠. 스스로도 어떻게든 해보고 싶은데, 결국 이렇게 여행을 떠나야 하는 나이가 될 때까지 제대로 배우지 못했어요……."

제가 풀이 죽어 있자 드란 씨가 마치 아빠처럼 자상한 표정으로 타일러 줬습니다.

"억지로 어머니를 따라 할 필요는 없지 않을까? 나는 세리나와 알게 된 지 하루도 지나지 않았지만, 너를 굉장히 매력적인 여성이라고 생각하고 있어. 세리나는 있는 그대로 자신답게 행동하기만 해도 충분히 사랑스러워. 세리나라면 반드시 있는 그대로의 자신을 사랑해주는 상대와 만날 수 있을 거야. 내가 보증하지."

드란 씨가 진심으로 격려해주고 있다는 사실은, 드란 씨의 파란 눈동자를 바라보고 있으면 곧바로 알 수 있었습니다.

처음 만났는데도 불구하고 저는 아무런 의심도 없이 드란 씨의 말을 믿을 수 있었습니다.

하지만 지금까지 이렇게 솔직한 말로 남성의 칭찬을 받은 적이 없다 보니, 기쁜지 창피한지 분간이 가지 않는 감정으로 인해 양쪽 뺨이 붉어지는 것을 느꼈습니다.

드란 씨는 본인이 한 말이 얼마나 쑥스러운 얘긴지 자각하고 있을까요?

"우윽, 드란 씨는 말씀을 너무 잘하세요. 하지만, 그러게요. 그렇게 되면 좋겠어요. 멋진 남편감을 찾아서 아빠와 엄마에게 소개하고 싶어요."

"그렇게 나오셔야지."

그 이후로도 엄마와 아빠가 좋아하는 음식이나, 생일날 받은 선물에 관해 이야기했습니다. 드란 씨도 본인의 가족에 관해 여러 가지 이야기를 해주셨답니다.

드란 씨의 가족은 아버지와 어머니에 형님분과 남동생분까지 합해서 다섯 명으로 이루어진 가족이라고 합니다. 하지만 벌써 친가에서 나와 혼자서 자취 생활을 보내고 있다네요.

저희 종족과 달리 여행을 떠날 필요는 없었지만 같은 마을 안이라고 해도 벌써 집에서 나와야 한다니. 저는 그 이야기를 들은 뒤 정말 큰일이고 쓸쓸하다는 느낌을 받았습니다.

"드란 씨는 쓸쓸하다고 느끼신 적은 없나요?"

"아주 없다고 하면 거짓말이겠지만, 걸어서 금방 도착할 수 있는 장소에 친가가 있으니 이 나이가 되서 쓸쓸하다는 말을 당당하게 꺼낼 수는 없지. 내 입장에서 보자면 세리나야말로 정말 대단하다고 생각해. 집을 나왔을 뿐만 아니라 혼자서 여행을 하고 있잖아? 불안해서 견딜 수 없는 날도 있을 텐데."

"후후, 어렸을 때부터 이미 교육을 받았던 일이니까요. 각오는 충분히 되어 있었답니다. 그리고 자신의 남편을 찾기 위한 여행이니까요, 스스로의 눈으로 제대로 확인해야지요!"

"그래? 세리나는 강한 아이로군."

그렇게 말하면서 부드러운 미소를 지은 드란 씨의 평온한 얼굴은, 조금 멋졌답니다.

† † †

　세리나는 담요를 눌러쓴 채 땅바닥 위에 깔아 놓은 모포 위에 살포시 누워 있었다. 나는 세리나가 안심하고 자는 얼굴을 보고 「잘 자는군」이라고 생각하며 한숨 돌리고 있었다.

　고향을 떠나 여행을 시작한 후로 쓸쓸한 감정을 가슴속에 담아 두고 있었던 것이다. 그녀는 나를 상대로 조금 부자연스러울 정도로 수다를 떨다가 잠이 들었다. 그 덕분에 생각보다 시간이 많이 경과됐다. 머리 위를 올려다보니 달이 중천에 걸려 있었고 밤하늘의 여왕으로서 그 은색의 위용을 떨치고 있었다.

　정말 많은 이야기를 나눴다.

　그나저나 우리가 같이 지낸 시간은 겨우 반나절 남짓인데, 세리나는 안심한 모습으로 자는 얼굴을 나에게 보일 만큼 경계심을 풀고 있었다.

　대지의 정령이 출현하여 나와 세리나는 힘을 합쳐 그를 퇴치했다. 아무리 그런 상상도 하지 못했던 사건을 겪었다고 해도 인간을 상대로 너무 긴장을 내려놓은 게 아닌가?

　내가 이미 세리나의 마력에 의해 매료된 상태라면 몰라도, 그렇지 않은 상대와 함께 행동할 경우엔 항상 긴장을 유지할 필요가 있지 않을까? 이제 곧 나와 헤어질 세리나가 다른 인간들과 만나면서 자신의 몸을 제대로 지킬 수 있을까? 아니면 나쁜 인간에게 속아 넘어가지는 않을까? 나는 마치 사랑스러운 딸을 걱정하는 아버지와 같은 심경으로 그녀를 바라보고 있었다.

인간에 대해 해를 끼칠 의사가 전혀 없다는 것과 어처구니없을 정도로 느슨한 경계심은, 아마도 이 나이가 될 때까지 그녀를 사랑해준 아버지가 인간이라는 것도 하나의 원인일 것이다. 하지만 그래도 걱정된다.

사실 따지고 들자면 처음 만난 라미아를 상대로 이렇게 마음을 졸이는 나도 참 웃기는 것 같다.

새근새근, 편안한 숨소리를 내면서 자고 있는 세리나의 얼굴을 바라보고 있으니 무심코 시야의 한구석에 그녀의 꼬리 끝부분이 들어왔다.

불끈, 나는 마음속에서 장난을 치고 싶다는 마음이 솟아오르는 것을 느꼈다. 나는 담요에서 튀어나온 꼬리의 끝부분에 손을 뻗어, 비늘로 둘러싸인 말랑말랑한 그 부위를 움켜잡았다.

그러자 마치 아기가 도리질을 하듯이 꼬리가 좌우로 하늘거리며 흔들렸다.

"으응, 음냐."

세리나가 잠꼬대를 하며 몸을 요염하게 비틀었다. 우아한 선을 그리고 있던 눈썹 안쪽이 서로 모이면서 새하얀 미간에 죄스러운 주름이 지어졌다.

긴 황금색 속눈썹으로 테두리를 장식한 눈꺼풀이 실룩거리며 섬세하게 떨리고 있었다. 잠자는 뱀 공주는 당장이라도 깨어날 듯한 분위기였다.

마치 어린아이 같은 세리나의 반응이 재미있어서, 나는 세리나가 일어나지 않도록 세심한 주의를 기울이면서도 한동안 그 꼬리를 계속해서 더듬거리고 있었다.

음냐, 후냥, 음, 으응. 세리나의 짧은 신음 소리가 들려온다.

이거 안 되겠군. 너무 재미있어. 정신을 차리고 보니 나는 그녀의 꼬리를 만지는 데 열중하고 있었다.

다음 날 아침, 태양이 겨우 지평선의 저편을 붉게 물들이기 시작할 즈음의 일이다. 나는 아직 자고 있는 세리나를 그대로 내버려둔 채, 야영 지점에서 다른 곳으로 발걸음을 옮겼다.

다행히 내가 꼬리를 계속 만지작거려도 세리나는 일어나지 않았다. 스스로도 놀라울 정도로 열중한 결과, 결국 나는 어젯밤에 한숨도 잠을 못 잤다.

라미아 종족은 몸의 절반 정도가 뱀이기 때문에 아침에 약하며 몸이 따뜻해질 때까지 움직임도 둔해진다고 한다. 따라서 세리나가 일어날 때까지 모닥불이 꺼지지 않도록 장작을 가능한 한 많이 지펴 뒀다.

땅바닥에 깔아 둔 모포나 냄비, 식기를 가방에 넣고 허리의 검띠에 장검과 단검을 꽂으면 준비는 끝이다.

그리고 세리나가 아침에 일어나 내 모습이 없는 것을 확인하고 당황할 수도 있으니, 늪지로 향한다는 사실을 땅바닥에 적어 두는 것도 잊어선 안 된다.

자, 그럼 한번 가볼까?

나는 야영 지점을 뒤로하고 대지의 정령과 맞붙었던 장소로 향했다.

정령력이 모이기 쉬운 장소에서는 모여든 정령력이 빛나는 광석 같은 모습으로 물질화하는 경우가 가끔 있다.

그 결정을 일컫는 말은 글자 그대로 정령석(精靈石)이다.

어제 목격했던 대지의 정령은 십수 년에 걸친 긴 세월 동안 늪지에 군림했던 셈이니, 그곳에 높은 순도의 정령석이 잔뜩 잠들어 있을 가능성은 높았다.

잠시 후 나는 늪지에 도착했다.

미쳐버린 대지의 정령을 두려워한 나머지, 늪지의 주변에는 위험한 생물은커녕 작은 동물들조차 존재하지 않았다. 덕분에 도중에 제삼자에게 방해를 당하는 일도 없었다.

나는 대지의 정령을 두 동강 냈던 지점에서 늪지의 중심부를 향해 발걸음을 옮겼다.

아직도 탁한 상태의 진흙탕이 신발을 더럽히는 것을 개의치 않고 나는 늪지 언저리에서 출발하여 늪의 표면 위를 걸어갔다.

물에 간섭함으로써 부력(浮力)을 만들어 내어 수상 보행을 가능케 하는 지극히 초보적인 마법을 사용한 것이다.

나는 마침 대지의 정령이 모습을 드러냈던 지점에서 발걸음을 멈췄다.

첨벙거리며 흔들리는 늪 표면 위에서 나는 가방에서 미리 꺼내 둔 한 장의 천을 왼손에 든 채로 늪지를 향해 다섯 손가락을 편 오른 손바닥을 들이댔다.

그리고 늪지 안에 있는 정령석의 존재를 감지하기 위한 탐사 마법을 발동시켰다.

나의 마력은 보이지 않는 물결처럼 늪지 전체로 퍼져 나가면서 그 물결과 접촉한 정령석의 반응을 확인했다.

손바닥에서 발산된 내 마력은 순식간에 늪의 밑바닥에서 구석에 이르기까지 전파되어 그 안의 모습을 전달해왔다.

늪지는 완전히 탁한 상태로 예전에 서식했다는 물고기 등의 모습은 전혀 찾아볼 수 없었다.

눈에 보이지 않는 대단히 작은 생물을 제외하면 거의 죽음의 늪으로 변해버린 것 같았다.

정령력의 조화가 다시 돌아온다고 해도 늪이 예전의 모습을 되찾기 위해서는 상당히 긴 시간이 필요할 것이다.

내가 발산한 마력과 접촉한 정령석이 곧바로 반응을 보였다.

그 정도로 강대한 힘을 축적하고 있던 정령이 지배하고 있었으니 나름대로 많은 정령석을 확보할 수 있다고 추측하고 있었다. 그리고 그 예상은 크게 빗나가지 않은 것 같다.

나는 늪 바닥에 묻혀 있는 몇 개의 정령석을 발견할 수 있었다. 그리고 그것들을 향해 눈에 보이지 않는 팔을 뻗는 모습을 머릿속에서 상상했다.

내가 수상 보행과 탐사 마법에 이어 발동시킨 술법은 역시 초보적인 마법에 해당하는 염동력이었다.

사념으로 물체를 움직이는 마법으로. 사용자의 역량에 따라 움직일 수 있는 물체의 거리나 무게가 변한다. 정령석 정도의 물체라면 수습 마법사가 사용한 염동력으로도 움직일 수 있다.

잠시 기다리자 주먹만 한 크기의 정령석이 늪 밑바닥에서 떠올랐다. 텀벙, 하고 작은 소리를 내면서 늪 표면을 갈라 내 눈앞까지 올라왔다.

대지의 정령력이 모인 결정인 지정석(地精石)은 호박(琥珀)을 연상시킬 정도의 깊은 갈색 빛을 내뿜고 있었다. 그리고 물의 정령력이 모인 결정인 수정석(水精石)은 사파이어를 연상시키는 깔끔한 파란 빛을 내뿜고 있다.

일반적인 정령석은 자갈 정도의 크기이니, 지금 내 눈앞에 있는 정령석들은 모두 흔치 않을 정도로 커다란 부류에 속한다고 할 수 있었다.

지정석 7개와 수정석 4개. 나는 왼손에 든 천으로 도합 11개의 정령석에 묻은 물기를 닦아 냈다.

이제 돌아가는 길에 짐승 한두 마리라도 잡아 가면 기념품으로는 충분할 것이다.

"드란 씨—! 좋은— 아침이에요—!!"

목소리가 들린 방향으로 고개를 돌리자, 대량의 담요를 집어넣어 매우 커다란 짐짝을 짊어진 세리나가 늪지 언저리에서 나를 향해 손을 흔들고 있었다.

천진난만한 미소를 짓고 손을 흔드는 그 모습에서는 나에 대한 경계심은 조금도 보이지 않았다. 알고 지낸 지 겨우 하루밖에 안 지났는데 너무 심하게 따르는 거 아닌가?

나는 세리나에게 오른손을 흔들며 화답했다. 그리고 지금까지 걸어온 수면 위를 다시 돌아가면서 그녀를 향해 걸어갔다.

"정령석을 채집하고 계셨나요? 정말 커다랗네요!"

"그 정도로 강력한 정령이 진을 치고 있었으니 당연히 있을 거라고 예상했지. 아무래도 정답이었던 것 같아."

내가 왼손의 천으로 감싼 정령석을 보여주자 세리나는 순수하게 감탄하는 표정을 지었다.

세리나는 고향을 떠나오면서 호신용으로 정령석이나 마력의 결정인 마정석(魔晶石)을 받았다고 들었다. 하지만 지금 내 손안에 있는 정령석만큼 커다란 것은 본 적이 없다고 한다.

어제 정령과 치른 전투는 세리나의 협력 덕분에 편하게 끝낼 수 있었다. 그런고로 세리나 역시 이 정령석을 가질 권리가 있다.

"자, 세리나도."

나는 지정석 네 개와 수정석 두 개를 세리나에게 건넸다.

세리나는 「직접 싸운 건 거의 드란 씨 혼자였잖아요」라고 말하면서 좀처럼 받으려고 하지 않았다. 하지만 그녀는 내가 예상했던 대로 적극적으로 밀어붙이는 데 약한 성격이었다. 결국 마지막엔 내 주장에 밀려 몹시 움츠린 모습으로 정령석을 받아 들었다.

늪에 일어난 이변의 원인을 파악하고 해결했을 뿐 아니라 전리품까지 입수할 수 있었다. 이제 내가 더 이상 늪지에 머물 이유는 없었다.

마르코에게도 오늘 중에 돌아가겠다고 전했으니 이제 슬슬 늪지에서 출발해야 할 시간이 다가왔다.

"세리나, 나는 슬슬 마을로 돌아가려고 해. 너는 이제부터 어떻게 할 생각이지?"

"아, 예. 남쪽에 인간분들의 도시가 있다는 소문을 들어서요, 남하하면서 남편감을 찾기 위한 여행을 계속할 생각이랍니다."

"흠. 알고 있겠지만, 라미아를 상대로 나 같은 반응을 보이는 인간은 드물 거야. 함부로 접근해선 안 돼. 위험하거든."

"예. 아빠와 엄마도 정말 지겨울 정도로 주의해주셨어요. 모든 인간분들이 드란 씨처럼 부드러운 성격이었으면 좋겠지만요."

"세리나가 너무나 선량한 여자아이라는 건 조금만 같이 있으면 누구나 알아줄 거야. 하지만 그 조금만 같이라는 게 어려운 일이지. 라미아의 수명은 인간에 비해 길잖아? 우선은 서두르지 말고 천천히 인간이나 다른 종족을 알아 가는 것부터 시작하면 괜찮을 거야."

세리나는 「예, 그렇게 할게요」라고 대답하며 고개를 끄덕였다. 나는 그녀에게 오른손을 내밀었다. 세리나는 조금 놀란 표정으로 나를 바라봤지만 곧바로 포근하면서도 부드러운 미소를 지었다. 그리고 조금 주저하는 기색을 보이다가 창피한 듯 내 오른손을 움켜쥐었다.

그녀의 미소는 정말 따뜻하고 부드러웠다.

나는 세리나에게 선물을 하나만 더 주기로 결심하고 부드러운 세리나의 손을 통해 나의 정기를 듬뿍 전달했다.

"꺅?!"

인간보다는 용종의 정기가 좀 더 활력소가 있을 것이라고 여겼는데 아무래도 세리나를 놀라게 한 것 같다.

생각해보면 고향에 있을 때 인간의 정기를 먹어본 경험은 있을지도 모르지만 역시 용종의 정기는 처음으로 경험했을 공산이 크다.

이건 내가 너무 경솔했나? 그녀는 너무 놀란 나머지 꼬리를 꼿꼿이 세우고 눈을 깜빡이며 정신을 못 차리고 있었다. 나는 얼버무리듯 그녀에게 웃어 보였다.

"미안해. 놀라게 한 것 같군. 나는 이제 출발하려고 하는데, 네가 가는 길에 행복만이 가득하기를 기도할게."

"어, 아, 예. 드란 씨도 건강하세요."

"고마워. 너라면 반드시 멋진 남성을 찾을 수 있을 거야. 난 그렇게 믿어."

악수했던 서로의 손을 거둬들이고 나는 베른 마을 방향으로 발걸음을 옮기기 시작했다.

늪이 작게 보일 때까지 걷고 난 후에 등 뒤를 돌아보자, 세리나는 아직 그곳에 머물러 있었다. 그녀는 내 시선을 눈치채고 있는 힘껏 손을 흔들었다.

나도 웃으면서 세리나에게 손을 흔들었다. 세리나는 내 모습이 보이지 않을 때까지 늪 언저리에서 나를 계속 배웅했다.

정말이지 사랑스러운 라미아도 다 있군.

나는 늪지를 뒤로하고 베른 마을을 향한 귀갓길에 올랐다. 도중에 구부러진 뿔을 달고 다니는 큰 창뿔 사슴 두 마리를 물리치고, 적당하게 길고 굵은 봉에 매단 채로 마을 북문에 도착했다.

나는 낯익은 문지기들에게 어깨에 둘러멘 큰 창뿔 사슴을 보여

주고 가볍게 웃으면서 잡담을 나누기도 했다. 하지만 내 가슴속에서는 어떤 걱정이 똬리를 뜬 채로 떠나가질 않았다.

늪지에서 세리나와 헤어진 이후, 내 머릿속에서는 세리나가 나쁜 인간에게 속아 넘어가 감옥 안에서 쇠사슬에 매달린 모습으로 구경거리로 전락한 모습이 실감나게 떠올라서 떨쳐 낼 수가 없었던 것이다.

세리나가 지닌 라미아의 특수 능력과 마법사로서 갖추고 있는 역량을 고려하면, 평범한 도적 떼나 모험가 나부랭이는 문제없이 처리할 수 있을 것이다. 하지만 유감스럽게도 세리나의 성격은 지나치게 선량했다.

괜찮은가? 괜찮을까? 괜찮겠지? 나는 머릿속에서 계속 번민에 시달렸다.

세리나가 나를 너무 따르는 모습을 보고 걱정했지만 이제 보니 사돈 남 말이었다. 내 쪽도 완전히 세리나에게 정이 들어버린 것이다.

앞으로 나와 세리나의 운명이 마주치는 일이 있을지는 모르겠다. 하지만 만약 다시 만나게 된다면 자상하게 대해주자. 나는 그렇게 마음속으로 맹세하면서 집으로 돌아갔다.

†

마력이란 삼라만상(森羅萬象) 모든 존재에 깃든 힘이며, 인간종 역시 누구나 마력을 지니고 있다.

하지만 그렇다고 해서 모든 인간이 마법을 사용할 수 있는 것은 아니다.

마법이라는 현상을 일으킬 수 있을 정도의 강한 마력을 지닌 인간은 드물다.

후천적인 노력으로 어느 정도 메꿀 수는 있지만 결국 백 명에 한 명 있을까 말까 하는 확률이다.

나도 용의 혼을 지니지 못한 순수한 인간이었다면 마법을 습득하는 것은 포기해야만 했을 것이다.

한편, 용을 비롯해서 강한 마력을 선천적으로 지니고 있는 종족들은 경우가 다르다. 예를 들면 호흡이나 손발을 움직일 때와 똑같은 감각으로 마력을 사용해 살아가는 방법에 완전히 익숙해진다.

정확히 말하자면 마력을 사용하지 않는 삶의 방식을 경험하는 경우가 드물다고 해야 할지도 모른다.

그런 식으로 마력이나 마법과 직결된 생태를 지닌 생물에게 마력을 사용하지 않고 살아가라는 것은, 인간에게 호흡을 하지 말고 살라는 말이나 마찬가지다.

하물며 나는 이 세계에 마력이 넘쳐흐르고 신비에 가득 차 있던 신들의 시대부터 살아온 몸이다. 마력을 사용하면서 살아가는 것은 거의 본능이나 다름없었다.

하지만 나는 부모님의 팔에 안겨 있을 때부터 모처럼 인간으로 태어났으니 인간답게 살아보기로 결심했다. 그렇기 때문에 지금까지 주위의 인간들과 비슷하게 행동하는 일에 많은 신경을 쏟고 있었다.

지금은 순수한 육체의 능력만으로 생활하는 방법을 제대로 터득하여 익숙해졌지만, 어렸을 때는 깜빡 방심을 한 순간에 무심코 마력을 사용해서 인간 어린이의 힘으로 도저히 불가능한 결과를 낸 적이 많았다. 그럴 때마다 얼버무리고 숨기는 데 진땀을 뺀 기억이 있었다.

예를 들면 어렸을 때, 나는 마을에 살고 있는 마법 의사인 마글 할머니를 흉내 내려고 마법약의 조합을 시도했던 적이 있었다. 마법약이라는 것은 글자 그대로 마력을 띤 재료를 사용해서 제조 과정에 마법을 사용하는 약을 가리킨다. 약초나 약용 효과를 지닌 이끼 등으로 제작하는 상처약이라면 베른 마을에선 어린아이들도 만들 수 있다. 하지만 마법약이라면 이야기가 달라진다.

마법약은 극적인 효과가 있는 만큼 조합이 어려우며, 마력을 다루는 소양이 없는 이가 시도할 경우엔 일단 조합 자체를 성공할 수가 없었다.

마글 할머니의 마법약은 일반적인 상처약보다 강한 효능을 지니고 있기 때문에 마을에서는 굉장히 중요하게 취급되고 있었다. 뿐만 아니라 가끔 마을을 방문하는 여행 상인도 한꺼번에 대량으로 구입하는 나름대로 괜찮은 수입원이었다.

어린 나는 우선은 가족의 생활을, 가능하면 마을 전체의 생활을 편하게 하고 싶다는 마음을 품고 있었다. 그러므로 살림에 보탬이 될 수 있으면 좋겠다는 생각에 마글 할머니처럼 마법약을 조합하려고 시도해본 것이다.

인간으로 다시 태어나고 나서 나의 마음은 호기심과 모험심으로 가득 차 있었다.

혼의 질은 굉장히 약해지긴 했다. 하지만 용으로서 이보다 더할 수 없이 노후화되어 있던 나의 혼은, 말하자면 회춘한 거나 다름 없었다. 눈에 보이는 모든 것과 머리에 떠올린 모든 일들을 시도해보지 않으면 견딜 수 없었던 것이다.

어린 나는 대체 어떻게 하면 제대로 된 효능을 갖춘 마법약을 조합할 수 있을지 머리를 굴렸다. 그런데 개인적으로 조달한 재료에 해석 마법을 사용하려던 찰나 아버지에게 발각되고 말았다. 그리고 어린아이가 함부로 마글 할머니를 흉내 내선 안 된다고 호되게 혼쭐이 났다.

마법약의 조합은 지극히 섬세한 작업이다. 따라서 지식이 없는 이가 함부로 손을 댈 경우엔 단순히 실패할 뿐만 아니라, 경우에 따라선 위험한 독약을 연성하거나 조합한 장본인이 최초의 희생자로 전락할 위험성도 있다.

아버지는 그 일에 무척 화를 내며 변경의 가혹한 환경에서 30년 가까이 혹사시켜 온 그 철권을 내 머리 위에 떨어뜨렸다.

나는 얌전히 아버지의 주먹을 맞고 잠시 동안 그 설교를 들었다.

부모에게 혼난다는 체험 자체가 처음이었던 것은 물론이거니와 그 과정에서 부모의 틀림없는 애정이 느껴졌다. 때문에 나는 면목이 없기도 했지만 그 이상으로 기쁨을 느끼고 있었다.

하지만 이 실패에는 예상치 못한 부산물이 따라왔다.

마글 할머니가 우연히 그 현장을 지나가다가 내가 조합하고 있던 마법약을 살펴보더니, 나에게 조합 방법을 가르쳐주겠다고 제안한 것이다.

그 이후로 저녁에 농사일이 끝난 후나 아침에 해가 막 떠오른 시점 등, 막간을 이용해서 그녀로부터 마법약의 조합에 관해 배울 수 있었다. 물론 마글 할머니가 편한 날에, 그녀의 집을 방문해야만 받을 수 있는 수업이었다.

인간이란 무슨 일이건 도전해봐야만 하는 것이다.

뿐만 아니라 마글 할머니는 마법약의 조합 방법 이외에 인간들이 사용하는 마법의 기초 과정에 관해서도 전수해줬다.

†

세리나와 헤어지고 나서 며칠이 지난 어느 날의 일이었다. 나는 아침 일찍 일어나 식사를 마치고, 마을 한가운데를 가로지르는 강에 설치된 다리를 건너 마을 남서쪽에 위치한 마글 할머니의 집을 방문했다.

마글 할머니의 집은 마글 할머니 본인과 딸 부부, 그리고 두 사람의 손녀까지 포함해서 다섯 명의 가족이 살고 있다. 손녀가 한 사람 더 있지만 그녀는 베른 마을을 떠난 몸이다.

마글 할머니의 집은 마법약의 재료로 사용하는 다양한 나무로 둘러싸여 있었다. 방 네 개에 주방 겸 식탁, 그리고 창고로 이루어져 있다. 내가 사는 집보다 평수도 훨씬 넓다. 뿐만 아니라 부지 안에는 약의 조합을 위한 별채까지 있었다.

안뜰에는 꽃잎의 크기나 형태가 다양한 여러 가지 색깔의 꽃이나 풀, 나무가 심어져 있다. 그것들은 마법약의 재료로 사용된다.

이러한 특수한 식물을 재배하는 방법은 마글 할머니와 그 딸이나 손녀들, 그리고 제자인 나밖에 모른다. 사위분은 유감스럽게도 마법을 구사할 수 있을 정도의 강한 마력을 지니지 못했기 때문에 가족 중에 유일한 예외였다.

마글 할머니는 딱히 마법약을 독점하려는 의도가 없었다. 그저 마력을 띤 마법약의 조합이나 재배에는 대단히 큰 위험성을 동반하고, 마법의 소양이 없는 이가 함부로 다루다가는 사망자까지 발생할 수 있기 때문에 자연스럽게 취급 가능한 인원이 제한됐을 뿐이다.

마글 할머니는 마을 사람들을 위해 거의 무료로 마법약을 조합하고 있었다. 의사나 약사가 적기도 해서 마을 사람들은 마글 할머니를 정말 많이 의지하고 있었다. 마글 할머니는 자칫하면 촌장보다도 존경받는 베른 마을의 원로라고 할 수 있었다.

나는 뜰에 위치한 울타리로 구획이 나뉘어져 있는 별채로 향했다. 그리고 문 옆에 대기하고 있던 반들반들하게 털을 기른 검은 고양이에게 실례한다고 인사했다.

돌바닥 위에 엎드려 있던 검은 고양이는 감았던 눈꺼풀을 뜨더니 황금색 눈동자로 나를 확인하자마자 「야옹」이라고 짧은 울음소리로 대답했다.

마글 할머니가 부리는 세 마리의 사역마(使役魔) 중 한 마리인 검은 고양이 키티다.

키티는 아무리 멀리 떨어져 있어도 마글 할머니와 오감을 공유

할 수 있고, 마물을 상대할 때는 재빠른 동작으로 경동맥을 뜯어 버릴 수 있는 무력까지 보유한 자그마한 전사였다.

키티는 인사를 끝낸 이후론 나에 대한 흥미를 완전히 상실하고 다시 눈을 감은 채 단잠을 즐기기 시작했다. 고양이는 참 잘도 잔다. 하긴, 용도 하루 중 태반을 자면서 보내는 셈이니 오십보백보일지도 모르겠다.

내가 조합용 별채의 문을 열자 다양한 식물이 혼합된 냄새가 나를 에워쌌다.

천장에 설치된 대들보나 끈에 바싹 마른 꽃들이 잔뜩 매달려 있었다.

들어가자마자 정면에 보이는 것은 오래된 서책으로 가득 차 있는 책장이었다.

오른편에는 조합에 사용하는 대중소(大中小) 사이즈의 가마 세 개와 냄비가 걸려 있는 난로가 하나 있다. 왼편에는 프라이팬이나 국자, 망치나 가위, 부엌칼 등 조합용 도구가 들어 있는 선반이 있었다.

방 중앙에는 찻그릇과 빛바랜 책등의 서책, 사발 등으로 가득 메워진 둥근 테이블과 의자가 두 개 놓여 있었다. 마글 할머니는 그 의자 중 하나에 걸터앉아서 나를 기다리고 있었다. 그녀는 끝자락이 흐트러진 적갈색 케이프를 두른 모습으로 허리에 맨 낡아 빠진 가죽 벨트에 작은 주머니를 몇 개나 매달고 있었으며 발에는 샌들을 신고 있었다.

백발을 땋아서 조잡하게 생긴 파란 끈으로 묶어 놓았다.

마글 할머니는 주름살에 묻힌 자그마한 녹색 눈동자로 내 얼굴을 똑바로 쳐다보더니 온화하고 자애에 찬 미소를 지었다.

"잘 왔구나, 드란. 그럼 오늘은 해독용 마법약의 조합법에 관해 복습해볼까?"

겉보기엔 입술이 느릿느릿 약간씩 움직이는 걸로밖에 보이지 않았지만 마글 할머니의 목소리는 나의 고막을 제대로 울리고 있었다. 나는 고개를 끄덕이며 마글 할머니의 눈앞에 놓인 의자에 걸터앉았다.

막대한 용종의 마력을 자유자재로 구사하는 내가 이제 와서 마법약의 조합 방법 같은 기술을 배우고 있는 이유를 굳이 말하자면, 사실 대단한 이유는 전혀 없었다.

그저 마법약의 조합 방법을 몰랐기 때문이다.

애초에 나뿐만이 아니라 대부분의 용종들은 약 같은 것을 필요로 하지 않는다. 상처나 질병을 치유하는 회복 마법을 사용할 기회조차 일생에 걸쳐 몇 차례 있을까 말까 할 정도였다.

용종은 생물로서의 능력이 대단히 강하기 때문에 대부분의 부상은 영양을 섭취하고 수면을 취하기만 하면 곧바로 회복된다. 따라서 용종들이 걸리는 질병 자체가 거의 존재하지 않는다.

약 자체가 필요한 경우가 거의 없기 때문에 의료 기술이나 의약품 등의 도구가 전혀 발전하지 않았던 것이다.

그런고로 나는 마글 할머니에게 마법약의 조합에 관해 기초 중의 기초부터 배워야만 했다.

대가는 주로 마글 할머니의 심부름을 수행함으로써 지불하고 있다.

조합 작업을 보조하거나 재료를 조달할 때도 있고, 할머니의 어깨를 두드려 드리는 걸로 끝날 때도 있다. 만일의 경우에 대비해 마법약의 조합이 가능한 인간을 한 사람이라도 더 많이 확보하자는 의도도 있을 것이다.

나는 성실할 뿐만 아니라 지식이나 기술의 습득에 의욕적인 학생으로서 마글 할머니의 수업에 모든 신경을 집중시켰다.

마글 할머니의 수업은 아침 일찍부터 해가 중천에 걸릴 때까지 계속됐다.

내가 마글 할머니에게 인사를 드리고 집으로 돌아갈 준비를 시작하자, 조합용 별채의 문이 기세 좋게 열리며 앞치마를 두른 아이리가 모습을 드러냈다.

평소와 같은 블라우스 차림에 그녀 전용의 작은 앞치마를 두른 아이리는 내 얼굴을 찬찬히 들여다봤다.

아이리는 마글 할머니의 손녀 3자매 중 막내다.

그녀는 대대로 마법 의사를 이어 온 마글 할머니 집안의 후계자 후보 가운데 한 사람으로 마법 의사 후보생으로서는 나의 선배라고 할 수 있었다.

지금은 나와 마찬가지로 수습 마법 의사였다.

그녀는 아직 10살의 소녀였지만 이미 어느 정도 마법약을 조합하는 기술과 전투용 마법을 익히고 있었다.

다른 마을 아이들과 마찬가지로 실전 경험도 쌓고 있으며 고블린이나 코볼트 등의 마물을 마법으로 쫓아낸 실적도 두 차례 정도 있었다.

"드란 오빠, 점심은 우리 집에서 먹고 가."

"벌써 그런 시간이야? 하지만 가족들의 시간에 내가 끼어드는 것도 좀 그렇지 않나?"

"그럴 리 있겠어? 우리 가족과 드란 오빠 사이인걸. 그리고 드란 오빠가 먹을 것까지 벌써 차려 놨으니 이미 늦었어. 드란 오빠가 먹어주지 않으면 남아버린다고."

아이리는 평평한 가슴을 펴고 두 주먹을 허리에 갖다 댄 자세로 나의 반론을 즉석에서 찍어 눌렀다. 그녀의 마음속에서 나에게 점심 식사를 대접하는 것은 이미 결정된 사항인 것 같았다.

아이리와 가족분들의 호의는 정말 고맙기 그지없지만 단란한 가족의 식사에 끼어들 면목이 없다는 것도 본심이다.

내가 어떻게 하면 좋을지 고민하고 있자, 아이리는 내가 판단을 내리지 못하고 있다는 사실에 신경을 곤두세우고 눈꼬리를 치켜세운 채 내 얼굴을 지그시 노려보기 시작했다.

그렇게 원망하는 눈빛으로 쳐다봐도 할 말이 없다고. 내가 마음속에서 탄식하고 있자 마글 할머니가 손녀의 모습을 보고 느끼는 구석이 있었는지 의자에 앉은 채로 그녀를 거들었다.

"드란, 아이리의 말대로 하려무나. 스승으로서 내리는 명령이야."

내가 스승님의 말씀에 거역할 수 있을 리 없다.

나는 항복이라고 말하는 대신에 양어깨를 으쓱해 보였다.

그러자 아이리가 찬란한 미소를 지었다.

흠, 이 미소를 볼 수만 있다면 내가 스스로의 의지를 굽히는 것도 어쩔 수 없는 일이군.

"할머니, 고마워. 자, 드란 오빠, 할머니. 식사하러 가자. 다들 기다리고 있어."

이거야 원. 하지만 식사에 초대받는 것 자체는 단순하게 기쁜 일이다.

매일 손수 식사 준비를 하고 있으면 가끔은 누군가가 만들어준 요리를 먹고 싶어질 때도 있으니까.

나와 아이리는 마글 할머니를 부축하여 의자에서 일으킨 후, 지팡이를 짚고 걸어야 하는 마글 할머니의 보폭에 맞춰 본채로 향했다.

본채의 지붕에 설치된 새까만 굴뚝에서 연기가 뭉게뭉게 솟아오르고 있었다.

특별히 감각을 예민하게 강화시킨 상태도 아닌데 나의 코는 식욕을 자극하는 좋은 냄새를 맡고 있었다.

모처럼 식사에 초대받았으니 제대로 얻어먹지 않으면 손해일 것이다. 나는 자신의 식욕에 순순히 복종하기로 했다.

기다란 식탁 위에 싱싱한 샐러드나 버터를 올린 삶은 감자, 뜀토끼의 스튜, 왕 이빨 악어의 소테, 가마솥에서 금방 꺼낸 흑빵, 두두 새의 달걀 프라이 등의 음식이 비좁게 늘어서 있었다.

배가 버릇없이 꼬르륵 소리를 내려는 것을 참아내는 작업은 상당히 어려웠다.

테이블을 둘러싼 사람들은 아이리의 어머니이자 마법 의사인 디나 아주머니, 그 남편이자 데릴사위인 도르가 아저씨, 그리고 둘째 딸이자 아이리보다 일곱 살 언니인 리샤였다.

이 자리에 있는 가족들 이외에도 또 한 사람, 3자매 중에서도 맏딸로 올해 열아홉 살이 되는 엘시 누나가 있었다. 하지만 엘시 누나는 집에서 나와 왕국 병사로 근무하고 있기 때문에 이 자리에는 없다.

유감이지만 엘시 누나는 마력을 구사할 수 있는 소양을 물려받지 못했기에, 마법 의사의 가업은 리샤가 디나 아주머니의 뒤를 이을 공산이 컸다.

전원이 모이자 오늘의 양식을 얻은 것에 대한 감사의 기도를 대지모신(大地母神) 마이라르에게 바쳤다.

대지모신 마이라르는 풍요로운 대지를 관장하는 최고위의 여신이자, 나의 전생에 가장 친했던 친구이기도 했다.

올곧고도 길게 뻗은 검은색 머리칼에 온화한 빛을 띤 칠흑색 대리석을 연상시키는 아름다운 눈동자가 인상적이었다. 깊은 포용력이 느껴지는 미녀의 모습을 하고 있으며, 이 대륙에서도 많은 인간들이 신앙의 대상으로 받들고 있는 최고위의 신 가운데 한 사람이다.

성격도 대단히 자비 깊고 드넓은 애정이 넘쳐흐르기 때문에, 나는 인간들이 신앙을 바칠 가치가 있는 신이라고 생각한다.

내가 그녀와 직접 아는 사이라고 말한다면…… 아마도 불쌍한 헛소리꾼 취급을 당하게 되리라는 것은 불 보듯 뻔했다.

나의 혼은 인간이 아니기 때문에 기도를 바쳐도 그녀에게 도달

할지는 잘 모르겠다. 하지만 식자재나 요리를 만들어준 디나 아주머니나 리샤에 대한 감사의 마음은 거짓이 없었기에, 나 역시 얌전하게 기도를 바쳤다.

기도가 끝나고 디나 아주머니의 허락이 떨어지면서 식사가 시작됐다.

참고로 이 집의 권력 서열은 마글 할머니, 디나 아주머니, 도르가 아저씨순으로 강하다.

도르가 아저씨는 마법약을 조합하지도 못할 뿐만 아니라, 데릴사위이기 때문에 그의 권력 서열이 3위라는 것은 타당할 것이다.

디나 아주머니는 붉은색 곱슬머리를 허리의 가운데 정도까지 기른 풍만하면서도 굴곡 있는 몸매의 미인이다. 그녀는 아이 셋을 낳았다고는 상상이 안 갈 정도로 젊어 보였다.

아이들을 상대할 때는 때려서 꾸짖기보다는 어르고 달래서 타이르는 분이다.

도르가 아저씨의 턱은 마치 철사처럼 단단한 수염으로 덮여 있었다. 그는 군데군데 하얀 머리칼이 섞여 있는 흑발을 뒤로 쓸어넘겼다. 과묵한 사람이지만 어깨는 물론 가슴팍도 남들에게 뒤지지 않을 정도로 억세게 단련한 육체의 소유자다. 마을에서도 손가락에 꼽힐 정도의 전사로 마을 사람들로부터 많은 의지를 받고 있는 인물이었다.

부드러운 분위기의 리샤는 아버지를 닮은 흑발의 소유자로 커다랗게 물결치는 듯한 곱슬머리를 허리까지 기르고 있다. 어머니와 닮은 풍만한 가슴이나 잘록한 허리, 육감적인 엉덩이를 자랑하는 미소녀였다.

그 미모와 온화한 성격으로 마을의 동년배 남자들로부터 둘째가라면 서러울 정도의 인기를 자랑하며 다른 마을 소녀들에게도 동경의 대상이었다. 약간 처져 있는 왼쪽 눈가에 눈물점이 있어서 가끔 상대를 깜짝 놀라게 하는 요염한 표정도 매력적이다.

아이리는 아직 성장기 도중이니 차치하고서라도, 3자매의 장녀인 엘시 누나의 몸매를 떠올리면 의아함이 느껴질 수밖에 없다. 같은 어머니를 둔 자매가 이렇게 몸매가 다를 수 있나? 나는 생명의 신비에 대해 머릿속에서 상상의 나래를 펼치고 있었다.

어머니나 둘째와는 달리, 엘시 누나의 몸매는 기복이 없는 평야를 연상시켰다.

엘시 누나는 그 사실을 지적한 마을 남자들을 울면서 용서를 빌때까지 그 튼튼한 주먹으로 두들겨 팼다.

리샤는 그런 언니와는 달리 아직도 몸매가 성장하고 있는 모양으로 여유를 넉넉하게 두고 짠 원피스에 몸을 감싸고 있었다.

리샤는 내 왼편에 앉아, 식사를 시작하고 나서 얼마 지나지 않아 샐러드를 찍어 먹던 목제 포크를 내려놓고 나를 향해 상큼한 미소를 지은 채 질문했다.

"저기, 드란 군? 오늘 요리 맛은 어때? 입맛에 맞으면 좋겠는데."

"맛있어. 그럴듯한 표현이 떠오르지 않아서 미안하군. 오늘 요리는 리샤가 만들었나?"

실제로 식탁에 늘어서 있는 요리들은 내 인생 전체를 돌이켜봐도 세 손가락에 들 정도로 훌륭한 맛을 자랑했다. 화려한 가짓수로 따지자면 인생에서 맛본 최고의 식탁이다.

나의 이성은 일찌감치 식욕에게 항복을 선언하고 처음에 더 달라고 선뜻 말을 꺼내지 못했던 것도 이미 과거의 일이었다. 지금은 거리낌 없이 추가 주문을 입에 담고 있는 지경이다. 스스로도 조금 자제심이 부족하다고 반성할 수밖에 없었지만 지금은 혀가 느끼는 맛에 열중할 수밖에 없었다.

인간으로서 살아가는 동안 미각의 자극에 질리는 날은 죽을 때까지 찾아오지 않을 것 같다.

리샤는 내 대답을 듣고 짓궂은 미소를 짓더니 내 오른편에 앉아 있는 아이리를 향해 참으로 애교 있게 눈을 깜빡여 보였다.

나는 그녀의 의도를 파악하기 위해 리샤의 시선을 따라 아이리에게 고개를 돌렸다. 그러자 내가 추가로 부탁했던 스튜를 접시에 담고 있던 아이리가 뺨을 붉게 물들였다.

"어, 언니!"

아이리는 나에게 감추고 싶었는지 리샤에게 항의의 뜻이 담긴 시선을 보냈다. 나는 아이리의 손에서 접시를 받아 들고 아이리를 자리에 앉힌 후에 그녀를 똑바로 바라보면서 말했다.

"그랬어? 오늘 요리는 아이리가 만들었구나. 정말 맛있어. 고맙다."

그녀가 조합용 별채에 들어왔을 때 앞치마를 입고 있던 데에는 그런 이유가 있었던 것 같다.

"응, 남기면 안 되는 거 알지?"

내가 미소를 지은 채 감사를 전하자 아이리는 내 시선을 외면하면서 소곤거리는 목소리로 대답했다. 흠, 정말 예쁜 아이다.

"남길 리가 있나."

아이리가 나를 위해 요리를 만들어줬다는 사실은 예상치 못한 기쁨이었다.

문득 테이블을 둘러싼 나머지 가족들의 얼굴을 둘러보자, 도르가 아저씨 이외의 전원이 싱글벙글 웃으며 나와 아이리를 바라보고 있었다.

디나 아주머니가 테이블에 양 팔꿈치를 괴고 두 손을 깍지 낀 채, 그 위에 달걀형의 아름다운 턱을 올린 모습으로 나에게 질문을 던졌다.

"얘, 드란. 드란은 마을 여자애들 중에 좋아하는 애 있니? 결혼하고 싶은 상대는 없어? 이제 슬슬 그런 것도 생각해야 할 나이잖아."

나는 디나 아주머니의 질문을 듣고 팔짱을 낀 채 진지하게 생각에 잠겼다. 그럴 수밖에 없는 것이, 나의 혼은 인간이 아니라 용이다.

육체는 인간이므로 인간이나 그에 가까운 모습의 여성에게 반응하면서 욕망을 느끼기는 한다. 하지만 연애 감정을 가진다는 그 과정에 관해 아직 감이 잡히질 않았다.

하지만 나도 가족에 대해서는 틀림없는 애정을 느끼고 있으므로 어쩌면 인간을 사랑하는 날이 찾아올지도 모른다.

그런데 생각에 잠겨 있다 보니 깨달은 사실인데, 이유는 모르겠지만 아까부터 도르가 아저씨의 시선이 마치 예리한 화살처럼 나를 향하고 있었다. 내가 무슨 실수라도 저질렀나?

아니군, 지금까지 주위에서 보인 반응이나 말투를 생각해보면 도르가 아저씨의 시선에 담긴 의도를 헤아리는 것은 어렵지 않다.

어쨌든 그건 그렇고 알고 지내는 마을 소녀들의 얼굴이나 평소 말투를 머릿속에서 떠올렸다.

사랑한다는 감정을 품고 결혼을 하고 싶다는 것은 일생을 함께 보낸다는 것을 의미한다.

그렇다면 함께하면서도 답답하지 않고 즐겁게 지낼 수 있고, 호감이 가는 인물을 선택하는 편이 적절할 것이다.

"글쎄. 결혼을 허락받을 수 있는 나이가 되기는 했지만, 현실적으로 생각하는 건 아직 어려울 것 같아. 아버지나 어머니가 아직 그다지 재촉하지 않으니까 그런 것도 있겠지만."

디나 아주머니는 내 대답을 듣고 「어머나, 유감이네」라고 중얼거렸다. 예리한 시선을 보내고 있던 도르가 아저씨는 눈을 감고 어딘지 모르게 안심한 듯 한숨을 내쉬었다.

마글 할머니에 이르러서는 「호호호」라고 웃음소리를 내고 있을 정도였다.

나는 왠지 모르겠지만 어릿광대라도 된 듯한 기분이 들어서, 마음속에서 「진지하게 대답했을 텐데?」라는 불평을 눌러 담았다.

"후후. 형은 벌써 결혼했는데, 드란 군은 아직 그런 거엔 그다지 관심이 없나 보네? 하지만 유감이야. 나 드란 군에게 차인 것 같아."

리샤가 오른쪽 뺨에 손을 갖다 댄 채 대단히 유감스럽다는 듯 나에게 말했다.

표정과 목소리는 틀림없이 유감스러워 보였지만, 나는 그녀의 목소리에 어딘지 모르게 놀리는 듯한 울림이 섞여 있다는 사실을 알아챘다.

리샤는 부드러운 분위기의 소녀였으나 나나 내 형제들을 상대할 때는 이런 식으로 놀리는 버릇이 있었다.

"난 리샤를 좋아해. 하지만 이 좋아한다는 감정이 연애 감정이라고 장담할 수 없다는 것이 지금 나의 솔직한 본심이지."

"어머? 그럼 열심히 노력하면 드란 군에게 선택받을 수 있을까? 난 드란 군을 꽤 좋아하는 편이거든."

"아, 아, 안 돼! 언니만은 안 돼!!"

그때까지 입을 다물고 있던 아이리가 기세 좋게 고개를 들고 의자를 쓰러뜨리면서 일어섰다.

쾅, 그리고 소리가 날 정도로 두 손을 테이블에 짚고 리샤에게 큰 목소리로 항의했다.

흠. 갑자기 입을 다물질 않나 갑자기 고함을 지르기도 하고. 오늘은 여러 가지 모습의 아이리를 보는군.

내가 느긋한 감상을 가지고 그 모습을 바라보고 있자, 리샤는 아이리의 반응에 마치 방울이 굴러가는 듯한 낭랑한 목소리로 웃어 보였다.

아이리는 아무래도 자신이 언니의 장난에 놀아난 것 같다는 사실을 이해하고 볼을 부풀리면서 의자를 다시 세운 뒤 걸터앉았다.

"아이리도 참, 그렇게 허둥대면 어떡하니? 드란 군, 우리 아이리 너무 귀엽지? 나도 어쩌다 보니 그만 놀리고 싶어질 때가 있다니까."

"언니?!"

아이리가 방심한 순간을 놓치지 않는 걸 보면 리샤는 역시 아이리의 언니다웠다. 슬슬 아이리에게 장난치는 걸 중단하지 않으면 요리가 식을 텐데?

다행히 아이리에 대한 리샤의 장난은 거기서 끝났고 그 이후엔 온화한 분위기로 환담이 이어졌다. 기분이 상했던 아이리도 배를 채운 후엔 다시 기분이 좋아져서 나와 평범하게 잡담을 나눌 수 있는 단계까지 회복됐다.

만약 앞으로 아이리를 화나게 해도 그녀의 위장을 채워주면 해결 가능하다는 사실을 알아낼 수 있었다.

소녀의 호의를 받는다는 것은 기뻤지만 아이리는 좀 더 성장한 뒤에 경험할 일이야, 안 그래?

†

나는 마글 할머니의 집에서 점심 식사를 해결하고 일단 집으로 돌아와 커다란 물고기 바구니와 낚싯대, 호신용 장검과 단검을 지니고 외출하기로 했다.

나의 목적지는 베른 마을의 북동쪽에서 남서쪽으로 흐르는 베레느 강의 상류였다.

방금 점심 식사를 끝낸 참이었지만 저녁 식사로 물고기를 먹을 결심을 하고 낚시를 하기 위해 출발한 것이다.

마을 한가운데를 가로지르는 강에서도 물고기를 낚을 수 있고 저수지를 조성해서 아담하게나마 양식(養殖)과 유사한 작업을 하고는 있다. 하지만 역시 덩치가 크고 살찐 물고기를 잡으려면 강의 상류까지 발걸음을 옮겨야만 했다.

베레느 강은 거슬러 올라가면 모레스 산맥 정상까지 이어질 뿐만 아니라 여러 개의 산이나 깊숙한 숲 속을 흐르고 있다. 나는 베른 마을에서 가장 가까운 북쪽 숲 근처에서 낚시를 즐기기로 했다.

태양 빛을 잔뜩 쬐고 대지에서 양분을 들이마신 나무들은 싱싱한 녹색 잎들로 햇빛을 가로막고 있었다. 그 덕분에 숲 속은 낮인데도 불구하고 어두침침했다.

숲에는 늑대나 멧돼지, 거대한 파충류 등의 위험한 생물들도 많았다. 하지만 그들의 입장에서 생각해보면 인간이야말로 가장 위험한 생물이다.

고로 그들의 습성이나 구역만 제대로 파악하고 있으면 쓸데없이 맞부딪칠 일도 없다.

나는 나무 기둥에 나 있는 상처나 부러진 가지, 똥오줌으로 표시된 그들의 구역을 침범하지 않도록 세심한 주의를 기울이면서 숲속을 나아갔다. 그리고 낚시하기 알맞게 강의 폭이 넓으면서도 깊은 강가에서 발걸음을 멈췄다.

셀 수도 없을 정도의 새나 벌레의 울음소리와 강의 여울이 졸졸흐르는 소리가 겹쳐져서 하모니를 일으켰다. 울창한 숲 속에서 연주되는 자연의 음악은 나로 하여금 매 순간을 살아가는 생명들과 지금 이 순간에도 꺼져 가는 생명의 존재를 의식하게끔 했다.

오늘의 내 표적은 성인의 팔만큼 커다란 샤르케라는 물고기다.

샤르케는 뾰족한 입과 은색 비늘에 무수한 검은 반점이 나 있는 모습의 물고기다. 속살에 살짝 달콤한 기름기가 올라 있는 것이 특징이다.

굽거나, 조리거나, 훈제하거나, 말리거나, 삶거나─. 하여간 샤르케는 어떻게 요리해도 맛있는 물고기로, 상상하다가 내 입에서 무심코 군침이 흘러넘칠 정도였다.

보존 식품을 만들 분량과 물고기 바구니의 크기를 고려하면 다섯 마리 정도는 낚고 싶은 참이다. 만약 제대로 낚이지 않는다면 살짝 반칙을 써도 되겠지?

마치 에워싸듯이 가지를 뻗은 나무들이 만든 자연의 천장이 강 표면을 녹색으로 물들이고 있었다.

나는 그 흐름 속에서 가끔 모습을 드러내는 물고기의 그림자나, 물고기가 숨어 있는 것으로 추정되는 바위 그늘을 향해 가짜 미끼를 던지려고 낚싯대를 들어 올렸다. 그 순간, 나는 바람을 통해 전해져 온 나무가 타는 냄새를 감지했다.

이 숲에 불을 다루는 종족은 살지 않는 것으로 알고 있다.

고블린이나 오크가 우연히 들러서 휴식이라도 하고 있는 건가? 그렇다면 조금 위험하군.

마물들은 야생 동물들과는 달리, 인간이나 요정종(妖精種)을 절대적인 적대 관계의 생물로 인식한다. 그들은 인간을 확인하면 어지간히 수적으로 불리하거나 부상을 입은 상태가 아닌 이상은 주저하지 않고 죽이기 위해 습격했다.

마물들이 숲에 발을 들여놓은 마을 사람들 중 누군가에게 위해를 입히기 전에 내가 미리 그들을 제거해 두는 편이 좋겠다.

거기까지 생각이 미친 나는 낚시를 중단한 뒤 낚싯대와 물고기 바구니를 그 자리에 남겨 놓고 옆에 세워 뒀던 장검을 손에 들었다. 그리고 나무가 타는 냄새의 출처를 향해 걸어갔다.

냄새의 출처는 강에서 그렇게 멀지 않은 거리에 있었다. 나는 발치에 떨어져 있는 마른 가지나 낙엽 때문에 발소리가 나지 않도록 주의를 기울임과 동시에, 나무들 사이를 누비면서 그곳으로 접근해 갔다.

이쪽이 바람을 맞는 방향이니 냄새로 발각되지는 않았을 것이다.

나는 칼집에 꽂혀 있던 장검으로 손을 가져가 언제든지 뽑을 수 있도록 손가락 끝의 신경에 의식을 집중시켰다.

나무 사이로 비치는 햇빛을 받으면서 나는 그다지 시간을 낭비하지 않고 불을 쓰고 있는 이가 기다리고 있던 장소에 도착할 수 있었다.

그리고 동시에 어깨에서 힘이 빠지는 감각을 느낄 수밖에 없었다. 작은 샘 옆에서 모닥불을 피우고 있던 장본인이 내가 잘 아는 인물이었기 때문이다.

진한 녹색의 비늘로 휩싸여 있는 커다란 뱀의 하반신과 그림 속에서만 존재할 것 같은 아름다운 여성의 상반신이 보였다. 그녀는 바로 얼마 전에 만났던 라미아 미소녀였다.

"세리나인가?"

"어?"

내가 무심코 중얼거린 한마디를 듣고 등을 돌리고 있던 라미아가 고개를 돌렸다.

아무래도 세리나가 불을 피우고 있던 이유는 몸을 씻으려고 목욕물을 데우기 위해서였던 것 같다. 세리나의 곁에 모닥불로 금방 데운 것으로 보이는 냄비와 하얀 김을 내뿜고 있는 나무통이 놓여 있었기 때문에 알 수 있었다.

단순히 씻을 생각이라면 바로 곁에 있는 샘이나 강에 뛰어들어 몸을 담그면 그만이다. 하지만 역시 이 계절에 그러는 건 가혹하긴 했다. 아마 틀림없이 감기에 걸릴 것이다. 더군다나 추위에 약한 라미아 종족이라면 더 말할 것도 없었다.

하지만 여행하면서 몸에 찌든 때를 그대로 내버려 두는 것도 세리나에게 있어서는 불쾌했을 것이다. 그렇기 때문에 길어 온 목욕물을 불로 데우고 모닥불 곁에서 몸을 녹이며 때를 닦아 내기로 한 것 같았다.

일단 여기까지 설명했으니 누구라도 알아챌 것이라고 생각한다만, 지금 불에 몸을 녹이면서 목욕물과 수건으로 몸을 씻고 있는 세리나는 당연히 옷을 입고 있지 않았다.

완전히 태어났을 때와 똑같은 모습, 알몸이었다. 상당히 추워 보이지만 모닥불과 목욕물로 적신 수건 덕분에 떨고 있지는 않은 것 같다.

"드란 씨…… 앗?!"

세리나는 뜻밖의 재회에 놀라서 나의 이름을 부르려고 했지만 자신이 천 한 장조차 걸치고 있지 않다는 사실을 깨닫고 작은 비명을 질렀다.

세리나는 마침 목 뒤를 닦으려고 하고 있었다. 그녀는 긴 황금색

생머리를 오른손으로 한꺼번에 쓸어 올린 채, 왼손에 든 수건을 목덜미에 갖다 대고 있는 자세였다.

그런 자세에서 내가 부르는 목소리에 반응하면서 온몸의 방향을 틀었으니, 자신의 모든 것을 나에게 보여줄 수밖에 없었다.

새하얀 피부는 나무 사이로 비치는 햇빛을 받아 윤기 있게 빛나고 있었고 흡사 몇만 개나 되는 햇빛의 입자로 만들어진 베일을 쓴 듯 눈부셨다.

내 손바닥에서 넘쳐흐를 것 같은 크기의 가슴은 햇빛과 목욕물의 조화로 요염하게 젖어 있었고, 그 꼭대기에 있는 돌기도 마치 피부에 녹아들 것 같은 아련한 색깔로 빛나고 있었다.

겨드랑이에서 밑으로 뻗은 몸매가 그리는 곡선은 허리 부근에서 한 차례 대담할 정도로 들어갔다가, 허벅지의 밑부분 근처부터 색깔이 변하며 비늘로 덮인 커다란 뱀의 하반신으로 이어진다.

수줍게 패인 예쁜 형태의 배꼽이나 그 밑에 있는 비밀스러운 부위까지 내 눈에 다 들어왔다.

아무래도 앞에 달린 것 같군. 호오, 그랬단 말이지. 새로운 사실을 하나 알았다.

그림 속에서만 존재를 허락받을 정도의 미소녀와 명확한 생명의 위기를 느끼게 할 정도로 거대한 뱀의 몸을 겸비하고 있는, 아름다우면서도 저주받은 생물— 라미아라는 종족이 저주에 의해 탄생했다는 사실을 도저히 믿을 수 없을 정도로 아름다움과 추함이 조화를 이루며 그 형태를 이루고 있었다. 축복과 저주는 종이 한 장 차이란 말인가.

나는 자신도 모르게 감탄의 한숨을 내뱉고 있었다. 진정한 예술, 또는 진정으로 아름다운 존재를 눈앞에서 목격한 감동이 내 마음을 만족시키고 있었다.

　"흠, 아름답군."

　다만 내 입 밖으로 나온 표현은 그저 흔해 빠진 찬사에 지나지 않았다. 스스로의 어휘 능력이 부족하다는 사실이 부끄럽군.

　"치, 칭찬해주시는 건 기쁘지만요, 왜 그렇게 당당하게 보고 계신 거죠?!"

　세리나는 내가 내뱉은 감탄의 표현이 마음에 들지 않은 것 같다. 정말로 피가 흐르는지 의심이 갈 정도로 새하얀 도자기 같은 피부를 주홍색으로 물들이면서, 세리나는 자신의 가슴이나 사타구니 부근을 손으로 숨기고 황급히 주저앉았다.

　뿐만 아니라 그녀는 뱀의 하반신을 자신의 몸에 둘러 감았다. 세리나의 알몸은 눈 깜짝할 사이에 내 시야에서 숨어버리고 말았다.

　"아쉽군. 그렇게 아름다운 모습을 숨기다니. 누가 본다고 닳는 것도 아니지 않나?"

　나의 진심이 담긴 탄식도 세리나의 입장에서는 수치심을 부추기는 효과밖에 없었던 것 같다. 세리나는 둘러 감은 뱀의 하반신 위로 가슴 윗부분을 보이면서도 수치심과 분노로 귓불까지 붉게 물들이며 나에게 항의했다.

　"닳진 않더라도 창피하다고요! 어, 어, 어떻게 그렇게 당당할 수 있는 거죠? 좀 주저하시는 모습이라도 보여야 되는 거 아닌가요?!"

　"하지만 말이지. 아름다운 것을 추구하는 건 생물의 본능이나

다름없어. 예쁘고 아름다운 것을 보려는 마음은 결코 추악할 리가 없다고 생각해. 세리나는 정말로 아름다우니까."

"우으~ 또 그런 말로 얼버무리고 있어! 이제 됐으니까 저쪽으로 고개를 돌려주세요!"

이번에 그녀의 말을 듣지 않으면 마법 공격이라도 당할 것 같은 분위기였기에, 나는 한 번 어깨를 으쓱한 후 등을 돌렸다.

아름답다고 생각한 건 사실이지만 확실히 예의에 크게 어긋나는 행동이었던 것 같군. 반성해야겠다.

그건 그렇고 정말 좋은 걸 봤다. 그야말로 눈이 씻겨 나가는 듯해.

"그런데 왜 세리나가 이런 곳에 있는 거지? 인간이나 아인들과 접촉하려면 좀 더 남쪽으로 갔을 거라고 생각했다만."

나는 옷을 다 갈아입은 세리나를 데리고 강가로 돌아와 낚시를 재개하면서 그녀에게 물었다.

바위 위에 걸터앉은 내 옆에서 세리나는 똬리를 튼 뱀의 하반신을 의자로 삼아 앉아 있었다.

내가 알몸을 뚫어지게 쳐다봤던 사실에 대한 분노가 아직도 숯불처럼 타오르고 있는 듯했다. 그녀는 내 얼굴을 보려고 하지 않고 강가를 향해 시선을 고정시키고 있었다. 매몰차다고 탄식해야 할지, 곤혹스럽다고 해야 할지 모르겠군.

"저도 그럴 생각이었는데요……."

기분을 조금 상하게 한 건 틀림없었지만 내 질문에 대답하지 않을 정도로 불쾌한 상태는 아닌 모양이었다. 그녀는 꽁한 표정으로 대답하려다가 갑자기 머뭇거렸다.

"왜 그러지?"

"역시 인간분들하고 만나는 게 조금 무섭다고 해야 할지, 망설여진다고 해야 할지⋯⋯."

"막상 일이 닥치니 주저하게 됐다는 건가? 이미 각오했다고 하지 않았나?"

내가 그렇게 말하자 세리나가 어딘지 모르게 원망스러운 표정으로 내 옆얼굴을 바라봤다. 내가 무슨 짓이라도 했나?

"틀림없이 그렇게 말했습니다. 그 점에 관해선 저도 할 말이 없어요. 그래서 여기저기 헤매다가 드란 씨가 생각나서 다시 한 번 만날 수 없을까 싶어 이 부근을 쭉 돌아다니고 있었죠. 드란 씨라면 제 상담을 들어줄 거라는 생각이 들어서요."

"나를 찾고 있던 건가? 나도 언젠가 세리나와 다시 한 번 만나고 싶다고 생각하고 있었으니, 이렇게 만날 수 있어서 무척 기뻐."

"정말인가요?"

"정말이고말고. 그렇군, 나를 찾아다녔다고? 그럼 말이지, 세리나."

"하실 말씀이 있나요?"

나는 세리나에게 고개를 돌리면서 한 가지 제안을 하려고 결심했다. 내가 뭔가 좋은 생각이라도 떠올리지 못하면 그녀가 일부러 나를 찾아온 보람도 없을 테니까.

"인간에게 익숙해지기 위해서 우리 마을에 오지 않을래? 마을에서 살 수 있도록, 나도 가능한 한 협력하도록 하지. 마음에 들지 않으면 언제든지 떠나면 될 일이야. 마을 사람들도 처음엔 라미아인 너를 경계할지도 모르지만, 써먹을 수 있다면 병상에 누운 부모라도 써먹으라는 게 변경 마을의 상식이거든. 세리나의 온화한 성격과 라미아로서의 능력만 있다면, 사람들도 얼마 안 가 너를 마을의 중요한 일원으로 받아들일 거라고 생각해."

"제가 드란 씨네 마을에 살 수 있을까요?"

세리나는 나의 제안이 뜻밖이었는지 사랑스러운 두 눈동자를 깜빡이고 있었다.

"그래, 우리와 같이 살지 않을래? 세리나가 있으면 나도 즐겁게 지낼 수 있을 것 같아."

나는 마치 구애하고 있는 것 같다는 느낌을 받으면서도 세리나의 대답을 기다리고 있었다. 세리나는 또다시 눈을 깜빡이다가 이윽고 어떤 편협한 인간이라고 해도 마음을 허락해버릴 것만 같은 환한 미소를 지었다.

정말이지 이 라미아 소녀의 미소는 너무나 근사하다.

"저도, 드란 씨와 있으면 즐거울 거라고 생각해요. 그럴 수만 있으면 정말 좋겠네요. 거기다가……."

"거기다가? 망설이지 말고 말해 봐."

"사실은, 요전에 드란 씨가 나눠 주신 정기가 너무 맛있었거든요. 그렇게 맛있고 몸이 건강해지는 정기는 처음이었어요. 드란 씨를 찾아다녔던 이유는, 사실 또 그 정기를 맛볼 수 있으면 좋겠다는 기대도 있었어요……."

아무래도 세리나는 자신이 먹을 것에 정신이 팔렸다고 고백하는 게 창피했던 모양이다.

그렇지만 인간이 아닌 용종의 정기를 전달했던 이상, 세리나가 그 맛에 매료되는 사태는 간단하게 예상할 수 있었던 일이다.

어쩌면 앞으로 다른 종족의 정기로는 만족할 수 없을지도 모른다.

"마음에 들었다면 다행이야. 함께 살 수 있게 되면 앞으로 언제든지 세리나에게 정기를 나눠 줄 수 있을 거야. 이런 식으로 말이지."

내가 낚싯대에서 왼손을 떼서 세리나에게 내밀자, 그녀는 그 손을 찬찬히 바라보다가 이윽고 부끄러운 표정을 지은 뒤 마주 잡았다.

나는 다시금 용종의 형태로 바꾼 정기를 세리나에게 전달했다.

용종의 정기가 몸 안에 흘러 들어가자 세리나는 표정을 느슨하게 풀고 마치 봄날의 햇살에 안기기하도 한 것처럼 황홀한 표정을 지었다.

영적, 물리적으로 세계 최강의 종족인 용의 정기는 정기나 생명을 주식으로 삼는 종족의 입장에서는 최상의 진미라고 알려져 있다. 한번 알게 되면 두 번 다시 잊을 수 없는 맛이라고 한다.

따라서 라미아인 세리나가 이러한 반응을 보이는 것도 어쩔 수 없다.

흐음. 그렇게 생각해보면 이 정기를 주고받는 작업도 함부로 남발하면 안 되겠군.

나는 눈앞에서 뼈가 빠져 달아난 뱀처럼 황홀한 표정을 짓고 있는 세리나를 보고, 모든 일에는 장단점이 있기 마련이라는 생각이 들어 조금 반성했다.

그건 그렇고 무슨 수로 마을 사람들로 하여금 세리나의 입주를 허락하게 할까? 묘안이 떠오르면 좋겠다만……

세리나는 금슬 좋은 인간 아버지와 라미아 어머니 부부의 손에 의해 자라난 내력과 특유의 온화한 성격이 특징인 소녀였다.

그리고 라미아라는 종족 자체가 원래부터 적극적으로 인간에게 해를 끼치는 부류의 마물이 아니라서, 세리나가 인간들의 사회에서 생활하려 해도 그다지 어렵지는 않을 것이다.

인간과 똑같은 식사를 섭취해도 일상생활에 지장은 생기지 않으며, 꼭 필요할 경우에는 내가 사람들의 눈을 피해서 정기를 나눠 주면 끝나는 문제다.

그렇다면 베른 마을 사람들이 세리나를 받아들여도 좋다고 생각할 만한 실적 내지는 이득을 제시하는 일이 가장 중요할 것이다.

세리나가 정착할 경우 마을이 얻을 수 있는 이득으로 가장 먼저 떠올릴 수 있는 것은, 나이가 어리다고는 하나 이 부근에서 거의 찾아볼 수 없는 강력한 마물인 라미아종을 아군으로 끌어들일 수 있다는 점이다.

라미아는 맹독을 품은 어금니에 강인한 뱀의 하반신을 지니고 있다. 뿐만 아니라 『마음을 현혹하는 매료』와 『육체를 속박하는 마비』의 두 가지 능력을 지닌 마안과 정령 마법이나, 종족 고유의 마법을 구사하는 능력까지 갖추고 있다. 서책에 따르면 라미아는 신출내기 모험가 일행 정도는 간단하게 전멸시킬 정도로 강력한 마물이다.

라미아의 강력한 전투력은 대단히 매력적이기도 했지만, 동시에 그 힘이 마을 사람들에게 향할 경우를 고려하면 약간 문제로 작용할 가능성도 있다.

전투력 이외의 측면에서 세리나를 받아들이는 이익을 생각해보자면 1년에 한 번 탈피할 때마다 획득할 수 있는 하반신의 껍질을 제시할 수 있을 것이다.

잘 가공만 하면 땅 속성의 마법에 대한 내성을 갖춘 방어구를 제작할 수 있고 마력을 띤 소재로서 마법사 같은 이들이 귀중품으로 여긴다.

그리고 라미아가 지닌 마비성 독액은, 마을에서 들풀이나 독버섯으로 조합하는 독보다 강력하면서도 즉효성이 있다. 사냥 이외에도 마물들을 요격할 때나 토벌 작전을 벌일 때 유용하다.

나는 나날이 농사일을 하는 동안에도 이러한 사항들을 하나씩 머릿속에서 검토하며 세리나를 어떻게 소개해야 마을 사람들이 쉽게 받아들일 수 있을지 계속 궁리하고 있었다.

흠. 내가 평소의 입버릇을 내뱉고 있자 한 성인 여성의 목소리가 내 고막을 진동시켰다.

"어머나, 드란? 무슨 일 있니? 이런 곳에서 멈춰 서고 말이야."

내가 고개를 돌리자 20대 중반 정도로 보이는 여성이 신기하다는 표정으로 나를 바라보고 있었다.

그녀는 미우라는 이름의 여성이었다. 갈색 머리카락을 어깨에 닿을 정도로 가지런히 기르고 있고 붉은 삼베로 지은 원피스를 입고 있다.

어린아이의 머리만큼 커다란, 마을에서도 가장 큰 가슴이 원피스를 크게 밀어 올리고 있었다. 당장이라도 천이 견디지 못하고 찢어질 것만 같다.

하지만 그 모습도 그녀의 종족을 생각해 보면 그리 특별한 상태가 아니다. 그녀는 이 베른 마을에 정착하고 있는 인간 이외의 종족— 수인족의 일종인 우인(牛人)족 여성이다. 멍해 보이지만 애교 있는 사람이었다. 머리 좌우의 머리카락 사이로 소의 귀가 나 있고, 원피스의 엉덩이 윗부분에 난 구멍으로부터 소의 꼬리가 보인다.

그리고 무릎 가운데 부분까지 소의 모피로 둘러싸여 있으며 발목 밑부분은 소의 발굽이다. 신발이나 샌들을 신은 모습은 본 적이 없다.

우인족 여성의 공통적인 특징은 임신하지 않은 상태에서도 대량의 젖이 나온다는 것이다. 그녀의 가슴에서 나오는 젖은 마을 사람들이 즐겨 마시는 음료수였다.

실제로 나도 어렸을 적엔 어머니 모유 대신 미우 아줌마의 젖을 빌려 먹은 적도 있었고 지금도 때때로 식탁 위에 오르기도 한다.

그리고 수인족인 만큼 여성이면서도 소나 말에 지지 않을 정도로 완력이 강하다. 평소 농사일을 하면서도 대활약하는 분이다. 미우 아줌마는 원래 베른 마을의 남쪽에 위치한 가로아라는 도시에 살고 있었지만 인연이 닿아서 베른 마을 출신인 지금 남편분과 만났다. 두 사람은 화려한 연애를 거쳐 결혼했고 베른 마을에 이주했다.

아마 실제 나이는 30대 중반을 조금 넘긴 정도로 기억하고 있다. 벌써 올해 14살이 되는 딸과 12살이 되는 아들을 두고 있었다.

장녀도 슬슬 젖이 나올 나이가 됐다..

일반적으로 수인족은 전체 수명 중에서 인간보다 젊은 시절이 길기 때문에 자식을 많이 낳는 경향이 있었다.

베른 마을의 식량 사정도 양호한 편이니 앞으로 형제들이 더 늘어날지도 모른다.

미우 아줌마 같은 수인종(獸人種)은 옛날부터 인간종과 교우 관계가 긴 편이다. 역사를 회고해보면 국가 규모로 전쟁을 벌인 과거도 있고, 지금도 노예 계급으로 차별 정책을 펴고 있는 나라도 있다고 들었다. 하지만 전체적인 관점에서 보면 서로 우호적인 관계라고 할 수 있을 것이다.

흠, 한마디로 수인종이라고 묶어 말해도 다종다양한 종족이 있으니 너무 성급한 의견이라는 사실은 인정할 수밖에 없겠다.

인간과 인간 이외의 생물이 지닌 특징을 겸비하고 있다는 의미로는 세리나도 미우 아줌마와 마찬가지였다. 하지만 우인족과 인간들의 관계성이나 맛있는 우유의 수요 등, 지금까지 쌓아 올린 토대라는 측면에서 보면 라미아와 우인족에 대한 신뢰감의 차이는 매우 크다.

미우 아줌마는 이곳에 정착할 때, 마을 전체의 환영을 받았다고 한다. 하지만 지금 상태에서 세리나를 데리고 와도 별수 없이 쫓겨나는 게 고작일 것이다.

용으로서 살았을 때는 전혀 경험해본 적이 없는 사태였다. 나는 인간 사회의 난해한 구조에 관해 고민하며 무의식중에 미우 아줌마를 뚫어지게 쳐다보고 있었다.

세리나의 성격이라면 마을 사람들과 편하게 지낼 수 있을 것이고 미우 아줌마도 선배로서 여러 가지 조언을 해줄 수 있을 것이다.

나는 세리나의 미소를 떠올리며 그녀와 자신을 위해 이 일을 당장 해결하고 싶다는 생각만이 점점 쌓여 가는 것을 느끼고 있었다. 미우 아줌마가 입을 다물고 있는 나를 의아하게 생각했는지 길고 가느다란 소의 꼬리를 좌우로 구불거리면서 고개를 갸웃거렸다. 실제 나이보다 훨씬 어려 보이는 그 사랑스러운 교태는, 마을 남자들이 미우 아줌마의 남편에게 원망스러운 시선을 보내는 이유 가운데 하나였다.

"드란? 빨리 가지 않으면 사람들을 다 놓치지 않을까? 오늘은 다 함께 훈련하는 날이잖아."

"응? 아, 그랬군. 고마워, 미우 아줌마."

미우 아줌마가 말하는 훈련이란, 왕국 주재 병사 부대나 어른들이 마을 아이들을 인솔해서 마을 바깥에 서식하는 야생 동물과 약한 마물을 상대로 실제로 싸우거나, 실천적인 무기의 사용 방법을 가르쳐 주는 시간을 가리킨다. 오늘은 전투 훈련을 실시할 예정이다.

마물들이 활발하게 활동하는 변경인 만큼, 설령 열 살짜리 어린 아이라고 해도 당연히 무기의 사용 방법을 깨우쳐야만 한다.

마물 집단이 마을을 습격했을 때, 집 안에서 공포에 떠는 것이 아니라 활에 화살을 메기고 창을 찔러 넣을 수 있는 아이들을 육성하는 과정이다.

비정하다고 느끼는 이들도 있을지도 모르지만, 그것은 아이를 병력으로 고려하지 않아도 되는 풍족한 환경에서 태어나고 자란

이의 감각이다.

마물이나 도적 떼의 위협은 어른과 아이를 가리지 않는다.

마을이 외적의 침략을 받았을 때 변경에 사는 인간에게 주어진 선택지는 둘 중 하나뿐이다. 마을과 함께 전멸당하든지, 상대를 전멸시키든지 선택해야 하는 상황이 대부분이다.

올해로 열여섯 살을 맞이하고 성인이 된 나는 이번엔 인솔 역할로 참가한다. 인솔 담당이 지각이라도 하면 기강이 서질 않는다.

나는 미우 아줌마에게 대충 인사를 하고 그 자리에서 내달릴 수밖에 없었다.

생각에 몰두하게 되면 다른 사람들의 목소리가 잘 안 들리는 것은 내 나쁜 버릇이다. 오늘도 집합 장소로 향하는 도중 세리나에 대한 안건에 집중한 나머지 발길을 멈추고 있었다.

언젠가 고치려고 마음은 먹고 있지만 결국 오늘날까지 고치지 못했다.

"조심해서 다녀와라~."

나는 등 뒤에서 들려오는 미우 아줌마의 태평한 목소리를 듣고 등을 보인 채 왼손을 흔들며 화답했다.

나는 북문에 도착했다. 다행히 집합 시간에 지각하지는 않았고 먼저 대기하고 있던 형과 합류할 수 있었다. 그러고 보니 오늘은 형도 참가하는 날이었군.

형은 내 모습을 확인하더니 팔짱을 낀 자세로 못 말리겠다는 듯 한숨을 내쉬었다.

나보다 두 살 많은 형인 딜런은 야무지고 탄탄한 육체의 소유자로 흑발을 짧게 자른 억센 이목구비는 아버지와 많이 닮았다.

형이 아버지와 닮은 만큼 나와 마르코는 어머니와 닮았을지도 모르겠군. 나는 항상 그런 식으로 시시한 생각을 떠올렸다.

형이 지니고 있는 무기는 나무로 만든 활과 창이다. 그리고 폭이 넓은 막칼을 허리에 매달고 있었는데 예전에 마을을 습격했던 고블린을 해치우고 손에 넣은 전리품이었다.

"늦었다, 드란. 지각은 아니지만 다른 사람들을 기다리게 하지 마라."

나는 형의 주의에 마음속으로 완전히 동의하면서 짧게 대답했다.

"미안해."

내가 가볍게 머리를 숙이자 형은 그 이상 아무 말도 하지 않았다.

나는 다른 아이들과 전혀 달랐다. 이 형은 그런 기묘한 동생에 관해 어떻게 생각하고 있을까? 가끔 형의 마음속을 훔쳐보고 싶은 충동에 사로잡힐 때도 있지만, 나는 다른 이의 정신을 염치없이 훔쳐보는 것은 가장 저열한 행위 가운데 하나라고 생각한다. 그렇기 때문에 나는 지금까지 그 충동을 마음속에서 억눌러 왔다.

16년 동안 같이 지냈던 경험을 생각해 보면 형은 나를 싫어하지는 않을 것이다. 도리어 어느 정도인지는 몰라도 신뢰를 받는다고 생각하는데, 실제로는 어떨까?

내가 갓난아기였을 때 형은 시간이 날 때마다 내 얼굴을 보러 와서는 많이 돌봐줬다. 나는 그 일들을 전부 정확하게 기억하고 있다. 그렇기 때문에 만약 형이 나를 싫어한다고 해도 나는 결코 형을 싫어할 수가 없다.

"좋아, 모두 모였구나."

마지막 한 사람이었던 내 모습을 확인하고 인솔 역할을 담당하고 있는 왕국 병사가 언성을 높였다. 마을 바깥에서의 훈련은 대체로 여섯 명에서 일곱 명 정도의 마을 아이들을 두세 사람 정도의 어른이 인솔하는 것이 관례였다.

이번 인솔 역할은 나와 딜런 형, 내 소꿉친구인 알버트에다가 마을에 주둔하고 있는 병사 부대의 대장인 바란 아저씨와, 마이라르교의 여신관이자 우리 베른 마을에 파견된 신관 전사인 레티샤 양까지 합해서 다섯 사람이 담당한다. 평소보다 머릿수가 많았다.

어쩐지 최근에 마을 부근에서 맹수나 고블린의 부류를 목격하는 사례가 증가했기 때문에 만일의 사태를 대비한 진용이다.

바란 아저씨는 원래 이 마을 출신이며 걸쳐 입은 강철 흉갑이 터질 듯한 근육의 갑옷을 온몸에 두른 강인한 전사였다.

때린 쪽이 비명을 지를 듯한 튼튼한 턱에 깔끔한 수염을 기르고 있으며 예리한 눈빛은 독수리를 연상시킨다. 하지만 평소에 마을 아이들을 바라보는 눈은 놀라울 정도로 부드러웠다.

오늘은 평상시의 훈련이기 때문에 바란 아저씨의 방어구는 가슴과 다리, 팔 부근만 가리고 있었다.

허리 왼편에는 바란 아저씨가 주 무기로 사용하는 자루가 긴 철퇴와 예비 무기로 사용하는 철제 단검을 차고 있었다. 철제 병장기의 경우 아무리 무뎌졌다고 해도 나름대로 비싼 가격에 거래되는 편이다. 따라서 평민이 간단히 입수할 수 있는 물건이 아니었다.

하지만 바란 아저씨 같은 왕국 병사의 경우엔 최소한 정규의 철제 장비를 지급받을 수 있을 뿐만 아니라 급료까지 받는다.

바란 아저씨는 고향인 베른 마을의 주재 병사가 되기 위해 병사에 지원한 인물이었다.

고향을 지키려고 들면 사기도 오르는 법이다. 왕국에서는 그 사실을 알고서 농촌 지대나 변경에서 입대한 이들을 고향 마을이나 그곳과 가까운 지역에 배치하는 경향이 있었다.

그리고 예의 우인족, 미우 아줌마의 남편이 바로 이 바란 아저씨다. 그는 딸을 눈에 넣어도 안 아파할 정도로 애지중지하며 아들은 마을을 지킬 수 있는 전사로 성장할 수 있도록 엄격하게 단련시킨다고 한다.

미우 아줌마의 그 엄청난 가슴을 혼자서 독차지하다니 정말 괘씸하다고 마을 남자들이 가끔 바란 아저씨를 향해 부러움과 질투가 뒤섞인 시선을 보낼 때가 있다. 나는 최근에 들어서야 그들의 심정을 알 수 있었다.

이번 훈련에 따라온 또 한 사람의 인솔 담당 레티샤 양에 관해서도 설명해야 할 것이다. 이쪽은 이제 20세가 되는 아직 젊은 여성 신관이다. 화려한 미모는 아니지만 함께 있으면 마음을 평온하게 하는 사람이다.

싹싹하고 온화하며, 박식하기도 해서 마을 사람들로부터 많은 존경을 받고 있었다.

베른 마을에는 원래 신관이나 승려 같은 직책을 맡은 이가 없었지만 2년 전에 드디어 작은 교회가 새로 건립되었다. 그 교회에 파견된 신관이 바로 레티샤 양이다.

변경의 시골 마을이라서 이곳에 파견된 레티샤 양도 성직자로서의 계급은 낮은 편이었다. 하지만 젊기 때문인지 뜨거운 정열과 올곧은 신앙을 그 가슴속에 품고 있었고, 소박한 마을 사람들과 지내는 생활에도 보람을 느끼고 있는 것으로 보였다.

신관 전사란 성직자 중에서도 전투 훈련을 받은 이를 가리키며 계급을 가리지 않고 그렇게 불린다. 승려건 사제 시중이건 사제건 모두가 일괄적으로 신관 전사라고 불린다.

레티샤 양은 쪽빛 머리카락을 가지런하게 잘라 목 뒤에서 묶고 있었다. 그녀의 부드러워 보이는 외모만 봤을 때는 싸움 같은 것과는 전혀 인연이 없어 보인다.

하지만 마이라르 교의 성직자들만이 착용을 허락받은 신관복 — 마이라르의 축복을 받은 간소한 모양새의 흰옷 — 과 그 위에 겹쳐 입은 가죽 갑옷, 허리의 벨트에 고정되어 있는 쇠지팡이는 상당히 낡아 보였다.

베른 마을에서 생활하게 된 후로 2년 동안 레티샤 양도 나름대로 마물 등과의 전투를 많이 경험했기 때문이다.

아직 계급이 낮기 때문에 그다지 대단한 신성 마법 — 신앙을 통해 기적을 일으키는 종류의 마법 — 은 사용할 수 없지만 치유나 해독의 기적은 행사할 수 있다. 그리고 최근에 근력이나 내구력을 증강시키는 마법도 습득했다고 했다.

마물과의 전투에서 빼놓을 수 없는 귀중한 인재였다.

"오늘도 평소와 마찬가지로 뿔 토끼나 큰 발 쥐를 상대하겠지만,

익숙한 상대라고 해서 절대로 방심해서는 안 된다. 상대의 움직임을 잘 보고 어떻게 반응해야 할지 항상 생각하면서 움직이도록!"

바란 아저씨가 훈련을 시작하기 전엔 반드시 꺼내는 충고를 듣고, 여섯 명의 마을 아이들도 순순히 「예!」라고 대답했다.

무기를 실전에서 사용한다는 경험은 아이들의 입장에선 단순히 재미있기도 하고, 직접 해치운 사냥감을 집에 가지고 돌아갈 수 있다는 것도 아이들이 훈련을 기대하는 이유였다.

소년 시절의 나도 강화 마법을 사용하지 않고 인간으로서의 맨몸 전투력을 향상시키며 전투 경험을 쌓을 수 있는 좋은 기회였기 때문에 대단히 고맙게 여겼던 기억이 있다.

우리는 마을에서 나와 평소에 아이들끼리는 발을 들여놓지 않는 장소까지 도착했다. 그리고 3인 1조로 나뉘어서 뿔 토끼나 큰 발쥐, 땅 달 새의 모습을 찾아 나섰다.

우리들 인솔조는 만일의 경우에 곧바로 도우러 갈 수 있도록 아이들 전원이 시야에 들어오는 위치로 이동했다.

나는 집을 나오기 전에 평소보다 양이 많은 점심 식사를 깨끗이 비우고 왔을 뿐만 아니라, 따뜻한 봄 햇살을 맞으면서 지각하지 않도록 뛰어온 덕분에 알맞게 몸이 따뜻해지고 기력도 충실한 상태였다.

나는 소꿉친구 — 사실 따지고 보면 마을 아이들 전원이 그렇다고 할 수 있겠지만 — 중에서도 특히 사이가 좋은 알버트와 나란히 서서 아이들의 모습을 지켜보고 있었다.

알버트는 나보다 한 살 위이며, 하늘색 머리카락과 주근깨와 처진 눈이 인상적인 청년이었다.

키는 나와 비슷했지만 여러 가지로 눈치가 빠르고 꾀가 많아서 어렸을 때는 마을 최고의 악동으로 이름을 떨쳤다.

여름이 되면 아이들끼리 마을 한가운데를 가로지르는 강에서 헤엄을 치면서 놀기도 했는데, 알버트는 여자애들을 징그러운 시선으로 쳐다보기도 하고 가슴이나 엉덩이를 만지기도 하면서 도를 넘는 짓궂은 장난을 저질렀다. 그 결과 헤엄 금지 판결을 받았던 대단한 녀석이다.

하지만 나이 어린 아이들을 돌보는 솜씨는 괜찮기 때문에 악명만 드높은 친구는 아니다.

나도 만사에 주저하지 않고 할 말은 지체 없이 내뱉는 알버트의 성격에 적잖은 호감을 품고 있었다. 알버트는 철사 같이 단단한 머리카락을 애용하는 머리띠로 억누르고, 세 목 뱀의 껍질로 지은 조끼를 걸치고 있었다. 녀석은 손에 든 창의 날로 풀숲을 헤치면서 나에게 질문했다.

"네가 지각하다니 별일 다 있네. 뭔 일 있었냐?"

알버트의 창은 부러진 단검의 칼날을 막대기 끝에 동여맨 급조품이다.

코볼트나 고블린이 지니고 있던 무기라고 한다. 마을을 습격했던 마물들을 쫓아냈을 때 그의 아버지가 전리품 중에서 선택한 물건으로 기억하고 있다.

아이들을 감독하는 것도 중요한 일이었지만 이왕 여기까지 온

김에 자신들이 먹을 양식을 확보하는 것도 인솔 담당들의 빠뜨릴 수 없는 임무 가운데 하나였다.

나도 알버트와 마찬가지로 풀숲을 헤치며 사냥감을 찾는 시늉을 하면서, 마력으로 후각이나 청각뿐만 아니라 시각까지 강화해서 사냥감을 이미 포착하고 있었다. 나는 사냥감을 향해 의식을 집중한 채 알버트에게 대답했다.

"무심결에 강록초(鋼綠草)를 대량 재배할 방법이 없을지 생각을 했거든."

"아~, 그 쇠처럼 단단한 잎사귀 말이지? 그걸 간단하게 써먹을 수만 있으면 꽤 편할 텐데."

아이리네 집에서 울타리로 쓰고 있는 강록초는 강철처럼 단단한 식물이다. 하지만 베른 마을에서는 아이리네 집에서밖에 구경할 수 없는 귀중품이었다.

내 가슴 정도까지 올라오는 키의 나무에서 타원형의 작은 잎이 달린 가지가 무수히 뻗어 있는 모양의 식물이다. 하지만 이 강록초는 어느 정도 마법을 배운 이가 아니면 다룰 수 없는 특수한 식물이었다.

옷에 꿰매 붙이거나, 목제 농기구나 무기에 감으면 강철에 버금갈 정도로 단단한 도구를 즉석에서 완성시킬 수 있다. 그러나 강록초를 재배하는 작업 자체가 매우 어렵다는 것이 큰 장애물이었다.

마글 할머니는 이 강록초를 갈아서 만든 분말로 묻히기만 하면 강철 같은 강도를 부여할 수 있는 마법약을 조합하고 있다.

생명을 위험에 노출시키는 일이 많은 모험가들 사이에서 상당히 비싼 가격에 거래되는 제품이다. 하지만 아이리네 집을 둘러싼 울타리나 뜰에서 재배하고 있는 분량으로는 열흘에 한 번 작은 병 하나를 채우는 게 고작이었다.

그리고 원료인 강록초 또한 가지에서 잎을 따기만 하면 눈 깜짝할 사이에 말라버린다는 성가신 습성을 지니고 있다. 수많은 학자들이나 마법 의사들이 품종 개량이나 재배 방법을 연구했지만 아직도 성공할 가망은 보이지 않는다고 한다.

알버트의 말처럼 그 강록초를 간단하게 재배할 수 있고, 마법약과 조합하지 않고도 잎을 이용할 수만 있다면 변경의 생활도 상당히 편해질 것이다.

나도 언젠가 강록초의 재배에 손을 뻗어볼 생각이었지만 지금은 일단 세리나에 대한 안건을 먼저 해결해야 한다.

그녀가 마을의 일원으로 정착함으로써 얻을 수 있는 이득도 만만치 않기 때문이다.

지각 미수의 이유를 얼버무리기 위해 강록초에 대한 화제를 꺼낸 것은 정답이었던 듯했다. 알버트는 내 말에 순순히 납득했고 그 이상 추궁하지 않았다.

너무 큰 소리를 내면 사냥감이 도망갈 테니, 알버트와 나는 잠시 동안 목소리를 낮춘 채로 시답잖은 잡담을 나누면서도 초원의 탐색을 계속했다.

형이 담당하고 있는 반도 아직 사냥감을 발견하지 못한 것 같다.

형이 막칼을 휘두르면 소형 동물 정도는 일격에 끝난다. 그리고 동물이나 소형 마물과의 싸움에 대한 숙련도도 몹시 높으니 걱정할 필요는 없을 것이다.

나는 알버트와 일시적으로 헤어진 후 아이들에게 최대한의 주의를 기울이면서도, 강화된 감각으로 포착하고 있던 사냥감을 신중히 몰아세우기 시작했다.

내가 노리고 있던 사냥감은 땅 달 새였다. 땅을 질주하는 그 새는 내 가슴까지 올라올 정도로 덩치가 크다.

녀석은 퇴화한 보라색 날개와 내 팔뚝 정도로 큰 노란색 주둥이를 지니고 있었다. 잡기만 하면 그것들은 적당한 장식품으로 써먹을 수도 있다.

고기 맛은 담백하지만 먹기 편하고 양도 많아서 고마운 존재였다.

나는 풀숲 속에서 주위를 경계하며 땅바닥 위에 기어 다니는 벌레들을 쪼아 먹고 있는 땅 달 새의 엉덩이를 향해, 뿔 토끼의 뿔을 매단 애용하는 창을 있는 힘껏 찔러 넣었다.

땅 달 새는 내가 한 발자국 내디디는 발소리를 감지하고 등 뒤로 살며시 다가서던 나를 향해 고개를 돌렸다. 하지만 그 동작은 오히려 최악의 결과를 초래했다. 내 맨몸의 완력과 체중을 실은 일격은 미세한 깃털들로 부풀어 오른 땅 달 새의 가슴을 꿰뚫고 깊숙이 박혀 들어갔다.

꾸엑, 녀석은 으깨지는 듯한 소리로 한차례 울어 재꼈다. 그 후 땅 달 새의 몸에서는 생명의 불꽃이 사라지고 창에 찔린 가슴에서 붉은 피가 차례차례 넘쳐 나왔다.

번거롭게 피를 뺄 필요가 없어졌을지도 모르겠군. 나는 오늘과 내일의 양식을 얻을 수 있었던 것에 대해 사사로운 달성감을 느꼈다. 그때, 문득 알버트가 나를 부르는 목소리가 들려왔다.

나는 잠시 땅 달 새의 가슴에서 창을 뽑아야 될지의 여부에 관해 고민했지만 알버트의 목소리로 봐서 서두르는 편이 좋을 것 같다고 판단했다. 나는 땅 달 새의 가슴을 꿰뚫은 창을 그대로 내버려 두고 내달렸다.

시급한 울림의 목소리였지만 초조감이나 공포는 느껴지지 않았다. 그런 것을 고려하자면 우리가 손을 쓸 도리가 없을 정도의 마물이 출현한 것은 아니라는 뜻이리라.

급히 달려온 나는 초원에서 눈으로 발밑을 확인하면서도 쉴 새 없이 움직이는 알버트와 마을 아이의 모습을 발견했다.

우리의 허벅지까지 올라오는 잡초에 숨을 수 있는 작은 사냥감이 상대인가?

그렇다면 창을 가져올 걸 그랬나? 나는 머리 한구석에서 생각하면서 큰 목소리로 알버트를 불렀다. 그리고 동시에 모든 신체 감각을 강화하여 사냥감의 정체를 파악하기 시작했다.

"지금 왔다, 알버트. 코르카."

코르카는 지금 함께 있는 마을 소년의 이름이다. 올해로 아홉 살이 되는 건강한 남자아이였다.

"드란, 큰 발 쥐다. 잽싼 녀석이 네 마리야."

알버트가 그렇게 대답했고 뒤이어 코르카가 외쳤다.

"드란 형, 알 형. 내가 한 마리 해치웠으니까 세 마리야."

"코르카, 잘했다. 나도 땅 달 새 한 마리를 해치우고 오는 길이야."

나는 두 사람에게 대답하는 동안 이미 큰 발 쥐의 소재를 파악하고 있었다.

물론 큰 발 쥐는 항상 바쁘게 돌아다니기 때문에 한 곳에 머물러 있을 리는 없었다.

창을 들고 자세를 잡고 있는 알버트와 단검을 움켜쥔 코르카가 한 마리씩 담당하고 그 꽁무니를 쫓았다. 그리고 마침 내가 있는 방향으로 도망치려고 했던 큰 발 쥐가 내 오른편 정면을 비스듬히 뛰어넘으려고 시도했다.

큰 발 쥐는 덩치가 한 아름 정도 되는 쥐다.

그 명칭대로 뒷발이 커다랗고 강하게 발달되어 있어서 땅바닥을 뛰어다니며 이동한다.

회색 모피는 따뜻하면서도 감촉이 훌륭하고 고기 맛도 나쁘지 않은 편이다.

지금처럼 대개 네다섯 마리가 무리를 지어 이동하는데, 그 민첩성 때문에 한두 마리 정도 잡으면 양호한 성과라고 할 수 있다.

풀숲이 시야를 방해해서 도약 도중의 큰 발 쥐를 제대로 확인할 수 없는 상태였지만 마력으로 오감을 강화한 지금의 나에게는 별 문제가 되지 않았다.

내가 오른손으로 뽑은 단검이 도약하기 위해 뒷발에 힘을 모으려고 잠시 동안 움직임을 멈추고 있는 큰 발 쥐의 목덜미를 똑바로 꿰뚫었다.

나는 기대했던 대로의 결과를 확인하고 만족스러운 한숨을 내뱉기에 앞서 알버트와 코르카를 향해 고개를 돌렸다. 알버트의 창은 잽싸고 빈틈없는 찌르기로 여러 차례 큰 발 쥐의 몸을 스치고 있었다. 내가 힘을 빌려줄 필요도 없이 알버트는 스스로의 힘으로 사냥감을 제압할 수 있을 것이다.

그렇다면 나머지 한쪽은 어떨까? 나는 손에 잡히는 적당한 돌을 주워서 코르카에게서 거리를 벌리고 있던 큰 발 쥐의 콧등을 향해 돌을 던지며 그 움직임을 견제했다.

코르카는 내가 그를 엄호하려는 의도를 이해하자마자, 곧바로 사냥감의 등 뒤에서 덮쳐 들어가 거꾸로 잡은 단검을 그 목덜미에 꽂아 넣었다. 나는 그 모습을 보고 칼날이 목뼈와 부딪혀서 상했을지도 모른다는 생각이 들었다. 하지만 코르카는 내 걱정을 아는지 모르는지 해치운 큰 발 쥐를 손에 들고 순진한 미소를 지었다. 나도 그 모습을 보고 일단 문제없다고 판단한 뒤 힘 빠진 미소로 대답했다.

"어, 그쪽도 끝났냐?"

알버트가 큰 발 쥐를 창으로 꿰서 들어 올린 채로 느긋하게 나와 코르카의 등 뒤에서 모습을 드러냈다. 알버트의 실력을 생각하면 일단 놓칠 일은 없다고 판단했지만 그야말로 예상대로였던 것 같다.

그 이후 우리는 추가로 뿔 토끼 두 마리와 날 너구리를 해치우고 사냥을 끝냈다.

나는 땅 달 새와 큰 발 쥐, 코르카는 큰 발 쥐 두 마리와 뿔 토끼, 알버트는 큰 발 쥐와 뿔 토끼, 그리고 날 너구리를 한 마리씩 사냥한 셈이다. 상당히 괜찮은 성과를 거뒀다고 볼 수 있겠다.

우리는 바란 아저씨의 호령에 따라 훈련을 마치고, 성과물들을 한곳에 모았다.

다행히 부상자가 없었기에 치유의 기적을 사용할 수 있는 레티샤 양이 실력을 발휘할 기회는 없었다. 아마도 그 일로 가장 기뻐하고 있는 인물은 다름 아닌 레티샤 양일 것이다.

바란 아저씨도 이번 사냥에서 반성할 점에 대해 차분하게 한 사람씩 상대하면서 면담을 하고 다녔다.

이번 사냥에서 특히 칭찬할 만한 점은, 참가한 전원이 최소 한 마리 이상의 사냥감을 해치웠다는 것이다.

가장 큰 사냥감을 해치운 것은 딜런 형이었다.

형이 감독하고 있던 아이들 두 명도 날 너구리와 세 목 뱀, 가시족제비를 처치했다. 그리고 마지막으로 초원에 나 있던 버섯을 먹고 있던 흑사슴을 형이 사냥한 것이다.

그 흑사슴은 아직 어렸지만 고기가 굉장히 맛있을 뿐만 아니라, 검은색 모피는 부자들이나 귀족들이 귀중품으로 여기기 때문에 나름대로 비싼 값을 받을 수 있는 상품이었다.

오늘 우리 친가에서 획득한 임시 수입은 상당히 괜찮은 편이었다.

나는 일단 지각 미수의 오명을 씻을 수 있었다는 생각이 들어서 안도의 한숨을 내쉬었다.

그리고 세리나를 마을에 받아들이기 위한 방책에 대해서도 당장 실행 가능한 계책을 떠올리고 있었다.

하지만 계책이라고 해도 훈련 도중에 쭉 생각하면서 도출한 해답은 평범하고도 수수한 내용이었다. 용이었을 때는 생각조차 하지 않았던 복잡한 사항들을 고려해야 했다. 내가 아무리 일개 인간으로 살아갈 결심을 굳혔다고 해도, 인간의 시점과 능력으로 가능한 범위 내에서 해결책을 생각하는 것은 아직 서툴고 어렵게 느껴졌다.

조금 더 현명해지고 싶지만 어떻게 하면 좋을지 모르겠군. 누군가에게 가르침을 구하고 싶은 기분을 맛보고 있었다.

†

마을에서 일상생활 도중에 짬을 내서 세리나와 만나는 생활이 계속되는 와중에도, 베른 마을에서는 기묘한 일이 일어나고 있었다. 베른 마을에서는 매일 아침 주재 병사 2인 1조와 유지들로 구성된 순찰조가 마을 주변을 순찰하고 있다. 그 순찰조가 어느 날부터인가 죽은 동물들을 마을 주변에서 발견하기 시작했다.

마을 주변에서 발견되는 동물들은 한밤중에 숨통이 끊어진 것으로 보이는 녀석들이 많았다. 강 상류에 서식하는 거대한 진주색 어금니를 드러내고 다니는 왕 이빨 악어나, 콧대가 철퇴처럼 단단한 철퇴 멧돼지를 비롯해서 마을 사냥꾼들도 처치하기 어려워하는 거물들뿐이었다.

가끔은 커다란 녀석들 대신 땅 달 새 다섯 마리, 날 너구리와 뿔토끼가 열 마리, 샤르케가 한꺼번에 20마리 정도 잎사귀 위에 놓여 있던 적도 있다.

그리고 공물처럼 놓인 그 동물들의 주변에는 거대한 뱀 같은 생물이 기어간 흔적이 남아 있었다. 물론 그 정도로 거대한 뱀이 마을 주변에 서식하고 있다는 이야기는 들은 적이 없었다. 때문에 대체 무슨 일이 벌어지고 있는지 마을 어른들 사이에 논의가 벌어지기 시작했다.

말할 것도 없겠지만 내 조언을 듣고 세리나가 벌인 행동이다.

나는 역사상에 이름을 남긴 현자나 군사 같은 묘안을 떠올리지는 못했다. 그런고로 결국 착실하게 점수를 벌어들이는 방식을 채용한 것이다.

우선 마을 사람들이 기뻐할 만한 물건을 넌지시 가지고 와서, 무언가가 있다는 사실을 암시하며 서서히 세리나의 존재를 인식하도록 유도하려는 작전이다.

정체를 알 수 없는 누군가가 가지고 온 사냥감을 수상쩍다고 생각하는 사람들도 있었지만, 왕 이빨 악어나 철퇴 멧돼지 등의 짐승들은 쉽게 구경할 수 없는 진기한 사냥감들이었다.

그 고기들은 지체 없이 마을 사람들의 위장으로 들어갔으며, 가죽이나 뼈는 마을에서 병장기나 도구로 가공된 후에 일부는 남방의 가로아라는 도시에 팔려 나가 금전으로 돌아왔다.

이럴 때 사람들이 의지할 수 있는 존재는 촌장과 마글 할머니, 그리고 바란 아저씨였다.

촌장은 오랜 변경 생활을 버티면서 마을 사람들을 이끌어 온 인물이다. 그리고 마글 할머니가 축적한 마법 지식과 바란 아저씨가 왕국 병사로 근무하면서 배운 다양한 마물에 대한 지식이 있으면, 세리나가 기어간 흔적으로부터 라미아가 마을 근처에 터를 잡고 있다는 사실을 알아낼 수 있었다.

그리고 실제로 아직 마을 사람들에게는 비밀로 부치고 있었지만, 나는 강화한 청력을 이용해 세 사람이 라미아의 출현과 그 능력의 위험성에 대해 논의하고 있다는 사실을 알고 있었다.

나는 밭에서 감자에 물을 주면서 청력을 가다듬은 채로 촌장의 집에서 이루어지고 있는 마을 중역들의 대화를 한 마디도 놓치지 않기 위해 신경을 곤두세웠다.

세 사람은 수수께끼에 휩싸인 뱀의 정체가 라미아인 것 같다는 판단을 내렸다. 그리고 라미아의 강력한 능력으로 인해 큰 위기감을 공유하고 있는 것으로 보였다. 촌장이 마른침을 삼키고 바란 아저씨가 낮은 신음을 흘리는 소리가 들려왔다.

레티샤 양만 있다면 라미아의 마안이나 마비독을 회복시킬 수 있겠지만, 라미아의 꼬리가 내뿜는 일격이나 마법의 위력은 결코 얕볼 수 없었다.

바란 아저씨가 이끄는 다섯 명의 베른 마을 주재 부대가 라미아를 토벌하기 위해 도전한다고 해도, 마을 사람들의 협력을 받은 상태에서 상당한 피해를 각오해야 할 것이다.

물론 세리나의 성격을 생각해 보면 사랑하는 아버지와 같은 종족인 인간들이, 자신을 토벌하러 온 사실을 알자마자 눈물을 머금고 도망칠 것이라는 사실은 불 보듯 뻔했지만 말이다.

부지런히 손을 움직이고 있는 내 귀에 세 사람의 대화가 계속 들려왔다.

『일단 라미아라고 쳐도, 왜 이런 짓을?』

바란 아저씨는 라미아가 사냥감을 가지고 오는 의도를 파악할 수가 없어서 의아하다는 목소리를 내고 있었다. 마글 할머니가 평소와 같은 웃음소리를 내면서 의외의 발언을 입 밖에 냈다.

『그다지 흔한 경우는 아니지만 말이지, 라미아가 인간과 사랑해서 부부가 되는 경우도 없지는 않아. 라미아의 상반신은 참으로 아름다운 여성의 모습을 하고 있거든. 그렇지 않더라도 라미아의 선조는 원래 저주에 걸린 공주님이라는 전설이 있어. 어쩌면 쓸쓸해서 마을에 이주하고 싶어 하는 건지도 모르겠군.』

흠, 나는 무심코 중얼거렸다. 설마 이런 형태로 조력자가 등장할 줄은 예상 못했기 때문이다.

『마글 할머니, 하지만 그 라미아의 목적이 마을에 들어오자마자 우리를 잡아먹는 거라면 어떻게 할 생각이오? 바란이 거느리고 있는 병사들을 동원하면 물리칠 수 있을지도 모르지만, 만만치 않은 피해를 각오해야할 거요.』

『나는 그 라미아의 속뜻까지 헤아릴 수는 없어. 하지만 단순히 우리를 잡아먹는 게 목적이 아닐지도 모른다는 사실은 머리에 넣어 두게. 내 직감이 말이지, 흉한 일의 조짐은 아니라고 속삭이는군. 점괘도 괜찮게 나왔어. 디나와 리샤, 아이리에게도 점을 쳐보라고 했는데, 하나같이 뱀의 출현이 사소한 길조로 이어질 거라는 점괘야.』

『마글 할머니뿐만 아니라 따님이나 손녀분들까지 그런 점괘가 나오다니. 하지만 경계를 늦출 순 없어요. 고블린 녀석들의 모습을 목격하는 횟수도 늘어나고 있으니까.』

탁, 바란 아저씨가 벗겨진 머리를 두들기며 대답했다. 마글 할머니의 발언을 어느 정도까지 진담으로 받아들여야 할지 고민하고 있는 모양이다.

『으으음.』

촌장의 낮은 신음 소리가 들려왔다. 분명 염소처럼 긴 턱수염을 만지작거리고 있을 것이다. 촌장은 마글 할머니와 바란 아저씨를 향해 이렇게 질문했다.

『만약, 만약에 말이오? 그 라미아가 이 마을에 정착해서 평범하게 산다고 하면, 우리에게 뭔가 득 될 일이라도 있겠소?』

『어디 한번 생각해보지. 평범한 라미아라면 전투용 마법에 관해선 평범한 마법사보다 능숙할 거야. 상대의 몸을 마비시키고 매료시키는 마안도 가지고 있고, 이빨에는 즉효성의 강력한 마비독이 있어. 꼬리를 한번 휘두르면 인간의 목 정도는 간단히 부러뜨릴 수 있겠지. 정말로 평범하게 마을에 정착한다면 굉장히 믿음직스러운 지원군이 생기는 거나 마찬가지야. 야생 뱀들을 뜻대로 부리는 능력도 있으니, 고블린이나 코볼트 녀석들이 쳐들어왔을 때는 뱀까지 동원해서 막을 수 있겠지. 이빨에서 나오는 독이나 탈피했을 때의 허물도 돈으로 바꿀 수 있고, 득이 되는 요소는 많은 편이야.』

흠, 내가 생각했던 마을의 이득과 대략 비슷했다. 마글 할머니는 이 베른 마을에서도 중역 중의 중역이니, 그녀가 이렇게 말해준다면 의외로 일이 잘 풀릴지도 모르겠군.

나는 자신도 모르는 사이에 웃음을 띠고 있었던 것 같다. 우연히 지나가던 알버트가 「왜 웃고 있냐?」라고 물으면서 의아하다는 표정을 지었다.

"아무것도 아니야."

그렇게 대답하는 것 이외에 내가 할 수 있는 일은 없었다.

그 이후로도 세리나가 한밤중에 나와 공동으로 해치운 사냥감을 마을에 몰래 가져다 놓고 가는 나날이 계속됐다.

당연히 마을에서도 라미아를 경계하여 야간 경비를 증강시켰다. 마을을 둘러싼 방벽 안쪽에 전망대를 세우고 화톳불을 피워서 주변에 대한 경계를 강화했다.

물론 나도 여러 번 경비 역할을 맡았다.

점차 사냥감을 부지런히 옮기는 세리나의 모습을 목격하는 사람들이 늘어났다.

하지만 다행히 바란 아저씨나 촌장이 그녀에 대한 공격을 금지했기 때문에 세리나가 활이나 창으로 공격을 당하는 일은 없었다.

세리나는 모습이 발각된 이후로도 마을에 대한 선물 공세를 계속했다. 촌장이나 바란 아저씨를 비롯해 라미아의 존재를 들어서 알고 있던 일부 마을 어른들 사이에서는, 그녀를 받아들일 수도 있다는 분위기가 확산되기 시작했다.

최근 며칠 동안 마을 사람들의 식탁에 세리나가 가져온 흔치 않은 진수성찬이 오르고 있던 것도 큰 이유로 작용했다. 역시 교섭을 진행할 때는 위장부터 홀리는 게 정답인 것 같다.

나는 우리 마을에서 살기 위해 불평 한마디 없이 매일 부지런히 사냥감을 잡아 오는 세리나를 격려하며, 시간이 날 때마다 함께 강 상류나 숲 속으로 들어가 그녀의 사냥을 도왔다.

그렇게 다시 며칠이 지난 후, 나는 마을의 분위기가 변한 것을 감지하고 드디어 세리나와 함께 마을 사람들과의 직접 교섭을 실행에 옮기기로 했다.

교섭할 기회는 마을 바깥으로 나오는 훈련 시간이다. 최근에는 라미아를 경계해서 외부에서의 훈련 횟수가 줄었고, 인솔 담당도 바란 아저씨를 비롯한 병사 부대 다섯 명이 전원 동원되고 있었다. 만에 하나의 경우를 대비해서 훈련에 데리고 가는 아이들의 수도 세 사람으로 줄인 상태였다.

내가 인솔 담당 중 한 사람으로 선택된 그날, 세리나로 하여금 초원의 한구석에 숨어 있도록 전했다.

라미아는 밤에만 모습을 드러냈기 때문에 사람들은 그녀와 낮에 마주칠 가능성은 적다고 예측하고 있었다. 하지만 바란 아저씨를 비롯한 병사 부대의 표정은 긴장한 기색이 역력했다.

일이 이 정도까지 진행되다 보니 마을 아이들 사이에서도 라미아에 대한 소문이 은연중에 퍼져 있었다. 마을 아이들도 지금까지 마주친 적 없는 마물의 출현에 흥분과 불안을 느끼고 있는지 그들 역시 평소보다 말이 많았다.

작전은 단순했다. 우리가 평소에 훈련하고 있는 초원에서 세리나가 미리 몸을 숨기고 있다가 훈련 중에 실수를 저지른 나를 구하는 것이다. 그리고 곧바로 마을의 실력자이기도 한 바란 아저씨와 논의해서 마을 이주에 대해 교섭하자는 계획이다.

나는 평소와 마찬가지로 허리에 장검을 차고 초원에 도착한 뒤 약간 빠른 발걸음으로 아이들과 거리를 벌렸다. 그리고 마력으로 신체 감각들을 강화하여 세리나의 위치를 파악— 그런데 그 순간, 나는 이질적인 존재가 접근하고 있음을 감지했다.

평소에는 이런 곳에 돌아다닐 리가 없는 마물이었다.

몸을 일으키면 가볍게 내 키의 두 배 반 정도를 넘길 엄청난 거구에 온몸이 검은 모피로 덮여 있다. 짧고 굵은 팔다리에는 짙은 갈색의 단단한 껍데기를 두르고 있었다.

그 녀석은 우리의 존재를 파악하고 땅에 팔다리를 짚고 있던 자세에서 두 다리로 몸을 일으켰다. 그리고 내 전방의 풀숲에서 모습을 드러냈다.

이 녀석은 베른 마을 동쪽에 펼쳐진 삼림의 깊숙한 지역에 서식하는 갑옷 곰이다.

평범한 곰을 훨씬 능가하는 거구에다가 몸을 강철에 버금가는 강도의 껍데기로 방어하며, 굵은 발톱을 기른 앞발의 일격으로 나무 기둥 정도는 간단하게 부러뜨린다.

고블린 열 마리나 스무 마리 정도는 아랑곳하지 않고 머리부터 물어 죽일 수 있는 대단히 강력한 마물이었다.

인간이 갑작스럽게 이 녀석과 마주치게 되면 죽음을 모면할 수 없었다.

이 녀석은 숲 속에 숨어 살면서 인간들의 지역에는 좀처럼 모습을 드러내지 않는 마물이다. 그런데 왜 이런 곳까지 나온 거지?

물론 내가 용의 마력을 사용하면 촛불을 끄듯 간단하게 물리칠 수 있는 상대였다.

내가 예상 밖의 상대를 앞에 두고 「호오」라고 한숨을 내뱉자, 내

등 뒤에서 어서 도망치라는 바란 아저씨 일행의 목소리가 들려왔다.

나의 본성을 모른다면 당연한 반응이었다.

바란 아저씨와 그 부하들의 역량이라면 충분히 대처할 수 있는 상대이니, 용의 힘을 쓰지 않고도 이 상황에서 벗어날 수 있지 않나?

나는 허리에 찬 장검을 칼집 소리를 내면서 뽑은 후 이쪽을 위협하는 갑옷 곰을 마주 노려봤다. 그리고 손에 움켜쥔 장검을 눈앞의 맹수에게 찔러 넣었다.

갑옷 곰은 뒷다리를 굽히고 있다가 기세 좋게 나에게 달려들려고 했다. 그 순간, 눈부시게 강렬한 빛이 시야를 차단했다.

빛의 정체는 순수한 마력을 화살 형상으로 발사하는 【에너지 볼트】였다. 초보적인 공격 마법이다. 【에너지 볼트】는 갑옷 곰의 오른쪽 옆구리에 제대로 명중하고서 녹색의 빛의 방울로 변해 갑옷 곰의 모피를 꿰뚫었다. 그리고 모피 속의 속살을 깎아 내며 그 엄청난 거구를 날려버렸다.

나는 마법이 발사된 방향을 향해 시선을 돌렸다. 그리고 바란 아저씨 일행도 동시에 【에너지 볼트】가 날아온 방향으로 고개를 돌렸다.

그곳에는 저주에 의해 몸의 절반이 무시무시한 뱀의 몸통으로 변한 왕녀의 자손이자, 아름다우면서도 요사스러운 마물로 태어난 라미아 일족의 소녀가 서 있었다.

갑옷 곰은 일단 【에너지 볼트】의 직격을 맞고 튕겨 나갔지만, 두꺼운 지방과 모피뿐만 아니라 그 몸에 축적해 둔 마력을 이용해

치명상은 모면한 모양이었다. 갑옷 곰은 곧바로 몸을 일으키더니 단호한 태도의 세리나를 향해 굵직한 포효를 내질렀다.

세리나는 자신을 위협하는 포효에 주눅 들지 않고, 미끄러지듯이 초원 위를 기어 와서는 나를 감싸는 듯한 형세로 갑옷 곰에게 맞섰다. 그리고 새로운 공격 마법의 영창을 시작했다.

나는 세리나의 등 뒤에 숨는 자세를 취하고 있었지만, 바란 아저씨 일행으로부터 보이지 않는 각도에서 세리나의 뱀 모양 하반신에 접촉하여 마력의 일부를 양도했다.

내가 지닌 전체적인 마력 가운데 새 발의 피에 지나지 않을 정도로 미미한 양이어도 세리나의 입장에서는 허용 한계를 아슬아슬하게 넘지 않을 만큼의 거대한 마력이었다.

내가 주입한 막대한 마력으로 인해 영창에 집중하던 세리나의 얼굴이 어렴풋이 달아올랐다. 갑옷 곰이 세리나에게 거의 다 접근했을 무렵, 세리나의 영창이 끝났다.

세리나는 집게손가락과 가운뎃손가락을 모아서 두 손가락으로 갑옷 곰을 가리켰다.

그 모습은 마물이라는 사실을 망각할 정도로 아름다웠고 불타는 투지와 누군가를 지키려는 긍지로 찬란하게 빛나고 있었다.

"대지의 이치여 나의 목소리를 들어라 나의 길을 가로막는 적을 꿰뚫는 창이 되어라, 어스 랜스!"

대지를 질주하는 갑옷 곰을 포위하듯 땅바닥에 삼각형 모양의 황금빛 마법진이 전개됐다. 각 마법진의 정점에 또다시 원형의 마법진이 출현했고 거기서부터 예리한 대지의 창이 뻗어 나왔다.

나의 마력으로 강화된 세리나의 【어스 랜스】가 발동함으로써 출현한 두 개의 창이 갑옷 곰의 앞다리를 좌우에서 관통했다. 그리고 또 다른 창이 복부를 비스듬히 꿰뚫었으며, 그 결과 세 개의 창이 갑옷 곰의 등 뒤에서 교차된 형태로 멈춘 것이다.

　그럼에도 불구하고 갑옷 곰의 숨은 아직 붙어 있었지만 이윽고 세리나가 마지막 일격을 가하기 위해 마법을 행사하기 시작했다.

　일반적으로 한번 마법을 발동하게 되면 그 직후엔 정신 집중의 해제와 피로로 인한 허탈로 빈틈이 발생할 수밖에 없다.

　하지만 세리나는 나에게 마력을 양도받았기 때문에 심신에 마력이 충만한 상태였다. 그래서 피로로 인한 빈틈은 생기지 않았고 연속적인 마법의 행사가 가능했다.

　아직 하급 마법에 한정된 이야기지만 세리나의 성장에 따라 고위 마법의 연속 발동 역시 가능해질지도 모른다.

　"물의 이치여 나의 목소리를 들어라 나를 막아선 적을 가르는 칼날이 되어라, 워터 에지!"

　세리나가 하늘을 향해 뻗었던 왼팔을 내리치면서 갑옷 곰을 똑바로 가리키자, 대기 중의 수분이 응축된 물의 칼날이 그 궤적을 따라 햇빛을 반사시키며 발생했다.

　대지의 창 세 개로 관통당한 상태였던 갑옷 곰은, 가엾게도 추가로 떨어진 물의 칼날에 의해 머리가 세로로 갈라진 뒤 마침내 숨통이 끊어졌다.

　세리나가 갑옷 곰의 죽음을 확인하고 긴 한숨을 내쉬었다. 동시에 방금 전까지 보이던 씩씩한 모습은 자취를 감추고 등 뒤에 서 있던 나를 돌아보면서 시선을 마주쳤다.

"드란 씨, 다친 데는 없으세요? 죄송해요, 제가 좀 더 빨리 저 곰의 소재를 파악했다면 좋았을 텐데."

바란 아저씨 일행에게 만에 하나라도 들리지 않도록 목소리를 낮추고 나는 세리나에게 짧은 감사의 말을 전했다.

"상처 하나 없어. 네 잘못이 아니야. 그리고 누군가의 도움을 받는다는 것도 가끔은 괜찮은 기분이군."

내 입장에서는 자신이 누군가의 도움이 필요할 정도로 나약한 존재라는 인식은 인간이 된 이후에 처음으로 맛보는 것이기 때문에 불쾌하지 않았다.

갑옷 곰의 등장은 예정에서 벗어난 사건이었지만 그보다 중요한 진짜 시작은 지금부터다.

바란 아저씨가 갑옷 곰의 시체 곁으로 앞질러 뛰어왔다. 바란 아저씨를 선두로 베른 마을 주재 부대 사람들이 나와 세리나를 포위했다. 그리고 각자의 무기를 뽑은 채 언제든지 달려들 수 있도록 자세를 잡았다.

"드란에게서 떨어져라, 라미아."

바란 아저씨가 지금까지 몇십 마리를 넘는 마물들의 머리통을 박살 낸 철퇴를 들고 어디까지나 침착한 목소리로 세리나에게 명령했다.

바란 아저씨의 등 뒤에는 일단 레티샤 양이 버티고 있었다. 그리고 롱 보(bow)를 겨누고 있는 카티나라는 젊은 여성 병사도 바란 아저씨와 마찬가지로 베른 마을 출신이었다.

카티나가 활에 메기고 있는 철 화살로 언제든지 세리나를 맞출 수 있도록 신경을 곤두세우고 있다는 사실은 보기만 해도 잘 알 수 있었다.

세리나가 뭐라고 말하기 전에 나는 세리나의 등 뒤에서 모습을 보이며 그녀를 감싸듯이 앞으로 나아갔다.

"바란 아저씨, 그녀는 나를 구해줬어. 위해를 가하지 말아줬으면 해."

바란 아저씨가 등 뒤의 레티샤 양에게 한 차례 눈짓을 했다. 내가 라미아의 마안에 사로잡혀 있는지 판별을 부탁한 것이다. 레티샤 양은 곧바로 고개를 가로저었다.

대지모신은 풍요로운 대지를 관장하며 지상에 살고 있는 온갖 생명을 축복하는 신이다.

그 때문에 마이라르 교의 성직자는 생명을 대상으로, 특별한 마법을 사용하지 않고 보기만 해도 이상 발생 여부를 파악할 수 있었다.

내가 라미아를 감싸는 모습을 보고 거리를 두고 있던 아이들이 불안한 표정을 짓고 있었다.

속이는 것 같아서 정말 면목이 없었지만 마을을 위한 일이기도 하니 용서해다오. 나는 마음속에서 그들에게 사죄했다.

"비켜라, 드란. 지금은 틀림없이 너를 구한 것처럼 보였을지도 모르지만, 라미아는 강력한 마물이야. 그렇게 간단히 신용할 수는 없다."

"은혜를 원수로 갚으라는 말을 듣고 자라지는 않았어. 상대가 마물이건 인간이건, 그녀가 나를 구해줬다는 사실에 변함은 없어. 그러니까 나는 비키지 않아."

만약 이 상황이 나와 세리나가 일부러 유도한 것이 아니라, 순전한 우연으로 인해 발생한 일이라고 해도 나는 똑같이 행동했을 것이다.

내가 용의 전생체이며 지금도 어느 정도 힘이 남아 있는 관계로 두려움이 없어서 이러는 것이 아니다. 내가 방금 말했듯 현재의 부모님은 나에게 은혜를 원수로 갚는 짓만은 하지 말라고 가르치셨다. 그리고 세리나가 나에게 있어서 그만큼 소중한 존재이기도 하기 때문이다.

바란 아저씨는 나의 굳건한 의지를 확인하고 표정을 일그러뜨렸지만 상황을 움직인 것은 내 등 뒤에 있던 세리나였다. 그녀는 내 어깨에 살며시 손을 올려놓고 온화한 목소리로 말했다.

그녀는 눈꺼풀을 감고 있었다. 라미아의 강력한 무기인 마안을 스스로 봉쇄함으로써 해를 끼칠 의사가 없다는 뜻을 행동으로 보이기 위해서였다.

"두둔해주셔서 정말 감사합니다. 하지만 그 사람의 말이 맞습니다."

나와 세리나의 진짜 관계를 숨기기 위해 마을 사람들 앞에서는 약간 말투를 바꾸자고 미리 정해 놓았다.

물론 그런 짓을 해도 사람들을 속이고 있다는 사실은 변함없었다.

"하지만!"

"괜찮습니다."

세리나는 그렇게 말하고 내 등을 떠밀었다. 나는 그녀를 돌아보면서 바란 아저씨 일행 쪽으로 다가갔다. 그러자 레티샤 양이 내 어깨를 붙잡았다.

레티샤 양이 신속하게 내 몸을 점검하면서 상처가 없는지 확인했다. 그 과정이 끝나자 바란 아저씨가 긴장이 넘치는 분위기 속에서 철퇴를 든 채로 한 걸음 앞으로 내디디며 세리나에게 질문했다.

세리나가 나를 얌전히 해방시켜 주기도 했고 스스로 마안을 봉쇄하기도 했으니 조금이라도 경계심을 풀어주었으면 좋겠다만…….

"라미아여, 최근 마을에 사냥감을 전달했던 장본인은 네가 틀림없나?"

"예, 틀림없습니다. 여러분의 마을에 선물을 보냈던 라미아는 바로 저 입니쟈…… 윽, 혀 깨물었네요……."

너무 긴장한 나머지 혀를 깨문 모양이다. 감고 있는 세리나의 눈꺼풀 끝에서 눈물방울이 흘러넘치고 있다. 힘내라, 세리나. 나는 마음속에서 최대한의 성원을 보냈다.

한순간 누그러졌던 분위기를 바란 아저씨가 고의적인 헛기침 소리를 내고 억지로 얼버무렸다.

"어흠. 아……, 왜 그런 짓을 한 거지? 드란을 구해준 이유는?"

"그, 제가 그 마을에 이주하고 싶기 때문입니다. 저는 부모님과 함께 살고 있었습니다만, 일족의 관습에 따라 집을 나와 여행을 하고 있습니다. 하지만 혼자서 여행하는 건 쓸쓸해서요……. 계속 여기서 살겠다는 건 아닙니다. 당분간만이라도 좋으니 함께 생활할 수는 없을까요? 그리고 제가 이 사람을 구한 이유는, 만약에 죽기라도 하면 이 사람과 이 사람의 가족이 가엾다는 생각이 들었기 때문입니다. 저희 아빠는 인간이고 엄마와 사이도 좋으셨습니다. 그렇기 때문에 저는 인간에게 해를 끼칠 생각은 없습니다."

어머니로부터 가르침을 받은 특유의 말투는 애초에 제대로 구사하지도 못했던 데다가 어울리지도 않았고, 너무 고압적인 태도로 보이니까 그만두는 편이 좋을 거라고 조언했던 건 정답이었던 것 같다.

처음에 혀를 깨문 건 어쩔 수 없었지만 그 이후엔 거침없었다.

세리나가 입에 담은 말들은 전부 진실이다. 만약 갑옷 곰의 습격을 받은 인물이 내가 아니었더라도, 세리나는 용감히 일어서서 위기에 처한 누군가를 지키기 위해 움직였을 것이다.

세리나는 눈을 감고 가슴 앞에서 두 주먹을 질끈 움켜쥐고 있었다. 그녀는 바란 아저씨를 상대로 자신이 인간에게 위해를 가할 생각이 없다는 사실과 혼자선 쓸쓸하다는 고독을 호소하면서, 앞으로도 마을에 여러 가지 사냥감을 가지고 오겠다고 필사적으로 간청하고 있었다.

그런 세리나의 어린아이 같은 몸짓과 긴장으로 뺨을 붉게 물들이면서도 열심히 말을 이어 가려는 모습을 보고, 세리나를 둘러싸고 있던 병사들은 서로 얼굴을 마주 보며 고개를 갸웃거리고 있었다.

이게 정말로 그 라미아라는 강력한 마물이란 말이야? 그런 마음의 목소리가 들려오는 듯했다.

마을 아이들도 서로 이것저것 속삭이고 있었다.

"왠지 전혀 안 무서운데?"

"역시 아이리네 점괘가 맞는 거 아닐까?"

"나쁜 마물은 아닌 것 같지 않아?"

경계심을 완전히 내려놓은 모양이다.

바란 아저씨도 마글 할머니에게서 들었던 이야기를 떠올리고 있는지, 서서히 미간을 찌푸리고 판단하기 어렵다는 태도를 보이기 시작했다.

틀림없이 지금의 세리나를 보고 인간에게 위험한 마물로 판단하는 사람은 없을 것이다.

세리나의 열변이 계속되는 와중에 불현듯 레티샤 양이 그 몸을 움찔거렸다. 그리고 갑자기 땅바닥에 무릎을 꿇고 손가락을 깍지 끼면서 마이라르에 대한 기도를 바치기 시작했다.

나는 레티샤 양의 주위에 느껴본 적이 있는 따뜻하면서도 부드럽고, 거대한 기운이 발생한 것을 확인했다. 이 신성한 기운은…….

바란 아저씨는 시선을 세리나에게 계속 고정한 상태였지만 레티샤 양의 이상을 알아채고 말을 걸었다.

"레티샤 양, 무슨 일이……?"

"바, 바란 대장! 크, 큰일이에요! 위대하신 마이라르의 신탁이 내려왔습니다!"

"뭐라고?!"

정도의 차이는 있겠지만 마이라르는 왕국의 국민들 대부분이 믿는 신이다. 그런 마이라르의 신탁이 내려왔다는 소리를 듣고 바란 아저씨도 무심코 언성을 높일 수밖에 없었다.

신성 마법을 처음 사용할 땐 마이라르나 그 계보에 이름을 올리고 있는 신의 목소리가 들린다고 한다. 하지만 설마 이런 상황에서 신의 목소리가 들려왔다는 사실이 믿어지지 않는지 레티샤 양은 굉장히 흥분한 모양이었다.

"……아아, 나에게 이런 일이 생길 줄이야. 위대하신 마이라르 님께서는 저에게 이런 계시를 내리셨습니다. 저희들의 눈앞에 있는 라미아는 사악한 마물이 아니며, 이 대지에 살아가는 똑같은 생명이라고. 그녀와 함께 살아가라고 하셨습니다."

"예? 마이라르가, 말입니까!"

"예, 그야말로 이는 심판의 기적입니다. 신탁이 틀림없습니다!"

마이라르 교의 교리에 따르면 인간이라고 해서 꼭 선한 존재는 아니다. 물론 마물 역시 꼭 악한 존재는 아니다.

인간은 물론 마물도 대지에 살아가는 생명 중 하나이며 그 어느 쪽을 제거해도 대지에 살아가는 생명의 순환을 방해하게 되는 것이다. 때문에 함께 살아가는 선택을 존중한다.

나와 세리나의 입장에서는 이보다 더할 수 없는 도움이라고 할 수 있었지만 설마 이렇게 딱 알맞은 상황에 알맞은 신탁이 내려오다니. 마이라르가 이 장면을 엿보고 있다고 판단하는 편이 자연스러울지도 모르겠다.

나는 짓궂은 미소를 입가에 짓고 있는 마이라르의 모습을 떠올렸다. 그녀에게 한 가지 빚을 진 셈인가? 나는 자기도 모르게 미약한 쓴웃음을 짓고 있었다.

실제로 만난 라미아의 성격과 발언, 사전에 마글 할머니에게서 들었던 내용에다가 대지모신의 신탁까지 받은 것이다.

평생에 걸쳐 한 번 있을까 말까 한 터무니없는 기적이 일어난 이상, 이제 라미아를 마을에 정착시킬 수밖에 없는 운명인지도 모른다. 그런 사실을 바란 아저씨뿐만 아니라 다른 마을 사람들도 납득할 수밖에 없었다.

마이라르의 신탁이 진실이라는 사실은 다른 사람도 아닌 레티샤 양 본인이 직접 보증하고 있었다. 뿐만 아니라 그 사실을 알기 쉽게 증명하듯 레티샤 양이 성직자로서 부여받았던 계급이 올라 있었다. 지금까지 사용할 수 없었던 고위의 기적을 행사할 수 있게 된 것이다.

한동안은 춤이라도 것처럼 흥분한 레티샤 양의 모습을 마을 여기저기에서 목격할 수 있었다. 이윽고 마음의 안정을 되찾은 본인이 스스로의 기행을 떠올리고 몸부림치리라는 사실은 예측할 필요도 없었다.

그 후 마을로 돌아온 바란 아저씨는 촌장이나 마글 할머니뿐만 아니라 마을 어른들을 모아서 세리나의 처우에 관해 논의하기 시작했다.

여러 날에 걸쳐 논의가 진행되는 동안에도 세리나는 헌신적으로 사냥감을 마을에 날랐다. 일어난 변화라고 한다면 밤중에 몰래 실행하던 작업을 대낮에 대놓고 하게 된 것뿐이다.

그리고 저 여자가 소문으로 들은 라미아냐고 구경하러 온 마을 사람들에게 세리나는 부드러운 미소를 지으면서 손을 흔들었다. 그 후 숲으로 물러가며 머리를 숙이고 인사하는 등 예의 바르고 우호적인 태도를 보였다.

세리나의 처우에 대한 결론이 난 것은 닷새가 지난 후의 일이었다.

결론적으로 세리나는 위험한 마물이 아니라고 판단됐고, 당분간은 감시 인원을 붙이면서 마을에서 아무도 사용하지 않는 헛간에 살도록 허락했다.

그 사실을 전하자 세리나는 즉시 마을에 나타났다.

그리고 마글 할머니나 촌장을 비롯한 베른 마을 사람들이 지켜보는 가운데 심하게 긴장한 표정으로 북문 안쪽에 발을 들여놓은 것이다.

불안감이 있으면서도 호기심 때문에 모인 마을 사람들이 마른침을 삼키며 지켜보고 있었다. 나는 그런 사람들의 대열에서 살짝 앞으로 나아가, 아버지나 바란 아저씨가 말리는 목소리에도 발걸음을 멈추지 않고 세리나의 앞에 나섰다. 그리고 미소를 지으며 세리나에게 말했다.

"베른 마을에 어서 와, 환영할게."

"저는 세리나라고 불러주세요. 드란 씨, 그때 저를 두둔해주셔서 정말 고맙습니다."

세리나도 미소를 지으며 대답했다. 햇빛과 푸르른 하늘이 우리를 축복하고 있었다.

제3장 경국의 여검사

삶과 죽음, 그리고 선과 악이 뒤얽혀 혼돈으로 가득한 지상 세계와 격리된 세계—.

신들이 사는 가장 고귀하고도 깨끗한 이상향— 천계(天界), 또는 신계(神界)라고 불리는 세계에 나는 지금 발을 들여놓고 있었다.

내가 지니고 있는 인간으로서의 육체는 지금도 베른 마을의 침대 위에서 깊은 잠에 들어 있었다. 하지만 나의 의식은 육체에서 빠져나와 고신룡(古神竜)의 혼으로서 그 본모습을 해방하고, 이렇게 수많은 신들이 거처하고 있는 천계를 방문한 것이다.

인간으로 전생한 후, 나는 고신룡의 혼에 인간을 본뜬 껍질을 씌운 채로 생활하고 있는 거나 다름없었다. 그런 내 입장에서 보자면 육체적으로나 영적으로 속박에서 벗어난 현재 상태야말로 힘을 빼고 어깨에 지고 있던 짐을 내려놓은 듯한 자연스러운 모습이라고 할 수 있다.

나는 만물을 대지에 묶어 놓는 중력이라는 투명한 쇠사슬에서 해방되어, 등에 달린 6개의 날개를 활짝 펼치고 천계의 푸른 하늘을 날고 있었다. 하지만 이제 목적지가 눈에 들어왔기 때문에 그러한 비행도 끝이다.

흠, 나는 입버릇을 흘리며 비행을 멈췄다. 그리고 천천히 눈 아래 펼쳐진 대지를 향해 강하하기 시작했다. 눈이 미치는 모든 하늘에는 작은 섬에서 대륙에 걸쳐 무수한 대지가 떠 있었다.

내가 그중 하나에 내려서자, 내가 오리라고 미리 예상하고 있었던 한 사람의 여신이 아름다운 미소를 지은 채 기다리고 있었다.

잘 아는 얼굴이 여전한 아름다움과 만물의 어머니 같은 따뜻한 분위기를 띠고 있는 모습을 보고, 이유는 모르겠지만 나 역시 기쁨의 감정을 느끼고 있었다. 나는 그 사실을 깨닫고 자기도 모르게 여신과 마찬가지로 입가에 미소를 지었다.

대지에 닿기 직전까지 기른 칠흑빛 머리카락과, 마찬가지로 아름다운 검은색을 띤 눈동자가 보였다. 비단보다도 아름다운 광택을 띤 새하얀 천을 넉넉하게 걸친 그 모습은 분명 최고위의 대지모신 마이라르가 틀림없었다.

나는 꼬리와 발톱 끝이 땅바닥과 조금 떨어진 장소에서 강하를 멈추고, 날개를 퍼덕거리지도 않은 채 중력에 간섭해서 스스로의 거구를 지탱했다.

하지만 실제로는 혼만 돌아다니고 있는 지금의 내 입장에선 필요 없는 작업일 것이다. 육체가 있었을 때의 습관 같은 행동이다.

내가 내려선 공중 섬에는 지상에 서식하고 있는 모든 꽃이나 풀, 또는 나무들이 서식 환경의 적성을 무시하고 사방에 흐드러지게 피어 있었다.

천계에서만 생식하는 천상의 꽃도 신들밖에 볼 수 없는 꽃잎을 펼치고, 신들밖에 맡을 수 없는 향기를 내뿜으며 희미하게 불고 있는 따뜻한 바람에 흔들리고 있다.

마이라르는 그야말로 대지모신이 거처하기에 어울리는 세계의 한가운데에 서 있었다. 아무리 상처 입고 지칠 대로 지친 자라고 해도, 아무리 병들고 쇠약하고 늙은 자라고 해도, 아무리 죄가 무겁고 더럽혀진 자라고 해도— 그녀는 그 모든 이들을 부드럽게 받아들일 수 있는 무한한 자애에 가득 차 있었다.

"오랜만입니다. 나의 오랜 친구인 용이여."

마이라르가 예전과 마찬가지인 소녀처럼 들리기도 하고 노파처럼 들리기도 하는 불가사의한 목소리로, 진심으로 느끼는 그리움의 감정을 숨기지도 않고 나에게 말을 걸었다.

아마도 내가 가슴속에 느끼고 있는 그리움과 친밀함도 마이라르와 마찬가지일 것이다.

"그러하군. 대체 이게 어느 세월 만인가. 만물의 어머니인 대지의 화신이여. 그대가 건재하다는 사실을 진심으로 기쁘게 생각한다."

마이라르는 어렴풋이 눈웃음을 지으면서 입가의 미소까지도 더욱 깊게 지은 것처럼 보였다. 나는 특별히 이상한 소리를 하지는 않았을 텐데……?

"흠. 역시 환생의 영향으로 혼이 상당히 약해진 모양이군. 그대의 앞에 나타나기에는 너무 초라한 모습이 되어버린 건가?"

등에 달린 여섯 개의 날개나 일곱 가지 색깔로 빛나는 용안(竜眼), 하얀색 비늘을 두른 용으로서의 모습은 기억 속의 나와 그다지 큰 차이는 없는 것으로 알고 있다. 하지만 마이라르의 눈에는 그렇게 비치지 않았을지도 모른다.

내가 오랜 친구에게 한심한 모습을 보였을지도 모른다고 미안하게 생각하고 있으려니, 마이라르가 어린 소녀처럼 천진난만하게 웃었다. 그리고 그녀는 천천히 고개를 가로저으면서 나의 착각을 바로 잡았다.

"그런 것이 아니랍니다. 그저 마지막으로 만났을 때의 당신과 비교하니 너무나 활기가 넘쳐 보여서, 기쁘게 생각하고 있을 뿐이에요. 당신은 삶에 상당히 싫증을 느끼고 있는 것처럼 보였거든요. 인간들에게 토벌당했다고 들었을 때, 기어코 닥칠 일이 닥쳤다는 생각이 들고 말았어요."

"부정할 수는 없군. 그때의 나에게는 삶도 죽음도 그다지 다를 바는 없었다네. 용사의 검이 나의 심장을 꿰뚫었을 때, 나는 죽음에 대한 절망이 아니라 이제 끝난다는 감각만을 느끼고 있었지. 그저 사실을 있는 그대로 받아들였을 뿐이야. 지금 와서 생각해보면, 용사에게 괜한 수고를 하게 했다는 느낌이 드는군."

지금 생각해보면 그때 벌어진 싸움은 내가 자살하기 위한 구실과 실행에 용사를 이용한 거나 다름없었다.

나는 죽음의 순간에 용사와 그 일행들에게 상당히 신랄한 충고를 내뱉었지만 어른스럽지 못한 행동이었다. 용사 일행이 그다지 마음고생을 하지 않았으면 좋겠군.

"그랬군요. 하지만 지금 당신은 삶의 기쁨에 가득 차 있다는 게 느껴집니다. 제 눈앞에 선 당신이 아무것도 숨기지 않는 혼의 진실을 내보이는 모습이기에, 당신의 혼과 마음이 느끼고 있는 기쁨이 생생하게 느껴집니다. 저는 그 사실이 마치 제 일처럼 기쁘답니다."

"마이라르, 그대가 그런 감성을 지니고 있기에 나는 그대와 친구라는 사실을 명예로 여긴다. 후후, 설마 인간으로 다시 태어날 줄은 상상도 못했지만 실제로 다시 태어나 보니 나의 혼이 느끼고 있던 권태감을 단번에 날려버릴 정도로 신선한 자극이 넘치더군. 살아간다는 사실이 이리도 즐거운 것인지 깨달을 정도로."

그리고 나는 인간으로 태어나고 나서 겪은 추억들을 질리지도 않고 마이라르에게 계속 이야기했다. 인간 젖먹이의 눈으로 본 세계의 모습에 대한 놀라움이나, 너무나도 나약한 스스로의 몸과 마력을 쓰지 않는 생활에 대해 느꼈던 위화감, 남동생이 태어났을 때나 형이라고 불렸을 때의 감동과 기쁨, 변경에서의 괴롭고 고단하지만 삶의 실감을 느낄 수 있는 생활에 대해서—.

이 세계에서도 가장 고귀한 이로 추앙받는 위대한 신 중 한 사람인 마이라르는, 마치 자식이 늘어놓는 자기 자랑에 귀를 기울이는 자애로운 어머니처럼 내 이야기를 경청하고 있었다. 가끔 맞장구를 치기도 하고 질문을 섞기도 하면서 내 입을 더욱 가볍게 했다.

만물의 어머니인 대지의 화신은 남의 이야기를 굉장히 잘 듣는 편이었군. 내가 그런 사실을 떠올릴 즈음, 이곳을 방문한 본래 목적을 달성하지 못했다는 사실을 깨달았다. 그리고 나는 마이라르에게 가볍게 머리를 숙였다.

"내 이야기만 해서 미안하군. 내가 이 초라한 모습을 드러내는 수치를 무릅쓰고 염치없이 그대를 찾아온 이유는, 일전에 벌어진 세리나의 안건에 관해 꼭 인사를 전하고 싶었기 때문이다. 정말로 감사한다. 그때 그대가 신탁을 내려준 덕분에 세리나를 마을에 받아들일 수 있었다."

"괜찮습니다. 최근 들어 지상 여러분들의 저에 대한 기도 중에서 너무나 그리운 기척을 느꼈답니다. 혹시 몰라 지상의 상황을 확인해 보니, 마침 당신이 그 라미아 소녀에 관해서 마을 사람들과 이야기를 나누고 있던 참이었지요. 그래서 저도 이야기를 들은 후에, 노파심이었을지도 모르지만 미력하나마 도움을 드리고 싶어서 신탁을 내린 겁니다."

그리고 마이아르는 「그리고 그 레티샤라는 여성은 충분한 소질과 신앙심을 갖춘 분이셨으니까요」라고 덧붙였다. 나는 한 번 숙였던 고개를 들었다가 다시 한 번 숙였다.

"그래도 나에게 있어서는 아무리 감사해도 모자랄 일이다. 내가 그대에게 어떻게 보답을 해야 할까? 나의 미약한 힘으로나마 그대를 위해 움직이도록 하지. 마계의 존재들과 전쟁이 벌어졌을 때라도 불러준다면 이런 나라도 쓸모가 있을 것이다. 아직 그 정도의 힘은 남아 있으니 말이야."

소위 말하는 악마나 마신, 사신이 도사리고 있는 마계는 각각의 파벌마다 수도 없이 존재한다. 그야말로 억조 단위로 멸망시켜도 썩어 넘칠 정도로 많다.

좀 더 상세하게 구분할 수도 있다. 무수히 존재하는 마계를 소마계라고 부르며, 그 소마계들을 내포하고 있는 무한한 공간을 대마계라고 구분하고 있다.

물론 대마계를 멸망시키려면 다른 세계의 조화까지 어지럽힐 수도 있으니 어렵겠지만, 소마계의 존재들과 전쟁이 벌어진다면 지금 내가 지니고 있는 힘 정도로도 도움이 될 것이다.

나는 단순히 용의 힘을 행사하는 것 이외에도 뭔가 그녀의 은혜에 보답할 방법이 없을지 고민했다. 마이라르가 조금 곤혹스러운 표정을 지었다.

감사를 전하러 왔는데 오히려 상대를 곤혹스럽게 하다니 나는 아직도 상대에 대한 배려심이 부족하다는 사실을 깨닫고 큰 죄책감을 느꼈다.

정신을 똑바로 차리고 반성해서 앞으로 이런 일이 없도록 조심해야겠다.

"그다지 신경 쓰지 말아 주세요. 당신에게 은혜를 베풀려고 내린 신탁이 아닙니다. 저는 그저 앞으로도 당신과 좋은 교우 관계를 유지할 수만 있다면 그걸로 충분하답니다."

"그런가. 그것은 나 또한 소망하는 바이다. 다른 신들도 그대와 같다면 지상의 존재들은 얼마나 행복할까?"

"인간들도 제각기 다양한 삶의 방식을 지니고 있듯이, 저희 신들도 다양한 존재의 방식이 있답니다. 신들도 결코 절대적이고 완벽한 존재가 아닙니다. 그렇기 때문에 지금의 세계가 성립되고 있고요. 당신은 지금처럼 불완전한 세계가 마음에 안 드시나요?"

"친구여, 그대도 짓궂은 구석이 있군. 인간으로서의 삶에 충족을 느끼고 있는 내 대답이 어떠하리라는 것 정도는 이미 알고 있지 않나?"

내가 은연중에 그녀의 말이 너무 얄궂다고 말하자 마이라르는 작은 미소를 띠었다. 그 순진해 보이는 미소를 바라보고 있으려니 사소한 일 따위는 별 상관없다는 생각이 들었다.

만물의 어머니에 걸맞은 포용력과 자애를 보였는가 싶다가도, 천진난만한 소녀 같은 철없고도 짓궂은 모습을 보이기도 한다. 나는 그렇게 다양한 표정을 가진 마이라르에게 옛날부터 호감을 가지고 있었다는 사실을 새삼스럽게 떠올리고 있었다.

물론 이 「호감」은 사모의 감정이 아니라, 친구에 대한 우애의 감정이다.

오랜 친구인 마이라르와 오랜만에 나누는 대화는 몹시 즐거웠지만, 이미 육체가 파괴되어 인간으로 전생한 내가 신들의 세계에 오래 머무는 것도 미안한 일이다. 나는 슬슬 인간의 육체로 돌아가기로 했다.

인간들이 세운 왕국의 변경에 위치한 작은 마을이야말로 지금의 내가 돌아갈 장소이며 살아갈 장소임에 틀림없었다.

그리고 나는 그 마을을 너무나 사랑하고 있었다.

"무심코 너무 길게 얘기하고 말았다. 그대는 정말 이야기를 잘 들어주는 여신이로군. 이미 인간으로 전생한 내가 천계에 출입하고 있으면 여러 가지로 소란스러워질 수도 있겠지. 쓸데없는 소동이 벌어지기 전에 실례하도록 하지."

"전쟁의 신인 알데스는 당신과 힘겨루기를 하는 게 취미였죠. 당신의 존재를 감지하면 목욕탕에 있다가도 무기만 들고 달려올 겁니다. 지금 당신은 예전보다 힘 자체는 약해졌을지도 모르지만, 그럼에도 불구하고 아직도 그 혼에서 눈부실 정도의 빛을 내뿜고 있으니까요. 조만간 다른 신들도 눈치챌 겁니다."

"그렇다면 더욱 빨리 이 자리에서 물러나야겠군. 내일도 아침 일찍부터 감자를 돌봐야 하니."

"감자라고요?"

마이라르가 오른쪽 뺨에 손을 갖다 대고 고개를 갸웃거렸다.

최강의 고신룡인 나와 감자—.

확실히 서로 연관이 있는 존재로 보이진 않으니 그녀가 의아해하는 것도 무리가 아니다.

마이라르의 몸짓은 순수한 어린아이처럼 사랑스러웠다. 나는 마음속의 온화한 감정을 느끼면서도 지극히 진지한 말투로 대답했다.

"그래, 감자다."

"당신이 감자를……."

내가 고개를 힘차게 끄덕이자 마이라르가 소리를 죽이고 웃기 시작했다. 그녀는 양손으로 입가를 숨긴 채 숨 가쁜 듯이 웃고 있었다.

내가 그렇게 웃기는 소리를 입에 담았나?

감자 재배가 얼마나 재미있는지 모르는 모양이군.

두둥실, 나는 날개를 움직이지 않고 공중에 떠올라, 꽃과 풀과 나무들이 늘어선 대지와 그곳에 서 있는 친한 친구로부터 천천히 떨어져 나갔다.

마이라르는 내가 몸을 떠올리면서 점점 작아지는 모습을 오랫동안 바라보며 그 손을 힘껏 흔들고 있었다. 그러자 파란 머리를 굵게 땋아서 늘어뜨린 젊은 여신이 마이라르의 곁에 모습을 드러냈다. 그리고 그녀는 나에게서 마이라르를 감싸는 듯한 위치에 나섰다.

동그란 눈동자의 그 여신은 겉보기엔 소녀의 나이를 겨우 넘긴 것처럼 보였지만, 온몸에서 신족의 말단에 이름을 올리기 충분할 정도의 신성한 빛을 내뿜고 있었다.

아마도 마이라르가 주변 이들에게 숨기고 외출한 것을 쫓던 와중에, 나의 기척을 느끼고 서둘러 달려온 것이리라.

마이라르는 그런 말괄량이 같은 구석도 있었다. 레티샤 양이 이 일을 알면 어떤 반응을 보일지, 나는 살짝 보고 싶다는 생각이 들었다.

그렇지만 역시 내가 천계에 오래 머무는 것은 그다지 좋은 생각이 아닐 것이다. 나는 곧바로 지상을 향해 혼을 날렸다.

마이라르의 곁에 있던 여신은, 아마도 인간으로부터 신으로 전생한 지 얼마 지나지 않은 신입 신족일 것이다. 마이라르 교뿐만 아니라 생전에 이름 높은 인간 신자들 중에는 살면서 쌓은 덕과 사후의 명성과 사람들로부터의 숭배로 말미암아, 생전에 신앙을 바치던 신의 권속신으로 다시 태어나서 천계로 올라오는 경우가 가끔 있었다.

내 모습을 보고 경악하던 그 표정과 내 정체를 알아내려고 시도했던 기척을 생각해 보면 거의 가장 오래된 존재인 나에 관해 모른다는 뜻이다. 그렇다면 천계의 고참 신일 가능성은 없었다. 나는 생전에 선한 신족은 물론 악한 신족에게도 그 존재와 이름이 널리 알려져 있었기 때문이다.

내가 그런 생각을 하고 있으니 마이라르와 마찬가지로 간소한 옷을 걸친 그 여신이 마이라르의 무사를 확인한 후, 발밑에 무릎을 꿇고 곁을 지키지 못한 실수에 대해 사죄를 올리는 목소리가 들려왔다.

나는 무심결에 호기심이 생겨 신입 여신과 마이라르의 대화에 의식을 기울이면서 지상으로 귀환하는 속도를 늦추고 있었다.

"마이라르 님, 무사하셔서 다행입니다. 곁에서 모시는 명예를 하사받은 몸으로서 옥체를 위험에 노출시키다니, 씻을 길이 없는 대죄를 저질렀습니다. 아무쪼록 이 몸을 벌하여 주십시오."

기본적으로 최고위에 올라 있는 신들은 일반적으로 자신과 가까운 계급의 상급 신들로 파벌을 구성하는 법이다. 하지만 마이라르는 하급 신이나 새롭게 신으로 전생한 이들을 곁에 두면서 이끌기를 좋아하는 별종 신이었다.

마이라르는 자신의 발밑에 머리를 조아리고 지금 당장이라도 스스로 목숨을 끊을 것 같이 보이는 신입 여신의 손을 움켜쥐고 그 몸을 일으켰다. 그리고 창백해진 신입 여신의 뺨을 쓰다듬으며 자상한 목소리로 위로했다.

"당신의 곁을 떠난 것은 제가 뜻대로 행동한 결과일 따름입니다. 메이화, 당신이 책임질 필요는 없습니다. 자, 일어서세요."

고개를 숙인 메이화라는 여신의 얼굴빛은 여전히 창백했다. 하지만 마이라르의 손길이 몇 번이나 그 뺨을 어루만지는 동안, 메이화는 자신이 숭배하는 고위 신으로 하여금 터무니없는 짓을 시키고 있다는 사실을 깨닫고 황급히 그 손길에서 떨어져 자세를 바로잡았다.

생전에는 수많은 사람들의 신뢰와 존경을 모은 성녀였던 것으로

보이는 메이화도, 마이라르 앞에선 이렇게 자그마한 어린아이처럼
움츠러드는 모양이다.

태어났을 때부터 신이었던 자와 원래 인간이었던 자의 차이일지
도 모르겠군.

"미안해요, 메이화. 저 용은 저의 오랜 친구랍니다. 당신은 만난
적이 없을 테니 당황한다고 해도 이상할 일은 없습니다. 하지만
걱정할 필요는 없어요. 자, 그의 모습을 보세요."

마이라르가 손가락으로 가리킨 방향에는, 땅끝까지 가득 채운
지상 세계와 천상 세계의 꽃들이 바람에 흔들리는 광경이 펼쳐져
있었다.

한 번 정도는 세리나나 가족들에게 꼭 보여주고 싶은, 지상에서
는 있을 수 없는 아름다움과 반짝이는 생명으로 가득 찬 광경이다.

"그는 꽃이나 풀은 물론 나무까지도, 무엇 하나 짓밟고 있지 않
지요? 그런 배려를 할 수 있는 분이랍니다. 만약 또다시 그가 모
습을 드러내더라도 놀랄 필요는 없습니다."

나는 그녀의 말에 조금 멋쩍은 느낌이 들어 이번에야말로 지상
에 잠들어 있는 인간의 육체로 귀환했다.

†

나는 마이라르에 대한 감사를 끝내고 무사히 베른 마을의 자택
으로 돌아왔다. 그리고 침대 위에서 상쾌한 아침을 맞이했다.

지평선 저편이 보라색에 가까운 어둠과 태양의 빛이 섞여서 절

묘한 색조로 변화할 때쯤, 물독에서 나무통으로 물을 길어 얼굴을 씻었다. 산뜻하군.

그리고 나는 평소처럼 아침 식사 준비를 시작했다.

어제 저녁 식사로 먹고 남은 반찬들을 데워서 흑빵이나 감자로 배를 채우는 것이 일반적인 농민의 아침 식사다.

오늘의 아침 식사는 거기다 집 바깥에서 키우고 있는 두두 새의 달걀과 잘게 썬 채소를 섞어 만든 오믈렛에, 뿔 토끼의 훈제 고기 구이를 더하면 완성이다.

날개가 퇴화해서 날 수가 없는 두두 새는 적갈색 날개와 볏이 특징적인 가축용 조류였다.

부리로 쪼는 버릇이 있지만 기본적으로 얌전하고 어린아이에게도 사육을 맡길 수 있기 때문에 베른 마을 여기저기에서 구경할 수 있었다.

나도 자택에서 두두 새를 20마리 정도 사육하고 있으며 그녀들이 낳는 달걀은 귀중한 영양소였다.

고기로 먹는 경우는 거의 없고 만약 먹는다고 해도 그녀들이 자연사했을 경우나 예상치 못한 사고로 죽었을 경우에 한해서였다.

우리가 귀중한 달걀을 낳아주는 그녀들을 일부러 잡아먹는 경우는 거의 없다고 할 수 있다.

마을에서 딸 수 있는 독특한 향을 지닌 허브로 맛을 낸 뿔 토끼 훈제 고기에 입맛을 다시면서, 나는 오늘 하루 일하기 위한 활력을 얻고 있다는 것을 실감했다.

일단 나는 마이라르에게 선언한 대로 태어났을 때부터 식탁의 주된 반찬으로 접해 온 감자를 돌보러 갈 참이다만, 이제 막 마을 생활을 시작한 세리나의 상황은 어떨까?

역시 마을 사람들은 아직 그녀를 완전히 신용하고 있지는 않았다. 마을에 주재하고 있는 병사들 중 세 사람이 항상 그녀의 감시로 따라다니고 있는 상황이다.

세리나의 말에 따르면 그녀는 친가에 있을 때부터 아버지의 식량을 확보하기 위해 밭일을 했다고 한다. 세리나는 그 외에도 어머니로부터 바느질이나 요리, 청소, 빨래 등 거의 모든 집안일에 관해 교육을 받은 것 같았다.

거의 모든 작업에 문제없이 종사할 수 있으리라.

하지만 마을 사람들도 신용할 수 없는 상대가 밭을 만지는 것은 납득할 수 없었기 때문에, 당분간은 마을 밖에 나가서 동물이나 물고기 등을 사냥해 오는 것으로 결정된 것 같았다.

하지만 닷새 정도만 지나면 마을 사람들 역시 세리나의 본성이 겉으로 드러난 성격 그대로라는 사실을 깨달을 것이다. 일단 마을에 정착할 수 있었으니, 이제 서두를 필요 없이 천천히 신뢰 관계의 기초를 쌓아 가기만 하면 될 일이다. 나는 사실 세리나의 미래에 관해선 그다지 걱정이 없었다.

마을에서 세리나에게 당장 주거용으로 부여한 헛간은, 이전에 그 창고를 사용하던 가족이 아들의 혼담 때문에 남쪽에 있는 다른 농촌으로 이주한 이후 내버려 둔 장소였다.

내가 자택에서 잠시 동안 맡고 있는 게 어떻겠냐는 제안을 해보기도 했지만, 마을 어른들은 그 제안은 별다른 말도 하지 않고 일축했다.

마물을 나와 동거시킬 수 없다고 위험시하는 의견과 젊은 남녀를 함께 머물게 할 순 없다는 소수의 의견이 모인 결과였다.

5년 정도 그대로 방치되어 있던 헛간은 원래 튼튼했던 덕분에 딱히 천장에서 비가 새거나 바깥바람이 비집고 들어올 만한 구멍은 없었다.

쥐가 둥지를 트고 있었다면 별도리가 없었겠지만 그 점은 라미아인 세리나가 등장하면서 해결할 수 있었다.

세리나가 쥐들이 두려워하는 천적의 일종인 뱀의 특징을 지니고 있었기 때문이다. 그녀가 헛간에 다가서자 쥐들은 꽁지가 빠져라 달아났다.

헛간 안에는 기껏해야 빈 선반이나 낡은 불쏘시개밖에 없었다. 하지만 세리나도 일단 새로운 마을의 주민이니 아무런 준비도 안 해주는 건 적절하지 않다는 명분으로, 침대 대신 대량의 짚을 청결한 천으로 감싸서 만든 쿠션이 몇 개 정도 주어졌다.

마글 할머니가 세리나의 하반신은 거대한 뱀의 형태를 하고 있으니, 인간용 침대보다도 이런 쿠션이 더 적합할 것이라고 제안했기 때문이다.

실제로 세리나도 친가에서는 바닥에 쿠션을 깔고 누웠다고 하니 마글 할머니의 생각은 틀리지 않았다.

적어도 마글 할머니는 세리나에 대해 명확한 환영의 의사를 표시하고 있었다.

역시 자신들의 점괘로 나온 결과를 믿기 때문일 것이다.

쿠션 이외에도 나무로 만든 식기류 여러 점과, 지금까지 세리나가 마을에 선물했던 사냥감의 일부를 사용해서 만든 육포나 훈제 고기를 지급했다. 그리고 헛간 입구 옆에 새롭게 아궁이까지 설치했다.

세리나는 친가에서 떠난 이후로 지금까지 노숙을 하거나 리자드가 살던 폐가에서 밤이슬을 피하는 식의 생활을 보냈기 때문에, 주어진 장소가 헛간이라고 해도 전혀 불만은 없다고 했다. 그녀는 짚으로 만든 쿠션을 끌어안고 그 감촉을 즐기며 짚 냄새를 가슴이 꽉 찰 때까지 들이마셨다.

"와아아—!"

바닥을 데굴데굴 구르면서 기뻐하기까지 했다.

흠, 귀엽지 않은가. 소녀의 상반신이 지닌 청순한 외모에 잘 어울리는 천진난만한 행동을 보고, 바란 아저씨의 부하들이나 촌장은 서로 얼굴을 마주 보며 마음의 긴장이 누그러지는 것을 느꼈다.

세리나의 행동은 본성을 숨기기 위한 수작이 아니라 진심에서 우러난 모습이었다. 그녀를 목격한 이들이 정말로 그 정체가 위험한 마물인지 의심하게 되는 것도 무리는 아니었다.

라미아는 실제로 위험한 마물일지 모르지만 세리나는 그렇지 않다.

촌장들도 라미아라는 종족이 아니라, 세리나라는 개인을 보고 있으면 얼마 안 가서 지금까지의 걱정이 기우였다는 판단을 내릴 것이다. 나는 그렇게 생각한다.

짐을 전부 반입하고 촌장이 세리나에게 오늘 하루는 쉬도록 권했다. 짚으로 만든 쿠션의 감촉을 실컷 만끽하던 세리나는 자세를 바로잡고, 아름다운 금발에 지푸라기를 붙인 채로 해바라기처럼 눈부신 미소를 짓더니 「감사합니다」라고 대답했다.

그 미소를 보고 대체 누가 세리나를 위험한 마물이라고 단정 지을 수 있을까?

진심으로 감사하는 미소를 띤 세리나는 순진하고도 사랑스러운 소녀로밖에 보이지 않았다.

세리나의 베른 마을 이주 첫째 날은 대충 이렇게 새로운 집을 안내하는 것으로 끝났다. 다음 날부터는 감시를 동반하고 있었지만 마을 사냥꾼들과 함께 사냥을 하러 활기차게 마을 밖으로 나가는 모습을 목격할 수 있었다.

젊은 세리나는 아직 라미아로서 성숙하진 못해도 베른 마을 부근에서 마주치는 마물들을 상대할 경우엔 위험할 일은 없을 것이다. 그리고 세리나와 함께라면 마을 사람들의 안전도 확실하게 보장할 수 있을 것이다. 나는 안심하고 있었다.

나는 마을 한가운데를 가로지르는 강에서 낚은 물고기로 만든 소금구이와 흰털이끼를 섞어서 양을 불린 흑빵, 초벌구이로 만든 병에 담긴 미우 아줌마의 젖을 먹고 저녁 식사를 끝냈다. 그리고 그날 하루 농사일에 종사하면서 노동의 즐거움을 만끽하고 있었다.

몸이 무겁게 느껴지는 피로와 이마나 뺨을 흐르는 땀, 몸 여기저기를 더럽히는 흙, 계속 힘을 준 덕분에 딱딱하게 굳은 손가락, 태양에서 내리쬐는 햇빛, 위로하듯이 뺨을 어루만지는 바람— 그 모든 것들이 나에게 삶의 기쁨을 가르쳐주고 있었다.

석양이 모습을 드러내고 하늘이 선명하고 붉게 물들 즈음, 대부분의 마을 사람들은 농사일을 일단락 짓고 집으로 돌아가고 있었다. 나는 아침부터 강에 설치해 놓았던 낚시 바구니에 물고기가 한 마리라도 걸렸다면 좋겠다고 기대하며 혼자 집을 나섰다.

이런 사소한 작업을 통해 일용할 양식을 조금이라도 많이 조달하려고 옛날부터 여러 가지 시행착오를 거쳤다. 그 결과, 최근에 들어서야 드디어 일정한 성과를 거두기 시작했다.

아무래도 나는 스스로의 육체와 마력만 있으면 족했던 용 시절의 영향으로 세세한 작업이나 심도 있는 분석 같은 분야가 서투른 것 같다. 나는 만사를 대충 처리하는 나쁜 버릇이 있었다.

그런 단점을 교정하고 싶다는 의도도 있어서, 실패할 가능성이 높다는 것을 염두에 두고 적극적으로 세세한 작업에 시간을 투자했다.

인간으로 다시 태어난 나의 신조는 「실패를 두려워하지 말고 모든 일에 도전할 것」이다.

도전, 실패, 도전, 실패, 도전, 그리고 성공—.

거의 모든 일들이 대충 이런 식이다. 나에게는 이런 방식이 성격에 맞는 것 같다.

강에 장치한 덫도 아버지나 형의 가르침을 받으면서 제대로 된 장치를 만들 수 있을 때까지 상당한 시간이 걸렸다.

하여간 나는 덫을 장치해 놓은 장소를 향해 혼자서 저벅저벅 걸어가고 있었다. 하지만 어느 집 앞을 지나가던 순간, 집 문을 열고 빼꼼 얼굴을 내보인 소녀가 나에게 말을 걸었다.

"아, 드란 오빠다. 잠깐만 우리 집에 들렀다 갈래? 시식해줬으면

하는 게 있거든~."

말과 목소리의 울림부터 느긋한 이 소녀는, 미우 아줌마와 바란 아저씨가 애지중지하는 딸인 열네 살의 미르였다.

미르는 미우 아줌마의 피를 짙게 물려받았다. 허리 가운데까지 내려오는 갈색 머리카락 사이로 보이는 귀나, 둥그런 선을 그리는 엉덩이에서 삐져나온 꼬리, 무릎 밑에서부터 피부를 둘러싸고 있는 점박이 모피와 소 발굽까지 우인족의 특징을 그대로 물려받았다.

수수한 하얀색 원피스를 밀어 올리는 가슴은 나이를 생각해보면 과도할 정도로 커다랗게 자라 있으며, 잘록한 허리도 미우 아줌마와 닮았다.

단 하나 다른 점이 있다고 한다면 미우 아줌마보다도 더욱 느긋한 성격이다.

솔직히 말해서, 아이리보다도 정신 연령이 더 어리지 않을까 싶은 경우도 여러 번 있었다.

그저 천진난만하고 무방비한 모습으로 나에게 손짓하는 미르의 미소를 보고 있으면 내 경계심이 봄날에 눈 녹듯 사라져 버린다. 어쩌면 이 성격도 대단한 소질이라고 감탄해야 할지도 모른다.

나는 문 사이로 조금만 움직여도 출렁이는 가슴과 얼굴을 내비치면서 손짓하는 미르의 말에 순순히 복종하고 그녀의 집으로 들어갔다. 바란 아저씨는 마을에 위치한 주재소 근무가 끝나지 않았기 때문에 집을 비우고 있었다.

바란 아저씨는 전염병과 마물의 습격으로 부모님을 양쪽 다 여의고 병사가 되기 위해 가로아에서 훈련을 받았다. 그는 그 당시에 미우 아줌마와 만나 결혼했고 과거에 부모님과 함께 살던 이 집에 가족과 함께 이주한 것이다.

기다란 탁자와 의자 여섯 개가 놓여 있는 식당으로 들어가자 미우 아줌마의 모습을 확인할 수 있었다.

정말 몇 번을 봐도 미우 아줌마와 미르는 모녀로 보이지 않는다. 아무리 봐도 조금 나이가 떨어진 자매로밖에 안 보였다.

마을 남자들이 바란 아저씨를 부러워할 수밖에 없는 노릇이다.

"실례합니다, 미우 아줌마."

"어머나, 드란? 마침 잘됐네. 조금 시식해줬으면 하는 게 있거든. 서 있기도 좀 그러니 어서 앉으렴."

나는 미우 아줌마의 권유에 따라 의자에 걸터앉았다. 그리고 대체 뭘 얻어먹게 될지는 모르겠지만 식욕이 고개를 쳐드는 것을 느끼고 있었다.

"에헤헤, 이거야~."

여전히 만면에 미소를 띤 미르가 나에게 내민 것은 하얀 액체를 따라 놓은 나무 컵이었다. 아련하게 달콤한 냄새가 코를 자극했다.

"젖인가. 혹시 미르가 짠 건가?"

"응. 오늘 말인데~. 드디어 나오게 됐어~. 아빠와 타우로는 이미 맛을 봤는데, 가족 말고 다른 사람도 맛봐줬으면 해서~."

타우로는 미르의 남동생이다.

그는 우인족의 피를 계승했기 때문에 이미 성인 남성을 능가하는 완력을 지니고 있었고, 아버지인 바란 아저씨로부터 직접 무예를 전수받고 있었다. 마을 사람들은 타우로도 장래에 왕국의 병사나 모험가로 대성할 것이라고 기대했다.

"흠, 그거 영광이로군."

우인족의 여성에게 있어서 젖이 나오기 시작했다는 것은 마침내 한 사람 몫을 할 수 있게 되었다는 증거였다. 따라서 특별히 수치스러운 일도 아니고 오히려 자랑스러운 일이었다.

인간과의 교류가 깊은 우인족 사람들은 인간들이 자신들의 젖을 대단히 반긴다는 사실을 숙지하고 있었다. 따라서 젖의 맛이 좋으면 좋을수록, 그리고 짤 수 있는 양이 많으면 많을수록 좋은 일로 여겼다.

내 눈앞에 놓인 미르의 젖은 미르가 스스로 짜낸 것일까? 아니면 어머니인 미우 아줌마가 아직 익숙하지 않을 미르의 가슴을 대신 짜준 것일까?

"아직 스스로 짜는 건 서툴러서, 엄마가 짜줬어. 아침에 짜낸 젖이니까 조금 시간은 지났지만, 맛은 그렇게 나쁘지 않을 거라고 생각해~. 드란 오빠, 시식해 줄래?"

"거절할 이유는 하나도 없지. 그럼 잘 먹겠습니다."

미르가 앞으로 몸을 내밀며 내 얼굴을 들여다보면서 부탁하고 있었다. 그리고 나는 그녀가 시식을 부탁했다는 사실이 기뻤기 때문에 지체 없이 컵에 입을 댔다.

미르가 몸을 앞으로 내밀 때, 내 손에서 흘러넘칠 정도의 젊은 가슴이 언뜻 보였기에 무의식중에 시선이 빨려 들어갔던 것은 비밀이다.

세리나보다도 약간 클 정도니 역시 우인족의 피는 대단하다.

나는 미르의 젖을 입에 머금었다. 나는 젖의 냄새와 맛을 즐기기 위해 곧바로 목으로 넘기지 않고 잠시 동안 맛을 보고 있었다.

"맛있군. 미우 아줌마의 젖보다 조금 더 달콤한 것 같아. 목을 넘어가는 감촉도 훌륭하니 마을 사람들도 모두 기뻐할 거야."

나는 반짝이는 눈동자로 감상을 기다리고 있던 미르의 얼굴을 바라보면서 솔직한 감상을 입에 담은 후에 남은 젖을 마저 마셨다.

"에헤헤."

미르는 상대방까지도 무의식중에 따라 웃을 정도의 순수한 미소에 쑥스러움이 섞인 표정으로 웃고 있었다. 나는 좋든 싫든 솔직하게 머릿속에서 한 생각을 입 밖에 내뱉는 사람으로 알려져 있었다. 그런 내가 맛있다고 했다는 사실이 기쁜 모양이다.

미우 아줌마도 내가 딸에게서 짠 젖의 맛을 칭찬한 것을 듣고 안심한 모양이었다. 그녀는 「한 컵 더 가져올게~」라고 말하며 컵을 들고 자리에서 일어섰다.

한 컵 더 가져온다고 해도 역시 눈앞에서 젖을 짜지는 않는 것 같다.

미르는 너무 기쁜 나머지 나를 끌어안고 성인 여성을 가볍게 능가하는 멋진 가슴에 나의 얼굴을 파묻었다.

흠, 대단히 부드러운 데다가 탄력이 넘쳐서 계속 만지고 있어도 질리지 않는 멋진 가슴이군.

앞으로 우인족과 만날 때마다 공손히 절하면서 감사를 표시하는 편이 좋을지도 모르겠다.

"다행이다~. 드란 오빠가 그렇게 말해준다면, 마을 사람들도 내 우유를 기뻐해주겠지? 조금 불안했거든~. 고마워~, 드란 오빠."

그녀는 자신의 가슴에 파묻은 내 머리를 꼭 껴안은 채로 무방비하게 볼을 비비기까지 하고 있었다. 부드러운 데다가 냄새도 좋고 기분까지 좋으니 완전 횡재한 셈이다.

하지만 젊은 여성에게는 그다지 추천할 수 없는 행동이었다.

내가 곤혹스러워하면서 어떻게 말해야 좋을지 생각에 잠겨 있는 동안, 미르가 자신의 행동을 깨닫고 겨우 내 머리를 해방시켜줬다.

이거야 원, 안심된 것 같기도 하고 유감스럽기도 하군. 유감스럽다는 느낌이 조금 강한가?

"아, 미, 미안. 나 좀 봐, 또 생각 없이 껴안고 있네? 아빠가 고치라고 하는데, 기뻐지면 그만 자기도 모르게 저질러 버려."

미르의 이 버릇은 옛날부터 고쳐지지 않는 것이었다. 또래 아이들 중 태반이 미르에게 안겼던 경험이 있다. 최근엔 줄어든 편이었지만 지금도 방심하면 저질러 버리는 모양이다.

"미르, 남자를 상대할 때는 그런 무방비한 모습은 그다지 보이지 않는 편이 좋아. 가끔 보고 있으면 위태로워 보일 때도 있어. 미르는 예쁘니까, 문득 좋지 않은 충동을 일으키는 녀석이 생길지도 몰라."

"어, 아? 내가 예쁘다고?"

"음."

"에헤헤."

미르가 또다시 쑥스럽게 웃으면서 머리를 긁었다. 그다지 자주 듣는 소리가 아닐지도 모르겠군. 어머니께서 상대의 장점을 찾아서 칭찬해주라고 가르쳐주신 것을 그대로 실천하고 있을 뿐인데, 일단 지금은 일이 제대로 풀리고 있는 모양이다.

물론 외모만이 미르의 장점은 아니지만 이런 상황에서는 결국 신체적인 매력을 손쉽게 전하는 쪽이 이해하기 쉬울 것이다.

나와 미르가 그런 대화를 나누고 있자 미우 아줌마가 젖을 한 컵 더 가지고 왔다. 나는 그 한 컵을 비우고 이 집을 나서기로 했다.

두 사람은 돌아가려는 나에게 기념으로 미르의 젖이 잔뜩 담긴 병을 선물했다. 출렁, 병을 조금 움직이기만 해도 그 안에 들어있는 젖이 울렁거리는 소리가 들려왔다.

"상당히 많이 나왔구나."

"이제 막 나오기 시작한 참이라서, 꽉 들어차 있던 모양이야. 나하고 미르가 둘이 함께 짜면, 마을 사람들이 지금까지처럼 젖을 마셔도 다른 마을에 팔 수 있을 정도의 양은 나올 거야. 둘이서 함께 열심히 노력해야지."

"에헤헤, 많이 마셔야 돼? 드란 오빠."

"그래. 잘 마실게, 고맙다."

나는 두 사람에게 이별을 고한 뒤 잊지 않고 강에 장치한 덫도 확인했다.

비교적 작았지만 샤르케 두 마리가 바구니 안에 들어 있었다. 나는 정말 만족스러운 기분으로 귀갓길에 올랐다. 그리고 덤으로 친가에도 들렀다.

그날 밤, 내가 지참한 미르의 젖과 물고기는 대단한 호평을 얻으면서 우리 집 식구들의 위장으로 들어갔다.

　나는 마을 사람들이 세리나에게 적응하려면 닷새 정도는 걸릴 것이라고 예상하고 있었다. 하지만 그 예상은 좋은 의미로 빗나가고 말았다.

　우리 베른 마을 사람들의 적응력과 세리나의 사교성을 상당히 과소평가하고 있었던 모양이다.

　나는 점심 식사를 위한 짧은 휴식 시간 동안 자택의 콩밭 근처에서 그루터기에 걸터앉은 채, 물놀이를 즐기고 있는 세리나와 마을 아이들의 모습을 가만히 바라보고 있었다.

　일단 감시 병사는 따라다니고 있었지만 그들은 이미 세리나에 대한 경계를 거의 풀고 있었다. 그런 상태에서도 각자 가지고 있는 무기에 손을 가져다 놓고 있었다. 곧바로 움직일 수 있는 태세를 갖추고 있는 것을 보면 역시 변경에 근무하면서 실전을 통해 단련된 병사는 우습게 볼 수가 없다.

　세리나가 마을에 이주하고 나서 사흘이 지났다. 아이들은 그녀를 뱀 누나나 세리나 언니라고 부르며 굉장히 잘 따르고 있었다.

　세리나와 서로 물을 끼얹으면서 노는 아이도 있고 꼬리에 매달리거나 걸터앉아 노는 아이들도 있었다.

　한번 세리나에게 물어본 적이 있는데, 그녀는 외동딸이었기 때문에 마을 아이들이 동생처럼 느껴져서 함께 놀아주는 것이 너무나 신선하면서도 즐겁다고 했다.

　나 역시 밤이라면 몰라도 낮에도 세리나에게만 붙어 있을 만큼 시간이 남아돌지는 않는다. 따라서 그녀가 나 이외에도 친구나 지인을 사귄다는 것은 굉장히 바람직한 현상이었다.

마을 밖에서 사냥을 하거나 마물을 쫓아내는 작업에 관해서도 세리나의 마안이나 마법은 대단히 우수한 전투력으로 활약했다. 지금까지와 비교해서 효율이 훌쩍 올라갔다.

그리고 세리나는 고기나 채소 등의 음식을 아주 조금밖에 먹지 않았기 때문에, 잡아 온 사냥감의 대부분을 마을 사람들에게 나눠줄 수 있었던 것도 효과가 있었다. 그 덕분에 어른들 사이에서도 평판이 좋았다.

적어도 부모들 중에 세리나와 노는 아이들을 나무라는 사람은 아무도 없는 것 같았다.

세리나가 마을에 빠르게 적응한 것은 정말 기쁜 일이었다.

하지만 나는 최근에 신경 쓰이는 사안이 하나 있었다.

바로 그 갑옷 곰 때문이다.

원래 마을 동쪽의 숲에 서식하는 그 마물이 어째서 마을 부근에 출몰했단 말인가?

다행히 두 마리째의 모습을 목격했다는 이야기는 들은 적이 없지만 조금 조사해볼 필요가 있을지도 모른다.

흠, 숲을 조사할 허가를 요청해볼까?

†

내가 바란 아저씨와 그 부하들이 감독을 담당하고 있는, 마을 아이들을 대상으로 한 전투 훈련에 참가하고 있던 어느 날에 벌어진 일이었다.

이곳은 병사들이 숙소로 삼고 있는 2층 건물인 주둔지 겸 기숙사의 앞마당이다. 지금은 시범 삼아 이루어지고 있는 모의 전투를 견학하고 있는 참이다.

나나 알버트, 그리고 아이리를 비롯한 다른 마을 아이들은 땅바닥 위에 훈련용 목검이나 목제 창을 들고 주저앉아 있었다. 그리고 두 사람의 전사가 아까부터 서로 마주 보면서 우리 눈앞에서 서로의 기량을 겨루고 있었다.

한 사람은 마리다라는 이름으로 바란 아저씨의 부하이자 오른팔이기도 한 부관이었다.

갈색 머리카락을 가지런히 자르고 강한 의지가 또렷하게 엿보이는 억척스러운 다갈색 눈동자가 특징적인 여성이다. 담담한 색깔의 입술과 오똑한 콧날이 인상적인 미인이었다.

바란 아저씨의 오른팔을 자처하는 만큼 검을 다루는 기량은 범상치 않았고, 외모를 보고 방심한 상대를 일격에 제압할 수 있는 실력을 갖추고 있었다.

지금은 얇은 천으로 지은 옷 위에 가죽으로 만든 흉갑을 겹쳐 입고 양손에 레이피어를 움켜쥐고 있었다. 물론 얇은 검의 칼날은 세우지 않은 상태였고 칼끝을 둥글게 뭉그러뜨린 모의전 전용 무기였다.

마리다는 여성치고는 키가 큰 편이었지만 그래도 단순한 완력이나 지구력 같은 측면에서는 남성보다 뒤떨어지기 때문에, 경쾌하면서도 날렵한 동작과 잽싸고 예리한 공격으로 상대의 급소를 노리는 검술이 특기였다.

실제로 우리 눈앞에서 완급을 조절하면서 두 자루의 레이피어를 휘두르는 마리다의 모습은, 마치 경쾌한 음악에 맞춰 무용을 추는 것처럼 화려했다.

왕국의 입장에서 보면 거의 가치가 없는 변경의 시골에서 썩기엔 너무나 아까운 기량이었다.

하지만 그런 마리다의 존재감이 희미해질 정도로 지금 마리다의 앞에 선 상대는 훨씬 대단한 기량의 소유자였다.

마리다의 상대는 마을의 유일한 여관에서 며칠 전부터 묵고 있는 앳된 인상의 여검사였다.

솔직히 말해서 그녀는 수수께끼가 많은 인물이었다. 어느샌가 여관을 잡고 있다가 불쑥 외출하더니 숲에 들어가서는 왕 이빨 악어의 목만 들고 돌아왔다는 소문도 있었다.

아마 마음속으로 「아니, 아까우니까 왕 이빨 악어의 몸통도 좀 들고 오라고」라며 항의했던 것은 나 혼자만이 아닐 것이다.

그런가 싶더니 레티샤 양의 교회에 모습을 드러내기도 하고, 하루 종일 마이라르에게 기도를 바치면서 지내는 날도 있다고 한다.

드물게 찾아오는 바깥세상으로부터의 손님이기도 해서 나를 비롯한 베른 마을 사람들이 여검사에게 관심을 가지는 것은 대단히 자연스러운 현상이었다.

하지만 그러한 불가사의한 행동보다도 흥미를 끄는 요소가 또 있었다. 우선 그녀는 유복한 차림새와 도저히 숨길 수 없을 정도의 기품 있는 몸짓이나 말투로 봐서, 아무래도 귀족 계급 출신으로 보였다. 그리고 한번 보기만 해도 꿈속에까지 등장할 정도의 대단한 미모를 지니고 있다는 사실이었다.

마리다를 가볍게 넘길 정도로 키가 컸지만, 쓸데없는 군살이나 지방이 전혀 없다는 사실을 옷 위에서도 알 수 있는 매끈한 몸매였다. 그러면서도 가슴팍의 옷감을 크게 들어 올릴 정도로 가슴이 크고, 비교적 작은 편이기는 했지만 형태가 좋고 건강해 보이는 엉덩이가 특징이었다. 그리고 허리는 대담하게 쑥 들어가 있어 정말로 그 안에 내장이 들어 있는지 의심스러울 정도였다.

단련으로 배양한 근육이나 과도한 영양 섭취로 축적한 지방이 한 조각도 보이지 않는, 그저 아름다움만을 추구한 각선미가 돋보였다.

허리 가운데까지 내려오는 은색 머리카락도 눈부실 정도로 아름다웠고, 여검사는 그것을 금실로 만든 장식용 자수가 새겨진 파란색 리본으로 목덜미 부근에서 묶고 있었다.

놀라울 정도로 긴 속눈썹과 날카로운 눈매―. 그 눈동자는 피를 연상시킬 정도로 선명한 붉은색이다. 일자로 굳게 다물고 있는 입술도 눈동자와 똑같은 색으로 젖어 있었다.

이 여검사는 마음만 먹으면 한 나라를 기울게 할 수 있을 정도의 미모를 지니고 있었다. 그녀는 크리스티나라는 이름으로 여관을 잡은 후 촌장의 집을 방문하여 며칠 동안 머물기 위한 허가를 받았다고 한다.

그 크리스티나 양이 이 자리를 방문한 것 역시 너무나 갑작스럽게 벌어진 일이었다.

마을 아이들이 주둔하고 있는 병사들로부터 무예를 배운다는 것은, 바깥세상의 인간의 눈에 굉장히 신기한 모습으로 보인 것 같다. 크리스티나 양은 갑자기 모습을 드러내더니 붉은 눈동자에 흥미의 빛을 떠올리며 참가할 의사를 표명했다.

크리스티나 양은 우리가 목제 창이나 목검으로 표적용 짚 인형을 공격하고 있을 때 모습을 드러냈다. 그녀는 그 광경을 찬찬히 둘러보는가 싶더니, 우리가 보내는 호기심의 시선을 가볍게 받아 넘기면서 마리다에게 제안한 것이다.

"폐가 되지 않는다면 나도 훈련에 참가하고 싶은데, 괜찮을까? 고블린이나 이 부근의 맹수들만 상대하다가는 실력이 무뎌질 것 같아서 말이야."

마리다는 함께 감독을 맡고 있던 크레스에게 아이들을 맡기고 훈련용으로 칼날을 세우지 않은 철검을 들어 크리스티나 양에게 건넸다.

"상관없습니다만, 당신 정도의 실력이라면 아이들을 상대하는 것도 지겨우실 테니 오히려 그들에게 도움이 되지 않습니다. 그 대신 제가 있는 힘껏 상대해드리지요. 그러면 만족하시겠습니까?"

마리다의 발언은 듣기에 따라서는 상대의 분노를 살 수도 있을 정도로 도발적이었다. 하지만 크리스티나 양은 불쾌한 빛을 보이지 않고 입가에 작은 미소를 지었다.

그런 꾸밈없는 작은 미소만 가지고도 은근슬쩍 관찰하고 있던 우리나 크레스뿐만 아니라, 동성인 아이리나 마리다까지 무심코 뺨을 옅은 붉은색으로 물들일 정도였다.

"아니, 내 쪽이 불필요한 업무를 부탁하는 입장이니 거절할 이유도 없고, 오히려 감사한다. 아무쪼록 잘 부탁한다. 그런데 나는 당신 앞에서 실력을 발휘한 적은 없는 걸로 알고 있는데?"

"뒷발에 체중을 조금씩 남기면서 전후좌우 어느 방향으로도 도약할 수 있도록 자연스럽게 자세를 잡고 계십니다. 그리고 부자연스러울 정도로 안정적인 중심. 그 이외에도 여러 가지 있습니다만, 당신 정도의 실력자는 아마 가로아에도 거의 없지 않을까요?"

"재능이 부족한 이 몸에겐 과분한 찬사다. 하지만 오늘은 오랜만에 실력을 발휘할 보람이 있어 보이니 다행이군."

그리고 크리스티나 양은 평소 허리의 가죽 벨트에 차고 다니는 마법은(魔法銀)으로 만든 장검 — 미스릴과 수많은 마정석으로 단련한 명검 — 을 하필이면 땅바닥에 칼집채로 꽂아 세운 후, 모의전 전용의 검을 한 손에 들고 마리다와 검을 맞부딪히기 시작했다.

결론부터 말하자면 크리스티나 양의 기량은 우리는 물론 마리다의 상상을 훨씬 초월하는 수준이었다.

마리다를 일류라고 한다면 크리스티나 양은 그야말로 초일류였다. 설마 이 정도의 실력자가 실제로 존재하고 있었다니 스스로의 눈을 의심할 정도였다.

크레스는 처음엔 착실하게 우리의 훈련을 감독하고 있었지만, 실력과 인격 양쪽 측면에서 전적으로 신뢰하는 선임이 크리스티나 양을 상대로 고전하는 광경을 목격한 후엔 달라졌다. 그는 훈련을 감독하는 임무도 잊은 채 두 사람의 모의전에 집중하고 있었다.

우리도 크레스를 따라 두 사람의 대련을 주시했다.

그 시작은 다음과 같았다.

마리다는 몸을 왼쪽 앞으로 비스듬히 내밀면서 왼손의 레이피어로 찌르기 공격을 가하는 동시에, 오른팔은 반달 모양으로 머리 위에서 포물선을 그리며 크리스티나 양에게 휘둘렀다.

크리스티나 양은 마리다의 공격에 대해 익숙하지 않은 연습용 검을 오른손으로 깊이 움켜쥐고, 그저 자연스러운 동작으로 팔을 내리며 자세라고 하기도 어려운 자세를 잡고 있었다.

그 모습은 빈틈투성이처럼 보였지만 적이 한 발자국이라도 공격 범위 안에 들어오는 순간 전광석화처럼 재빠르게 움직이리라는 것을 쉽게 상상할 수 있었다. 실제로 그녀를 상대하고 있는 마리다도 그랬겠지만 보고만 있는 우리 역시 눈 깜빡일 틈도 없었다.

갑자기 크리스티나 양이 굳게 다물고 있던 입가를 누그러뜨리고 작은 미소를 지었다.

"내 쪽이 부탁하는 입장이었으니, 먼저 움직이는 것이 도리일 터. 그럼 간다."

그녀는 마치 오늘 날씨라도 말하듯 가벼운 말투로 선언하더니 한 걸음을 내딛는 동시에 전방으로 뛰어나갔다.

땅바닥에 선명하게 발자국이 새겨질 정도의 돌격이라는 것은 과연 얼마나 강한 걸까? 그리고 그 돌격으로 인해 발생하는 속도는 어느 정도일까?

적어도 마리다와 나, 크레스 이외의 눈에는 크리스티나 양이 은색의 바람으로 변한 것처럼 보이지 않았을까?

우리의 시선은 그 바람을 따라 마리다의 얼굴 근처에서 불꽃이 튀고 있는 모습을 포착했다.

크리스티나 양은 바람처럼 질주해서 마리다의 목 왼쪽 부분을 노리고 한 차례의 횡 베기를 가한 것이다. 마리다는 그 공격에 대해 머리보다도 몸이 먼저 반응해서 두 자루의 레이피어를 한곳에 모아 받아넘겼다.

두 사람의 칼날이 접촉하면서 방금 전의 불꽃이 발생한 것이다.

마리다의 표정은 전투 중임에도 불구하고 경악으로 물들었고 한순간의 공백이 발생했다.

하지만 마리다 역시 방심과 빈틈이 죽음으로 직결되는 실전을 경험한 고참 병사인 만큼, 곧바로 감정을 추스르고 반격에 나섰다. 마리다는 크리스티나 양의 비어 있는 옆구리를 향해 나란히 세운 두 자루의 레이피어를 사용한 참격을 가했다.

100명 중의 100명이 피할 수 없을 것으로 보이는 엄청난 속도였다.

하지만 크리스티나 양의 반응 속도와 신체 능력은 내가 아는 인간의 영역을 초월하고 있는 듯했다.

그녀는 레이피어의 칼끝을 아슬아슬하게 회피하여 허공을 베게 한 뒤, 그 자리에서 몸을 회전시키며 원심력을 잔뜩 실은 일격을 마리다의 목 오른쪽 언저리에 쑤셔 넣었다.

바람을 베는 소리도 예리한 그 일격은, 아무리 연습용 검이라고 해도 인간의 목을 뼈까지 부러뜨리기에 충분한 위력을 지니고 있음이 틀림없었다.

아마 지금도 힘을 조절하고 있는지 모르지만 모의 전투에서 사용하는 데 적합한 검기인지의 여부는 조금 의심스럽다. 마리다의 실력이라면 충분히 대처할 수 있다고 판단했기 때문에 사용했는지도 모른다.

마리다는 허공을 벤 레이피어를 원래 위치로 되돌리면서, 엉덩방아를 찧는 듯한 자세로 등 뒤로 주저앉으며 목을 노린 연습용 검을 회피했다. 그리고 왼쪽으로 몸을 회전시킨 뒤 크리스티나 양과 거리를 벌렸다.

"이야아아아!!"

마리다가 암사자를 연상시키는 포효를 내지르고 양손의 레이피어를 번뜩였다.

그리고 당분간은 마리다와 크리스티나 양 사이에 화려한 불꽃들이 허공에 아름다운 수를 놓고 있었다. 이 자리에서 눈치챈 이는 나밖에 없었지만 크리스티나 양의 몸은 틀림없이 인간이기는 해도 평범한 인간과 명확하게 다른 점이 몇 가지나 눈에 띄었다.

흠, 이건 흔치 않은 경우다. 인간을 초월한 미모와 높은 신체 능력도「저 몸」으로 태어났기 때문에 따라온 부산물인가? 검기의 단련도 거르지 않는 듯하니 정말 대단하군. 물론 과거의 용사나 영웅들에게 비할 바는 아니지만 말이야.

인간들의 역사를 통틀어 크리스티나 양처럼「특이한 신체 구조」를 타고난 인간들은 틀림없이 존재한다. 하지만 대단히 희귀한 사례라는 것은 분명했다.

내가 크리스티나 양이 이 정도로 엄청난 신체 능력과 경국(傾國)

의 미모를 지닌 이유에 대해 혼자 납득하고 있는 와중에, 두 사람의 모의 전투는 더욱더 과열되었다.

마리다는 연습용 검을 튕겨 낸 기세를 몰아 후방으로 도약한 후, 발가락 끝이 땅바닥에 닿자마자 양다리의 탄력 있는 근육의 힘을 폭발시켰다. 그녀는 크게 허리를 기울이고 땅바닥을 거의 스쳐 지나갈 만큼 머리를 숙인 변칙적인 자세로, 크리스티나 양의 발 언저리를 향해 강습을 시도했다.

크리스티나 양은 자신의 오른쪽 발목을 노리고 날아 들어오는 레이피어의 칼날을 오른쪽으로 비스듬히 물러서는 동작 하나로 피했다.

마리다의 칼날이 들어오는 궤도를 완전히 간파하지 않으면 저렇게 가볍게 피할 수는 없었다.

크리스티나 양은 연습용 검을 내려치지도 않고 전방으로 가볍게 내밀면서 마리다의 목덜미에 부드럽게 갖다 대었다.

이 모든 과정이 거의 한순간에 일어난 농밀한 공방전이었다.

마리다는 목덜미에 느껴지는 차가운 감촉에 몸을 긴장시키고 있다가 결국 자신의 패배를 인정하고 숨을 크게 몰아쉬었다. 그리고 그녀는 천천히 자세를 가다듬고 레이피어를 칼집으로 거둬들였다. 그제야 겨우 분위기에 휩쓸려 함께 긴장하고 있던 우리도 간신히 어깨에서 힘을 뺄 수 있었다.

우리는 숨 쉬는 것조차 잊어버릴 정도의 긴장감에서 해방되어 방금 전의 공방전이 얼마나 엄청났는지 입을 모아 이야기했다.

하지만 우리 중에 마리다와 크리스티나 양이 벌인 공방전을 완전히 파악할 수 있었던 것은 당사자들을 제외하면 나와 크레스 정도였을 것이다.

크리스티나 양은 칼집에 거둬들인 연습용 검을 마리다에게 건네면서 미소를 짓고 두세 마디 정도 대화를 나누고 있었다. 서로의 건투를 칭찬하고 있는 걸로 보이는군.

크리스티나 양은 마치 전쟁의 여신과도 같은 그 미모에 항상 어딘지 모르게 어두운 그늘을 드리우고 있었다. 그 붉은 눈동자도 마리다와 검을 마주치고 있을 때는 격렬할 정도의 빛을 띠고 있었지만 지금은 어딘가 체념한 듯한 어두운 빛에 물들어 있었다.

이 미모의 검사가 띠고 있는 빛의 저편에, 그 아름다움에 어울리지 않는 울적한 감정이 존재하는지도 모른다.

"내가 지금 이런 말을 하면 기분 나쁘게 들릴지도 모르지만, 마리다 공은 무예만 가지고도 왕국군에서 출세를 기대할 수 있는 기량이 아닌가?"

"아닙니다, 그 정도로 대단하진 않습니다. 그리고 저는 지금 하고 있는 일에 긍지를 가지고 있습니다. 스스로의 힘으로 사람들을 지키고 있다는 실감도 얻을 수 있으니까요."

"그런가? 부러울 따름이군. 내 경우엔 아무래도 그런 종류의, 삶에서 느끼는 보람과 같은 것이 부족하단 말이지."

나는 은연중에 들려오는 두 사람의 대화로부터 크리스티나 양의 가슴에 맺혀 있는 어두운 감정의 메아리를 느낄 수 있었다. 나의 상상은 아무래도 적중했던 것 같다.

흠. 내가 안일한 감정으로 간섭할 화제는 아니겠지만 기회를 봐서 푸념 정도는 들어줄 수도 있겠지.

알버트나 아이리를 비롯한 아이들은 너무나 농밀한 모의 전투를 구경한 바람에 자기들도 모르게 박수 같은 반응을 보이면서 그녀들의 건투를 칭송하고 있었다. 마리다와 크리스티나 양은 조금 쑥스러워하면서도 손을 들어 그 박수에 보답했다.

크리스티나 양도 이 정도의 애교는 지니고 있는 듯했다.

나도 다른 이들과 마찬가지로 「굉장하군」이라고 말하며 팔짱을 끼고 감탄하고 있었다. 그러자 기숙사 안쪽에서 미소녀 두 사람이, 커다란 접시 위에 머릿수에 맞게 목제 컵과 초벌구이로 만든 병을 올려놓고 등장했다. 우인족인 미우 아줌마와 바란 아저씨의 딸인 미르, 그리고 아이리의 언니 리샤였다.

"여러분, 수고했어요. 우유와 과즙을 가지고 왔으니 어서 마셔요."

"하지만 너무 많이 마시면 배가 아프니까, 조심해야 돼~."

리샤와 미르는 아마도 베른 마을에서 1, 2위를 다툴 정도로 느긋한 분위기의 소유자들이다. 우리는 훈련이 끝난 후에 느끼는 상쾌한 피로감과 모의 전투에서 느낀 흥분의 여운에 들떠 있다가도, 그녀들의 미소와 목소리를 통해 몸과 마음이 치유되는 것을 느꼈다.

"크리스티나 양도 한번 드셔보세요. 시골에서 만든 음료수라 입에 맞을지는 모르겠지만요."

리샤는 광장에 설치된 그루터기로 만든 테이블 위에 과즙이나 젖을 가득 따라 놓은 컵을 올려놓고 있었다. 그리고 애검을 벨트에 다시 차면서 각도를 조정하고 있던 크리스티나 양에게도 말을 걸었다.

"그렇지 않아. 이 마을의 음식은 뭐든지 맛있으니까, 기꺼이 마시도록 하지. 고마워."

크리스티나 양은 그렇게 대답하면서 거짓이라고는 전혀 없는 미소를 지은 채 리샤에게서 감귤 계통의 과즙을 받아 들었다. 아무래도 평소 보이는 염세적인 분위기만큼 붙임성이 없는 성격은 아닌 것 같다. 그렇다면 그녀가 미모에 드리우고 있는 어두운 그림자는 후천적인 이유겠지.

크리스티나 양 본인이 스스로 귀족이라는 사실을 밝히지는 않았지만, 우아한 자세나 비단을 아낌없이 사용한 의복으로 봐서 틀림없이 귀족 태생일 것이다.

귀족이라. 솔직히 말해서 일개 농민에 지나지 않는 내 입장에서는 상상조차 가지 않는 복잡하고 기괴한 인간관계가 소용돌이치고 있을 것 같군.

"미르, 나도 한 잔 받을 수 있을까?"

"응, 여기."

"고마워."

나는 미르가 건네준 컵을 기울이면서 크리스티나 양이 이 마을을 찾아온 이유에 대해 생각하고 있었다. 일단 사악한 인간은 아닌 것 같지만 말이지.

제4장 엔테의 숲

베른 마을 주위에는 작은 숲이 여기저기 흩어져 있어서 우리는 평소에 그 은혜를 향유하고 있다. 당연하지만 우리들 인간을 제외한 생물들도 많이 서식하고 있으며 그중에는 인간을 습격하는 맹수의 부류도 적지 않다. 따라서 인간들이 숲 속에 발을 들여놓을 때는 항상 위험 부담을 각오할 수밖에 없었다.

적어도 아이들만 숲에 들여보내는 일은 절대로 없으며 어른들이 들어갈 때도 최소 세 사람 이상 집단을 구성해야 한다는 규칙을 엄격하게 정해 두었다.

내가 마을에서 기르던 돼지를 숲에 방목하러 떠났던 어느 날에 벌어진 일이다.

돼지를 월동시키려면 상당한 수고가 필요하지만, 먹이에 관해선 숲 속에 풀어놓기만 해도 도토리 등의 열매를 멋대로 주워 먹기 때문에 사육하기는 상당히 간편한 가축이다.

숲을 찾아온 것은 나와 세리나, 그리고 바람을 쐬겠다고 따라온 크리스티나 양과 다른 마을 사람 세 명까지 포함해서 여섯 명이었다.

세리나를 제외한 전원이 장검이나 짧은 창, 활로 무장한 채 숲의 위험에 대비하고 있었다. 왕국의 다른 마을이라면 근처의 숲에 진입하면서 이 정도로 경계하지는 않을 것이다. 우리의 차림새가 베른 마을 부근의 변경이 얼마나 위험한 장소인지를 알기 쉽게 보여

주고 있었다. 최근 들어 사람들의 거주 지역에 모습을 드러내지 않는 맹수들의 목격 사례가 늘어났기 때문에 사람들의 경계심은 더욱 강해진 상태였다.

하지만 베른 마을에서도 흔치 않은 마법 사용자인 나와 세리나뿐만 아니라, 초일류 검사인 크리스티나 양까지 동행하고 있으니 그렇게 긴장할 필요는 없을지도 모른다.

하지만 그런 나의 예상은 빗나가고 말았다.

우리는 숲에 들어온 이후로 잠시 동안 돼지들의 상태를 확인하면서 먹이를 먹이고 있었다. 바로 그때, 평소에는 이 구역에서 목격할 리 없는 맹수가 출현한 것이다.

그나마 불행 중 다행으로 나는 그 맹수가 돼지들을 습격하기 전에 알아챌 수 있었다. 천천히 이쪽으로 다가오는 맹수의 모습을 자세히 관찰했다.

그 거구는 일어서기만 하면 내 몸집의 세 배 정도는 될 것처럼 보였고, 갈색 모피 위에 번개 모양의 검은색 줄무늬가 새겨져 있었다. 그리고 그 털 한 올 한 올에 이르기까지 윤기 있게 빛나고 있었다.

네 개의 굵은 다리는 방심하지 않고 대지를 디디고 있었으며 언제라도 나에게 달려들 수 있도록 힘을 모으고 있다는 사실을 알 수 있었다.

각 다리의 관절 부분에서 칙칙한 흰색의 칼날이 튀어나와 있었다.

황금색 눈동자가 나의 일거수일투족을 노려보며, 낮게 으르렁거리는 그 입가 사이로 내 손가락 두 개를 합친 정도의 굵은 어금니가 보였다.

이 녀석은 목격 사례가 대단히 적은 맹수인 칼날 호랑이다.

베른 마을 동쪽에 위치한 인간의 손이 닿지 않는 깊숙한 숲, 엔테의 숲에 서식하고 있는 것으로 알려진 대형 맹수였다. 그 네 다리에 달린 칼날은 갑옷 곰의 껍질조차 간단히 갈라버린다고 한다.

일부 왕후 귀족들이나 부호들이 가죽 갑옷보다도 단단한 모피나, 강철에 필적할 정도로 예리한 칼날을 귀중품으로 취급한다고 했다. 칼날 호랑이의 박제는 터무니없는 가격에 거래되는 것으로 알려져 있다.

나는 등 뒤의 새끼 돼지들을 감싸면서 오른손에 움켜쥔 장검의 칼끝을 천천히 들어 올려 칼날 호랑이의 미간에 들이댔다.

세리나나 크리스티나 양이 칼날 호랑이의 출현을 눈치채고 이쪽으로 뛰어오려고 했지만, 불행하게도 다른 방향에서 또 한 마리의 칼날 호랑이가 모습을 드러냈기 때문에 그쪽을 경계할 수밖에 없는 상황에 처했다.

자세히 보니 두 마리의 칼날 호랑이의 몸에 서로 다툰 것으로 보이는 흔적이 있었다. 모피가 조금 찢어져서 검붉은 속살이 보이고 있었다.

칼날 호랑이 두 마리가 다투고 있던 자리에 우리가 어슬렁거리면서 모습을 드러냈다 이건가?

칼날 호랑이가 모습을 드러낸 방향으로 시선을 돌리자, 그곳에는 복부가 갈라졌을 뿐만 아니라 목을 물려서 죽은 철퇴 멧돼지의 시체가 누워 있었다.

어느 쪽이 이 철퇴 멧돼지를 먹을 것인가를 두고 싸움이 벌어졌던 건가?

칼날 호랑이의 입장에서 보자면 우리는 철퇴 멧돼지보다도 훨씬 저항할 수단이 없는 돼지를 데려왔기 때문에 아주 안성맞춤인 사냥감으로 보였음이 틀림없다.

세리나와 크리스티나 양이 버티고 있는 이상 나머지 한 마리를 걱정할 필요는 없을 것이다. 이 녀석들 이외에 맹수의 기척은 느껴지지 않아서 나는 눈앞의 칼날 호랑이에게 정신을 집중했다.

칼날 호랑이의 이빨과 발톱, 칼날—. 그중 어느 하나만 사용해도 인간 한 명의 숨통을 끊기는 식은 죽 먹기보다 쉬웠다.

그 증거로 눈앞의 칼날 호랑이는 나를 경계했지만 공포를 느끼고 있는 기색은 없었다. 인간이나 어쩌면 그에 가까운 모습의 종족을 알고 있는지도 모른다.

그리고 방심만 안 하면 자신의 생명이 위험할 일은 없다고 판단하고 있는 것 같았다.

나는 장검의 칼끝을 살짝 내려 보기로 했다. 과연 이 녀석이 내 뻔한 도발에 넘어올까?

나는 칼날 호랑이의 눈동자에서 「재미있군, 두 발 종족 주제에 나에게 도전하겠다는 거냐?」라고 주장하는 듯한, 스스로를 포식자이자 강자라고 자부하는 긍지를 확인할 수 있었다.

칼날 호랑이의 네 다리가 약간 가라앉더니 예리한 발톱이 땅바닥으로 파고들어 간다. 그리고 칼날 호랑이가 온몸의 근육에 축적했던 힘을 해방했다.

유연함과 강인함을 겸비한 칼날 호랑이의 육체가 모피에 새겨진 줄무늬와 마찬가지로 번개처럼 나를 향해 달려들었다.

　칼날 호랑이의 강인한 근육이 꿈틀거리고 그 발이 도려낸 땅에서 흙먼지가 일어나며, 네발에서 뻗은 칼날이 날카로운 소리를 내고 바람을 벤다.

　나는 도약하고 있는 칼날 호랑이의 미간을 향해 오른손에 쥐고 있던 장검을 던졌다. 채찍처럼 휘어졌던 내 오른팔에서 출발한 장검이 대기를 가르는 은색 유성으로 변했다.

　그러나 갑작스럽게 허공에 번뜩인 검은색 번개가 은색 유성을 물어뜯었다.

　쩅, 칼날 호랑이가 휘두른 오른쪽 앞다리가 장검의 가운데 부분을 내려치면서 땅바닥으로 추락시켰다.

　칼날 호랑이는 장검을 바라보던 눈동자에 내가 부린 잔재주에 대한 분노와 모멸감을 떠올렸다. 하지만 녀석이 다시 나에게 시선을 돌렸을 때 녀석은 그 감정들뿐만 아니라 곤혹감까지 느끼게 될 것이다.

　그럴 수밖에 없는 것이, 칼날 호랑이의 눈동자가 내 모습을 놓쳤기 때문이다.

　나는 칼날 호랑이가 장검을 요격하려고 집중할 수밖에 없었던 한순간을 틈타, 전방으로 몸을 낮게 숙인 채 달려가 녀석의 몸 밑으로 들어갔다.

　거의 포복이나 다름없는 자세로 칼날 호랑이의 거구가 내 머리 위를 통과하려는 그 순간, 왼손으로 뽑은 단검을 녀석의 무방비한 가슴팍에 끝까지 찔러 넣었다.

칼날 호랑이의 모피는 예상보다 단단했다. 만약 용종의 마력을 부여하지 않았다면 단검의 칼날은 녀석의 피부를 아주 약간 파고 드는 데 그쳤을 것이다.

나는 모피와 그 밑의 두껍고도 강인한 속살을 가르는 반응을 분 명하게 느꼈다. 하나의 생명을 빼앗았다는 실감이 따라왔다.

온갖 감정들을 느끼면서 내 등 뒤에 착지한 칼날 호랑이에게 고 개를 돌렸다.

우연히도 나와 칼날 호랑이는 동시에 고개를 돌리고 있었다.

나는 녀석의 모습을 조용히 바라보았고 칼날 호랑이도 몸을 낮 게 웅크렸다가 언제든지 달려들 수 있는 자세를 유지했다.

왈칵, 하지만 녀석은 그 입에서 한꺼번에 봇물이 터지는 듯한 기 세로 새빨간 피를 토했다. 피의 폭포가 순식간에 칼날 호랑이의 몸을 더럽히기 시작했다.

내가 꽂아 넣은 단검의 칼자루가 모피에 덮인 가슴팍에서 튀어 나와 있었고 그곳을 중심으로 점점 피바다가 넓어지고 있었다.

이미 생명을 잃은 칼날 호랑이의 황금색 눈동자는 여전히 나를 노 려보고 있었다. 녀석은 죽어서도 강자의 긍지를 잃지 않은 것이다.

나는 그 모습에 분명한 경의를 표하면서도 크리스티나 양이나 세리나 일행이 있는 방향으로 시선을 돌렸다.

그녀들이 대기하고 있던 장소에 출현한 칼날 호랑이 쪽이 더 깊 은 부상을 입고 있었다. 뿐만 아니라 아직 어린 개체이기도 했으 니, 그녀들의 역량이라면 만에 하나라도 별일은 없을 거라고 생각했지만…….

나의 그런 걱정은 정말로 쓸데없는 기우에 지나지 않았다.

세리나가 마비의 마안으로 동작을 봉쇄한 칼날 호랑이의 목을 크리스티나 양의 장검이 베어 넘기고 있는 참이었기 때문이다.

칼날 호랑이 두 마리와의 충돌은 베른 마을의 역사를 돌이켜 봐도 상당히 흔치 않은 위기라고 할 수 있었다. 하지만 그 위기는 이렇게 사상자나 가축에 대한 피해 없이 최선의 결과를 남기고 끝났다.

하지만 아직 마을에 정착한 지 오랜 시간이 지나지 않은 세리나와 외부인인 크리스티나 양을 제외하고, 나와 함께 숲에 들어온 나머지 세 사람은 이해하고 있었다— 동쪽 숲 깊숙한 지역에 서식하고 있던 칼날 호랑이가 베른 마을 근처까지 출몰하고 있다는 이상 사태가 벌어지고 있다는 사실을 말이다.

그리고 그 이상 사태를 이대로 해결하지 않고 내버려 둘 경우, 더욱 심각한 재앙이 마을을 덮칠지도 모른다는 위험성을—.

†

우리는 일단 인원 부족과 사냥감의 가치를 고려해서, 철퇴 멧돼지의 피를 뽑은 후에 다른 동물들에게 먹히지 않도록 땅에 묻었다. 그리고 칼날 호랑이 두 마리의 시체를 베른 마을로 운반했다.

당장 필요한 작업을 끝낸 후 우리는 숲에서 일어났던 상황에 대한 보고와 칼날 호랑이의 출몰 이유에 대한 추측 등에 관해, 촌장의 자택에서 촌장과 바란 아저씨 등의 마을 요인들과 함께 의논하기로 했다.

칼날 호랑이는 베른 마을을 비롯한 왕국 북부 변경의 개척 사업을 시작할 때도 목격되지 않았던 맹수였다. 그 칼날 호랑이의 출현은 촌장과 마글 할머니의 표정을 어둡게 만들기에 충분하고도 남았다.

일동이 모두 모인 자리에서 나는 의자에 앉아 있는 모든 사람들의 얼굴을 천천히 둘러보며 예전부터 요청하던 숲을 조사할 허가를 내려달라고 발언했다.

"촌장, 이대로 사태의 추이를 그저 방관만 하고 있다가는 언젠가 돌이킬 수 없는 일이 벌어질지도 몰라. 그렇게 되기 전에 숲을 조사하러 가도록 허가를 내려줬으면 해. 칼날 호랑이까지 마을 부근에서 출현한 것은 틀림없는 이상 사태야. 그 사실은 촌장이야말로 더 잘 아는 바가 아닌가?"

촌장은 드물게도 언성을 높이는 내 모습을 보고 「으음」하고 짧은 신음 소리를 흘렸다.

올해로 60세를 맞이한 촌장은 이 시대의 사람들이 타고난 수명을 생각해보면 언제 천수를 다 해도 이상하지 않을 노인이었다. 그러나 그의 머리 회전은 아직 녹슬지 않았고 오랜 세월 동안 가혹한 농사일을 견뎌 온 그 육체는 아직도 튼튼해서 늘어질 생각을 안 했다.

마을 사람들은 경험이 풍부하고 사람들의 의견을 등한시하지 않는 이 촌장을 굉장히 잘 따르고 있었고 앞으로 10년에서 20년 정도는 촌장의 자리를 맡아주길 바라고 있었다.

그 촌장이 염소처럼 기른 흰 수염을 오른손으로 만지작거리면서 고민하고 있었다.

"틀림없이 네 말이 맞다. 이대로 가만히 두고 보고만 있다간 일이 벌어졌을 때 수습하기가 힘들 것이야. 하지만 드란 한 사람에게만 맡길 수도 없는 노릇이지. 바란, 네 부하 중에 사람을 쓸 수 없겠나?"

"음. 두세 사람 정도 파견하도록 하겠습니다. 경우에 따라서는 가로아에 지원군이나 조사를 요청해야 할지도 모르겠군요."

바란 아저씨가 엄숙하게 고개를 끄덕이며 내뱉은 발언은 지극히 정석적인 의견이었지만, 내 경우엔 다른 사람들이 따라오지 않는 편이 여러 가지 수단을 동원할 수 있기 때문에 성가신 제안이었다.

"아니, 바란 아저씨의 부하들은 어느 정도 상황을 파악한 후에 움직이는 편이 나아. 함부로 움직이다가 예측하지 못한 일이 벌어지면 대응하기 어려울 테니까. 바란 아저씨의 부대는 우리와는 달리 전투의 전문가야. 만전의 상태로 만일의 경우에 대비할 필요가 있어."

우리는 농사일을 하다가 짬을 내서 훈련을 하는 정도였지만, 바란 아저씨와 그 부하들은 왕국에서 정규 훈련을 받았을 뿐만 아니라 변경 생활을 겪으면서 맹수나 야만족을 상대로 다양한 실전을 경험한 정예 병력이었다.

그들은 왕국에서 지급받은 정규 장비를 지니고 있기 때문에 전투에 관해서는 대단히 믿음직스러운 존재였다. 그런 이들을 상황 파악조차 제대로 되지 않은 장소에 파견했다가 부상이라도 입으면 손해가 이만저만이 아니다.

나의 반론도 정론이었기에 촌장은 다시 한 번 「으음」이라고 신음소리를 흘렸다. 숲을 조사해야 한다는 것은 확실한 결정 사항이지만, 그 인원을 선발하는 과정에 시간이 걸릴지도 모르겠다.

내가 이렇게 이야기를 나누고 있는 시간도 아깝다고 생각하고 있으려니, 세리나가 「예!」라고 외치면서 힘차게 손을 드는 모습이 눈에 들어왔다.

"예! 그렇다면 제가 드란 씨와 함께 숲을 조사하고 오겠습니다. 저는 마안은 물론이고 마법도 쓸 수 있으니까요. 오늘도 칼날 호랑이의 움직임을 멈출 수 있었어요. 저와 드란 씨가 함께 간다면 거의 모든 일들에 대처할 수 있을 거라고 생각해요."

"아가씨가 드란과 함께 숲을 조사하겠다고? 엔테의 숲에 라미아가 있다는 이야기는 들은 적이 없지만, 아가씨가 함께 간다면 뱀녀석들은 신경 쓸 필요가 없겠군. 그리고 마법사 두 사람이라면, 분명히 웬만한 일들은 해결하고도 남겠지……."

한 번만 더 밀어붙이면 촌장도 납득할 것 같군. 내가 거듭해서 쐐기를 박으려고 한 그 순간, 나는 물론 촌장도 예상하지 못한 인물이 입후보했다.

크리스티나 양은 지금까지 의자에 걸터앉아 잠자코 듣고만 있었지만 결의를 간직한 눈동자로 촌장을 똑바로 바라보고 있었다. 그녀는 본인도 우리를 따라 숲으로 가겠다고 입에 담았다.

"그렇다면 촌장, 나도 드란과 세리나의 조사에 동행하도록 하지. 마법에 조금 조예가 있는 편이고, 평균 이상의 검 실력 또한

갖추고 있소. 내가 숲 조사에 따라가는 것을 허락해줬으면 하는
데, 어떤가?"

촌장은 나와 세리나의 제안에 대해 긍정적인 의견 쪽으로 서서
히 기울고 있었지만 크리스티나 양이 숲으로 따라가겠다는 말을
듣자마자 또 다른 반응을 보였다.

"그럴 수는 없습니다! 당신의 신상에 만일의 사태가 벌어졌다가
는 그분을 대할 낯이 없습니다. 그 말씀만은 감사히 받아들이겠습
니다만, 이번 사건은 저희 베른 마을의 문제입니다. 당신은 아무
쪼록 크게 신경 쓰지 마시고 마을에 머물러 주십시오. 결단코 엔
테의 숲으로 향하겠다는 생각을 하셔서는 아니 됩니다."

촌장이 불문곡직하고 단호하게 거절의 의사를 표시하자, 크리스
티나 양은 납득이 가지 않는다는 빛을 그 미모에 띠면서 입을 굳
게 다물었다.

아무래도 크리스티나 양의 혈육이나 관계자는 우리 베른 마을과
관계 있는 거물인 것 같다.

바란 아저씨도 촌장과 같은 표정을 짓고 있는 것을 보면 그녀의
신원을 알고 있는 듯하다.

하지만 크리스티나 양의 의복이나 분위기로 봐서 그녀가 귀족
출신일 것이라는 사실은 마을 사람들 또한 누구나 예상하고 있었
던 일이다.

이제 와서 놀랄 정도의 일도 아니다. 하지만 나는 그렇게 단순한
일이 아닐지도 모른다는 예감을 느끼고 있었다.

"촌장. 크리스티나 양의 동행은 허가하지 않더라도, 나와 세리

나가 숲을 조사하러 가는 허가는 받을 수 있겠지? 아무것도 발견하지 못하더라도 사나흘 정도는 숲에 머물렀다가 오려고 하는데, 어떻게 생각해?"

"으음, 좋다. 너와 아가씨에게 숲을 조사하는 임무를 맡기마. 제발 부탁이니 자신의 목숨을 소중하게 여겨라. 무사히 살아서 돌아오는 것이, 조사를 허가하는 조건이다."

"알았어. 반드시 세리나와 함께 상처 하나 없이 돌아오도록 하지. 숲에서 일어난 이번의 원인도 밝혀내고 말겠어."

나는 촌장을 안심시키기 위해 고개를 끄덕이며 자신에 찬 목소리로 대답했다.

†

나와 세리나는 바란 아저씨도 참가한 논의에서 촌장으로부터 허가를 받고, 각자의 집으로 돌아가 준비를 한 후에 다음 날 해가 뜨기 전 마을을 출발해서 동쪽에 위치한 엔테의 숲을 조사하러 가기로 했다.

나는 촌장에게 미리 선언한 대로 며칠에 걸쳐 조사를 계속할 예정이었다. 따라서 보존 식품과 물, 상처약을 중심으로 짐을 꾸렸다. 그리고 칼날 호랑이의 심장을 꿰뚫은 단검이나 평소에 사용하는 장검도 가지고 갈 예정이다.

왕 이빨 악어의 껍질을 가공해서 만든 발목 보호대나 갑옷 토시, 흉갑 등 최소한의 방어구를 장착하기만 하면 내 준비는 거의 끝난

거나 다름없었다.

나는 여느 때처럼 마르코에게 부재중에 밭을 살펴봐 달라고 부탁한 후, 세리나와 약속했던 집합 장소인 마을의 북문을 향해 발걸음을 옮겼다.

스쳐 지나가는 마을 친구들과 인사를 나누면서 길을 걸어갔다. 북문에 도착해 보니 세리나가 처음 만났을 때처럼 어깨에 가방을 멘 모습으로 기다리고 있었다.

나는 가볍게 손을 들고 말을 걸려고 했지만 세리나가 조금 곤혹스러운 표정을 짓고 있다는 사실을 깨달았다. 그리고 동시에 그 이유를 알게 되니 올렸던 손을 내릴 수밖에 없었다.

그녀의 바로 곁에, 마치 아름다운 전쟁의 여신으로 착각할 것 같은 미녀의 모습이 보였기 때문이다.

그녀는 검은색의 금속제 레그 가드와 갑옷 토시, 흉갑을 걸친 모습으로 나와 똑같은 구성의 방어구를 착용했다. 물론 그녀는 다름 아닌 크리스티나 양이었다.

어제 크리스티나 양은 우리와 동행하겠다고 제안했다가 촌장의 엄중한 반대에 부딪혔다. 그런데 그녀는 작은 짐을 발밑에 둔 채로 우리를 기다리고 있었던 것이다.

크리스티나 양은 숨 막힐 정도의 미모에 여전히 어두운 그림자를 드리우고 있었지만, 세리나의 시선을 따라서 내 모습을 발견하더니 입가에 어색한 미소를 지었다.

마치 금이 가는 소리라도 들려올 듯한 어설픈 미소였으나, 일단 겉치레로나마 웃을 수 있다는 것은 그나마 최소한의 사교성은 갖추고 있다는 증거였다.

"좋은 아침이야, 드란. 외출하기에 좋은 날씨로군. 그렇게 생각하지 않나?"

"좋은 아침. 날씨가 좋다는 건 인정하지만, 크리스티나 양은 어제 촌장으로부터 제발 동쪽 숲에 가지 말아달라고 신신당부를 듣지 않았나?"

"음, 틀림없이 촌장님은 그렇게 말씀하셨지. 나는 우연히 며칠동안 산책 삼아서 외출을 나갈 뿐이야. 우연히도 그대들과 똑같은 방향으로 갈 뿐, 어디까지나 산책이지. 다만 솔직히 말하자면 나는 이 부근의 지리에 밝지 않은 관계로 혼자선 길을 잃고 숲에서 헤맬지도 모르겠군."

일부러 그런 억지를 쓰면서까지 우리를 따라올 필요가 있나?

이 사람은 내 예상보다 훨씬 행동력이 넘치는 인물이었던 것 같다. 내 예측이 너무 안일했다고 해야 하나?

"촌장이 당신의 주장을 인정할까? 그리고 결국 잔소리를 듣게 되는 건 우리야. 애초에 왜 조사에 따라오려는 거지? 촌장이나 바란 아저씨의 태도로 보건대, 당신도 베른 마을과 뭔가 인연이 있을 것 같은데. 하지만 일부러 위험을 무릅쓰면서까지 행동할 정도의 이유가 있을 거라는 생각은 들지 않아."

크리스티나 양은 내 지적을 듣고 어두운 표정을 지었다. 아무래도 정곡을 찌른 것 같군.

"그렇게 나온다면 나도 할 말이 없군. 베른 마을과 인연이 깊은 건 나 자신보다는 내 혈육이야. 내가 베른 마을을 방문한 이유는 그분에게서 이 마을에 관한 이야기를 예전부터 들어 왔기 때문이지. 언젠가는 반드시 찾아올 생각이었다. 그런데 이곳을 찾아오고 보니 마을 사람들이 곤경에 처한 것 같지 않나? 다행히 내 힘으로도 도움이 될 수 있는 문제라서 이것도 나름대로 인연이라고 생각했다. 일단 가세하겠다고 제안한 것에 지나지 않아. 틀림없이 위험하긴 하겠지. 하지만 나는 아직 미숙하기는 해도 검술에 나름대로 자신이 있는 편이고, 숲에서 그대들이 보여준 실력만 있다면 대단한 곤경에 처할 일도 없지 않겠나?"

그녀는 예술에 뜻을 둔 이가 스스로 붓을 부러뜨릴 것만 같은 미의 화신과도 같은 미모의 소유자였다. 흠, 이 사람은 아무래도 그 섬세한 미모에 비해 상당히 대범한 성격인 것 같다.

크리스티나 양은 붉은 눈동자에 강한 바램과, 물러서지 않겠다는 결의를 담아 나를 똑바로 바라보고 있었다. 나는 크리스티나 양의 시선에 주눅이 들어 곁에 있는 세리나에게 시선을 돌렸다.

"그녀가 이렇게까지 나오면 일단 마음대로 하게 해주고 싶은데, 세리나는 어떻게 생각해?"

세리나는 「으~음」이라고 중얼거리며 집게손가락을 입술에 대고 잠시 생각에 잠겼다.

그녀가 갸웃거리는 고개의 동작에 맞춰 꼬리 끝도 함께 꿈틀거리고 있었다. 나는 그런 세리나의 모습을 보고 왠지 모르게 흐뭇해져서 눈가가 처지고 말았다.

"그렇게까지 말씀하신다면 딱히 상관없지 않을까요? 저희들의 힘으로 해결할 수 없다면 곧바로 숲에서 빠져나오면 그만이니까요. 드란 씨와 저에다가 크리스티나 양이 힘을 합치면 아마 별문제 없을 거라고 생각해요."

세리나가 미소를 짓고 대답했다. 나는 세리나에게 등을 떠밀린 기분을 느끼면서 고개를 끄덕였다.

"알았어. 그럼 우연히 목적지가 똑같을 뿐이니, 우리는 크리스티나 양이 어디로 가건 아무 말도 하지 않고 말리지도 않을 거야. 그럼 되겠지?"

"그래, 그대들이 말이 통하는 상대라 다행이군."

이렇게 우리들은 원래 예정을 변경하고 셋이서 베른 마을을 출발하게 된 것이다.

베른 마을에서 가장 가까운 엔테의 숲 가장자리까지는 2대의 마차가 겨우 지나갈 정도의 도로를 통해 갈 수 있었다.

하지만 도로라고 해도 잡초를 제거하고 밟아 다졌을 뿐인 간단한 길이기 때문에, 갑자기 소나기라도 쏟아지면 순식간에 망가져 버린다.

엔테의 숲은 북부 변경의 북동쪽에서 동쪽에 걸쳐 국경을 가로지르며 이웃 나라까지 펼쳐져 있었다. 그리고 아직 개척되지 않은 광범위한 삼림 지대였다.

그 광대한 면적의 50분의 1조차 해명되지 않은 상태이고 탐험가나 모험가 또는 국가가 조직한 조사대가 지금까지 여러 차례에 걸쳐 발을 들여놓았다.

하지만 다종다양하면서도 고유의 생태계를 보유하고 있는 광대한 삼림은 침입자의 방향 감각을 간단하게 마비시킨다. 뿐만 아니라 서식하고 있는 맹수들이나 마물 따위가 언제 습격할지도 모르기 때문에 침입자의 신경을 소모시킨다. 그 결과 엔테의 숲은 지금까지 엄청난 피와 생명을 빨아들여 온 것이다.

사람들은 아직 해명되지 않았기 때문에 이 숲의 수수께끼에 매료된다. 숲의 어딘가에 먼 옛날 이 대륙에서 패업을 이룬 것으로 알려진 대제국의 유적, 혹은 인간 이외의 종족이 살던 초고대의 도시가 잠들어 있다거나, 오래된 엘프의 나라가 존재한다는 등의 터무니없는 소문도 끊이지 않는다.

베른 마을 근방에서도 대형 육식 거미나 날다람쥐 같은 피막을 지니고 공중을 날아다니는 왕 날개 도마뱀을 비롯해, 초원이나 강 상류 등에 출몰하는 종류들보다 강력하고 성가신 마물의 존재가 확인되고 있었다.

하지만 예전에 건축 자재로 사용하기 위해 나무들을 잘라서 반출한 부근은, 지금도 정기적으로 마물 소탕 작업을 계속하고 있기 때문에 비교적 안전했다. 그리고 오두막을 몇 채 정도 지어 놓아서 휴식을 취할 수도 있었다.

나는 칼날 호랑이나 갑옷 곰이 출현한 이유를 알아내기 위해서라도 시간이 허용하는 만큼 가능한 한 깊이 들어가 볼 속셈이었다.

그 과정에서 소문대로 고대 왕국의 유적이나 엘프의 마을을 발견할 수 있다면 그건 또 나름대로 얻는 것이 있겠지.

엔테의 숲에 다가가면 다가갈수록 나무들이 풍기는 다종다양한 냄새가 강해졌고, 대지의 속성이 지닌 힘에 이어 물의 속성도 강해지는 것이 느껴졌다.

여기다가 샘이나 강 같은 식수원만 있다면 세리나의 경우엔 마을보다 지내기 쉬운 환경일 것이다.

우리는 과거에 사용하던 채벌용 광장에 도착해서 여러 채 있던 오두막 가운데 한 곳에 들어갔다. 입구로 들어가자 바로 오른쪽에 간단한 조리대와 아궁이, 왼쪽에 난로가 위치해 있었다. 그리고 중앙에는 기다란 탁자와 의자 6개가 놓여 있다. 더욱 안쪽으로 이어지는 문도 있었지만 아마도 그곳은 침대를 설치한 침실일 것이다.

숲의 나무들을 채벌하기 위해 건설된 오두막은 정기적으로 마물 토벌 작업을 실시할 때마다 관리하고 있는 모양이다. 먼지가 많기는 해도 눈에 띌 정도로 더럽지는 않았다.

우리는 의자에 걸터앉아 탁자 위에 지참한 식량을 늘어놓고 본격적으로 숲에 진입하기 전에 식사를 마쳤다.

크리스티나 양은 여기까지 오면서 불평 한마디 내뱉지 않고 우리와 함께 행동했으며, 마을에서 준비한 것으로 보이는 본인의 보존 식품의 맛이나 식감에 관해 아무 말도 하지 않은 채 잠자코 입에 넣고 있었다.

크리스티나 양의 그 모습은 귀족의 생활을 아는 인간의 반응치고는 너무나도 태연해서, 나는 뭔가 오해를 하고 있을지도 모른다는 생각이 들었다.

기품이 넘치는 분위기나 미를 관장하는 신의 축복을 받은 걸로밖에 보이지 않는 그 미모를 보고, 막연히 귀족 태생이라는 선입견을 지니고 있었다. 하지만 의외로 고생스러운 인생을 보냈을지도 모르겠다.

우리는 오두막에서 배를 채우고 드디어 숲 속으로 진입했다.

우리의 발밑은 녹색이나 황색, 또는 붉은색 등 다양한 색깔의 풀들로 빽빽이 들어차 있었고, 갈색 땅바닥은 가뭄에 콩 날 듯한 정도만 보였다.

길게 뻗은 나무줄기들이 서로 뒤얽혀서 양탄자처럼 보이는 장소도 있었고 내 키보다 커다란 혹을 형성한 장소도 있었다. 정말 걷기조차 힘들 만큼 복잡한 양상을 보였다.

발자국이 선명하게 남을 정도로 두껍게 겹쳐진 풀들이나 여러가지 색깔의 풀들로 꽉 차 있는 땅바닥과, 나무줄기로 만들어진 양탄자 위를 묵묵히 걸어갔다.

거대한 나무의 가지들이 서로 겹쳐져서 거대한 대자연의 천장을 만들고 그 사이로 햇살이 비치고 있었다. 가끔 세리나의 황금색 머리카락이나 크리스티나 양의 순결한 은색 머리카락이 햇살을 받고 반짝거렸다. 나도 그 아름다움에 무심코 넋을 잃어 발걸음이 둔해지기도 했다.

숲 깊숙한 지역까지 진행함에 따라 점차 숲에 서식하는 마물이나 동물의 습격이 늘어나기 시작했다.

"흠."

나는 올려다볼 정도의 거대한 나뭇가지에 숨어 있다가 내 등 뒤를 노리고 날아들었던 왕 날개 도마뱀의 목을 장검의 일섬으로 베어버렸다.

검의 속도가 너무 빠른 나머지 날아가 버린 목과 몸통에서 피가 번지는 일조차 없었다. 고기가 타는 냄새가 어렴풋이 내 코를 자극할 뿐이었다.

내가 장검의 상태를 확인하자, 대기와의 마찰로 열이 발생하여 탁한 은색 칼날이 붉은색으로 물들어 있었다.

그 일격 앞에서는 왕 날개 도마뱀의 단단한 피부나 목뼈 따위는 거의 없는 거나 다름없었다. 기술이 아니라 오직 완력만을 사용한 난잡하기 짝이 없는 일격이었다.

왕 날개 도마뱀은 일반적으로 단독 행동을 하는 경우가 많아서 추가적인 습격은 없었다.

세리나는 왕 날개 도마뱀의 존재를 눈치채고 하반신의 일격으로 쳐 내려고 했지만 내가 손으로 제지했기 때문에 지켜보는 데 그쳤다.

칼날에 피가 묻지도 않았기 때문에 나는 장검을 손에 움켜쥔 채로 왕 날개 도마뱀의 시체를 내려다봤다.

고기는 조금 질기지만 먹을 만한 데다가 단단한 피부도 방어구로 가공하면 써먹을 만하다.

하지만 숲에 진입한 지 얼마 지나지 않았기 때문에 당장 처리하고 싶어도 짐을 늘이는 것은 좋은 생각이 아니었다.

아깝다는 생각도 들지만 내버려 두고 갈 수밖에 없나?

세리나는 상당히 주변을 경계하고 있는 모양으로 다음 습격에 대비하고 있었다. 하지만 아무리 눈썹을 찡그리고 머리 위를 노려봐도 전혀 무섭지 않고 그저 사랑스럽기만 했다.

그녀는 가슴 앞에서 주먹을 꼭 쥐고 있었기에 그 사랑스러운 모습을 더욱 강조할 뿐이었다.

나는 그 모습을 보면서 웃음을 지었지만 땅 위로 기어 오는 커다란 곤충들의 기척을 놓치지 않았다.

녹색 양탄자가 깔려 있는 땅바닥 위를 기어 오면서도 풀이나 꽃잎과 스치는 소리조차 내지 않고 뛰어올 수 있다는 것은 역시 숲에 사는 생물로서 체면이 있다 이 말인가?

"세리나, 위가 아니야. 아래다."

"예? 어, 어라?"

세리나가 내 목소리에 반응해서 시선을 밑으로 돌렸을 때는 왕 반점 거미들이 우리를 이미 포위하고 있었다. 녀석들은 덩치가 내 가슴에 닿을 정도의 거대한 거미다. 촘촘한 털이 나 있는 다리와 껍질에 보라색이나 노란색, 붉은색, 파란색 등 다양한 색깔의 모양이 새겨져 있었다. 정말 독살스럽기 짝이 없는 생물이다.

왕 반점 거미의 붉은 눈동자 8개가 감정을 가늠할 수 없는 시선으로 우리를 바라보았다. 녀석들에게서 우릴 사냥감으로 인식하고 있는 기척이 느껴졌다.

흠, 여러 마리가 한꺼번에 쳐들어왔다는 것은 연계 활동이 가능하다는 뜻인지도 모르겠군.

거미라고 하니 상반신이 인간이고 하반신이 거미 모양을 띤 아라크네라는 여성 마물이 있다고 들었는데, 이 숲에도 살고 있을까?

아라크네의 거미줄은 경우에 따라서 고액으로 거래된다고 하며 그 거미줄로 만든 의복도 시장에 돌아다닌다.

그리고 국내의 숲에도 아라크네 종족이 모여 사는 촌락이 몇 개 정도 존재하고 평범하게 인간들과 교류하는 마을도 있다고 했다.

마을의 장래를 위해 꼭 교우 관계를 맺고 싶은 참이군.

일단 적으로서 충돌할 경우, 거미 형태의 생물들이 공통적으로 성가신 점은 꽁무니에서 방출하는 끈적끈적한 거미줄과 겉보기엔 상상하기 어려운 도약 능력, 그리고 민첩성이다.

이런 종류의 대형 거미 마물과 전투가 벌어질 경우에 낭패를 보게 되는 이유는 이상의 세 가지 요소일 경우가 많다.

실제로 울창한 숲 지역이라는 익숙하지 않은 상황에서 더욱 불리한 상대라고 할 수 있었다.

다만 우리 세 사람의 경우엔 지금까지 왕 반점 거미가 잡아먹었던 상대들과는 명확하게 다를 것이다.

나는 좌우에서 덮쳐 들어오는 왕 반점 거미의 위치를 강화한 오감으로 완전히 파악한 후, 우선 오른쪽 왕 반점 거미의 입 안에 장검을 정확히 찔러 넣었다.

동물의 속살을 찌를 때와 그다지 다를 바 없는 반응을 느끼면서, 녀석의 몸을 엉망진창으로 유린한 그 여세를 몰아 장검을 들어 올린 뒤 철퇴로 찍어버리듯이 반대편 거미의 머리를 내리쳤다.

마치 발로 작은 거미를 밟아 죽였을 때와 비슷한 감각이었다. 또 한 마리의 왕 반점 거미는 장검으로 얻어맞은 엄청난 충격으로 인해 방금 죽은 동포와 마찬가지로 산산조각이 났다.

나는 셋을 세기도 전에 두 마리의 왕 반점 거미를 다진 고기에 가까운 상태로 만들어 버렸다. 내 생각엔 만에 하나의 경우에도 특별한 문제는 없으리라는 것은 명확했지만 그래도 혹시 몰라서 세리나 쪽으로 고개를 돌렸다.

"어스 랜스, 에잇!"

마침 고개를 돌린 내 눈동자에 풀과 이끼로 휩싸인 가느다란 대지의 창이, 도약 중이던 왕 반점 거미의 부드러운 복부를 밑에서부터 꿰뚫는 장면이 들어왔다.

어스 랜스로 관통당한 왕 반점 거미는 간신히 비명이라고 알아들을 수 있는 괴성을 남기며 잠시 동안 경련을 일으키다가 숨통이 끊어져서 더 이상 움직이지 않았다.

마법을 행사할 경우엔 갑옷 곰과 전투가 벌어졌을 때처럼 영창 과정을 거치는 것이 일반적이다. 하지만 숙련된 마법사나 혹은 익숙한 마법을 사용할 때는 마법의 명칭을 외치기만 해도 발동시킬 수 있었다.

고도의 마법을 영창할 때는 주문이 어느 정도 길어지기 때문에 순간적인 판단이 필요한 전투에서는 이 방법이 대단히 도움이 된다. 그 대신 마력의 소비량은 늘어나며, 발동시킨 마법의 효과도 약화될 수밖에 없다.

물론 세리나는 나에게서 번번이 용종의 정기를 섭취하고 있기 때문에 일격으로 왕 반점 거미를 물리치기에는 충분했다.

세리나는 마물과의 전투는 친가에 살았을 때부터 익숙하다고 했는데 아무래도 그녀의 말은 진실이었던 듯하다. 그녀는 왕 반점 거미의 습격을 당한 상황에서도 딱히 당황하지 않고 두 마리를 간단히 물리쳐 버렸다.

그리고 크리스티나 양도 세리나와 마찬가지로 별문제 없이 왕 반점 거미를 격퇴하고 있었다. 두 동강이 난 왕 반점 거미의 시체가 세 구나 땅바닥에 굴러다니고 있었다. 그녀의 장검에는 거미의 체액이 한 방울도 묻어 있지 않았다.

세리나는 나에게 고개를 돌리면서 안도의 한숨을 내쉬고, 곧바로 나에게 다가와서 내 머리 꼭대기부터 발가락까지 뚫어지게 관찰한 뒤 상처 하나 없다는 사실을 확인했다.

"드란 씨, 다친 데는 없으세요? 제가 좀 더 빨리 알아챘다면 좋았을 텐데……."

"걱정할 필요 없어. 보다시피 상처 하나 없고, 나도 몸을 움직이고 싶었거든. 거기다 이제 숲에 발을 들여놓았을 뿐이야. 지금부터가 진짜 시작이지."

우리는 그 이후로도 때때로 날개가 돋아 있는 왕 날개 지네나 엔테 늑대의 패거리에게 포위당하기도 했지만, 이를 전부 격퇴하면서 일사천리로 나아갔다.

그러자 끊임없이 계속될 것처럼 느껴졌던 습격이 어느 지점부터 갑작스럽게 뚝 그치더니, 주위에서 마물뿐만 아니라 평범한 곤충이나 동물의 기척도 감소하기 시작했다.

엔테의 숲에 서식하는 생물들이 비정상적인 행동을 일으키고 있던 원인이 가까워졌다는 증거일 것이다.

붉은색이나 파란색, 노란색 등이 섞인 짙은 녹색을 띠고 있던 숲의 색채도, 안으로 들어갈수록 불길한 인상의 보라색이나 검은색, 또는 남색으로 변색하기 시작했다.

나무들의 모습도 그 경향을 따라가고 있었다. 하늘을 향해 뻗어야 하는 나무들이 부자연스러운 방향으로 구부러지고 나무껍질들도 썩어 짓무른 것 같았다.

풍요로운 대지에서 정기가 빠져나가 도저히 생명을 길러 낼 수가 없는 상태였다.

"이거 정말 심각하군. 이세계의 기운, 아니, 독기인가……?"

크리스티나 양도 주변에서 일어나고 있는 이상 사태를 감지하고 있었다.

물론 이 정도까지 환경이 변한다면 누구라도 이상 사태라는 사실을 이해하는 게 정상이겠지만, 세리나나 크리스티나 양의 영적 감각은 대기에도 짙은 농도로 섞이기 시작한 이세계의 독기까지 예민하게 감지하고 있었다. 그녀들은 피부에 소름이 돋는 것을 느꼈다.

엔테의 숲을 추악한 모습으로 변모시키려고 하는 존재가, 이 물질계에 소속된 생명과 공존할 수 없는 절대적인 적이라는 사실을 정신과 혼의 가장 깊은 부분에서 이해하고 있는 것이다.

그렇기 때문에 세리나와 크리스티나 양은 무의식중에 전투 태세를 갖추고 있었다.

피부에 들러붙어서 몸 안으로 침투하려는 더럽혀진 대기에 질색하면서도 길을 나아가다 보니 한층 더 짙은 피와 죽음의 냄새가 우리를 둘러싸기 시작했다.

이윽고 진로를 가로막듯 세세한 가지가 뒤얽힌 거대한 나무가 나타났고, 우리가 그 나무를 우회해서 들어가자 확 트인 장소가 모습을 드러냈다. 그리고 그곳에 온몸이 갈기갈기 찢겨진 짐승의 시체가 뻗어 있었다.

이미 거무칙칙하게 변색했을 뿐만 아니라 말라붙기까지 한 짐승의 피는 땅바닥은 물론 주변의 풀과 꽃에까지 튀어 있었다. 그 사실은 짐승이 살해당한 지 제법 시간이 경과했다는 것을 의미했다.

　검은색 모피와 짙은 갈색의 껍데기가 한꺼번에 찢어진 이 시체는 갑옷 곰의 시체였다. 뿐만 아니라 이 녀석은 베른 마을 부근에 출현했던 녀석보다 덩치가 컸다.

　이 정도로 커다란 덩치의 모피와 껍데기를 한꺼번에 찢어발기다니, 심상치 않을 정도로 예리한 무기를 사용한 것으로 보였다.

　"으윽⋯⋯."

　세리나가 작은 신음 소리를 흘렸다.

　나와 크리스티나 양은 갑옷 곰을 이렇게까지 무참하게 살해한 장본인의 정보를 조금이라도 수집하기 위해 시체를 점검해 볼 생각이었다. 일단 세리나를 내버려 두고 시체에 접근했다.

　잘린 단면에서 하얀 뼈가 보였고, 이 녀석이 두꺼운 모피나 지방은 물론 근육까지 동원해서 지키고 있던 내장까지 멋들어질 정도로 깔끔하게 잘려 나가 있었다.

　칼날 호랑이의 다리에 달린 칼날이라도 이 정도까지 깔끔하게 잘라낼 수는 없을 것이다.

　"크리스티나 양의 실력으로 똑같이 만들 수 있나?"

　"글쎄? 못할 건 없어 보이는군. 하지만 잘려 나간 단면이 제각각이야. 이 녀석을 죽인 장본인은 혼자가 아니었던 것 같다. 여러 놈의 소행으로 보여. 뿐만 아니라 그 근성이 아주 냉혹하고 음험한 녀석들이다."

크리스티나 양이 그 미모를 불쾌하다는 듯 일그러뜨렸다. 내 의견도 마찬가지였다.

"이 상처로 볼 때, 의도적으로 치명상을 피하면서 고통을 오래 가게 한 것 같군. 천천히 죽어 가는 꼴을 쳐다보며 실컷 즐겼다는 뜻이지."

갑옷 곰의 시체에 난 상처는 대부분이 치명상이 아니었다. 갑옷 곰을 죽인 범인은 내 말처럼 질질 끌다가 죽이는 것을 목적으로 삼았다는 뜻이다.

살육을 즐기는 이가 이 엔테의 숲에 이변을 일으킨 장본인이라는 건가? 대처가 늦었을 경우엔 더욱 성가신 결과를 초래했을 것 같군.

일찍 찾아올 수 있어서 다행이었다고 안도하는 한편, 예상보다 큰 위험이 이 숲에 도사리고 있다는 사실도 인정해야만 했다.

"이 갑옷 곰의 혼이 제대로 명계에 갈 수 있었다는 게 그나마 다행이로군."

"그대는 그런 것까지 알 수 있단 말인가?"

크리스티나 양은 내가 무심코 중얼거린 말을 듣고 살짝 눈을 크게 뜨면서 물었다. 그랬지, 성직자라도 아닌 이상에야 혼의 행방까지는 알 수 없다는 것을 까맣게 잊고 있었다.

"분위기 때문이야. 살아 있는 이를 증오하는 원령의 기운이 느껴지지 않았거든."

"분위기라고?"

"말하자면 그렇다는 이야기지. 그보다도 이 갑옷 곰이 문제로군. 이대로 시체를 내버려 뒀다가는 나중에 언데드로 부활할 것 같아서 성가신데."

"확실히 그럴 가능성도 있겠군."

갑옷 곰의 시체가 이대로 숲에 사는 동물들의 먹이가 되거나 흙으로 돌아간다면 다행이겠지만, 경우에 따라서는 범인들의 사악한 마법으로 조종당할 가능성도 있었다.

시체를 불사르는 건 장소를 생각하면 약간 문제가 있어 보이니 최소한 땅속에는 묻어줘야 할 것이다.

나는 검붉은 피를 빨아들인 땅에 간섭하여 갑옷 곰의 시체를 땅속 깊이 묻기 위해 마력을 증폭시켰다. 그 순간, 나는 시큼한 피와 살의 냄새가 맹렬한 기세로 불어오는 것을 느끼고 칼집에 꽂혀 있는 장검에 손을 뻗었다.

크리스티나 양이 뒤이어서 그 존재를 깨닫고 라미아의 인식 능력을 지닌 세리나가 마지막으로 눈치챘다. 으으음, 세리나 아가씨? 조금만 더 긴장하는 게 어때?

"아무래도 범인들과 바로 만날 것 같은데. 크리스티나 양, 세리나. 준비는 됐나?"

"언제든지 문제없다. 하지만 아무래도 녀석들의 표적은 우리가 아니었던 것 같군."

"누군가가, 쫓기고 있네요."

각자가 입을 움직인 순간, 우리는 이미 달려 나가고 있었다. 크리스티나 양은 애용하는 장검을 한 손에 들고서 진로를 가로막고 있는 수많은 나뭇가지나 나무뿌리가 얽혀서 만들어진 혹, 돌멩이

들이 없는 것처럼 날렵하게 질주하고 있었다.

그녀는 그야말로 구석구석까지 파악하고 있는 뜰을 가로지르는 것처럼 보였다. 나도 맨몸의 신체 능력만 가지고는 도저히 따라갈 수 없을 정도의 속도였다.

크리스티나 양은 내 예상대로 평범한 인간이 아닐 것이다.

세리나는 나무 사이의 간격을 누비면서 땅바닥을 기어갔다. 그리고 마지막으로 내가 맨 뒤쪽에서 달리고 있었다.

나무 사이로 전력 질주를 하고 있으려니 마치 감옥 같이 치솟은 나무들 사이에서 공중에 뜬 채로 빛나는 물체가 눈에 들어왔다. 그리고 그 물체를 쫓는 여러 개의 그림자도 보였다.

커다랗게 왜곡된 새우등처럼 보이는 그 그림자의 얼굴은 눈과 코가 없는 도마뱀을 연상시켰다. 얼굴부터 발끝까지 회색 일색의 딱딱해 보이는 피부로 덮여 있으며, 뼈밖에 없는 것처럼 보이는 가느다란 팔 끝에서 예리한 다섯 개의 손톱이 뻗어 나와 있었다.

나는 햇빛을 반사하며 탁하게 빛나는 회색 손톱을 보고 저것이야말로 갑옷 곰을 갈기갈기 찢어 놓은 흉기라는 사실을 직감적으로 이해했다.

"저 녀석들은 대체 뭐지?"

"하급 마도병이야. 아마 명칭은 젤트라고 했었지. 겉보기와 마찬가지로 왜소한 체구와 그에 걸맞은 민첩성, 걸맞지 않은 완력을 지니고 있는 걸로 알고 있어. 특히 저 작은 몸집이 성가시군. 요전에 마리다가 크리스티나 양을 상대했을 때 구사했던 기상천외한 검법을 항상 사용하는 상대라고 생각하면서 싸우는 편이 좋을 거야."

나는 선두를 내달리던 크리스티나 양의 의문을 듣고 무심결에 그 대답을 입에 담고 있었다. 저 녀석들은 내 기억 속에 있는 존재였다. 예전에 용이었던 시절 여러 차례에 걸쳐 상대했던 적이 있다.

마도병이란 마계에 거처하고 있는 사신이나 악마가 창조해 낸, 생명을 지니고 있지 않은 마법 생물들을 가리키는 말이다.

녀석들은 자아는 없지만 생명에 대해 냉혹하면서도 음험하며 저돌적이고 흉악한 공격성을 부여받은 존재들이다.

사신을 신봉하는 집단이 제조법을 전수하면서 계승하고 있는 경우도 있고 마도병을 만들어 내는 제사용 기구가 존재하기도 한다. 하지만 이번엔 과연 사교도의 앞잡이일지, 아니면 마계의 존재들이 물질계에 출현하여 데리고 온 병력일 것인지는 아직 알 수 없었다.

내가 눈썹을 작게 찡그리고 있자 크리스티나 양이 전방을 향한 채로 중얼거리는 목소리가 들려왔다.

"잘 알고 있군."

"마글 할머니가 소장하고 있는 서책에 여러 가지 지식들이 실려 있거든."

내가 생각해도 앞뒤가 맞지 않는 변명이다. 하지만 크리스티나 양은 그 변명에 관해 추궁할 여유가 없었다.

급속하게 눈앞으로 닥쳐오던 하급 마도병 젤트의 군단이 우리의 존재를 감지하고 적대심의 방향을 이쪽으로 돌렸다.

"세리나는 현재 위치에서 마법과 마안을 부탁해!"

세리나는 마도병을 처음 보고 얼떨떨한 상태였지만, 내 말을 듣고 움찔거리더니 땅으로 기어 오고 있던 뱀의 하반신에 급격히 제동을 걸었다. 그리고 그녀는 당황한 말투로나마 나에게 대답했다.

"아, 예!"

젤트는 바람의 속도와 예리함을 겸비한 적으로 시야를 가로막는 장애물들이 많은 이 장소에서 상대할 경우엔 라미아와 상성이 좋지 않았다.

세리나에게 머릿수가 많은 젤트 군단을 정확히 저격할 수 있는 기량이 있는지의 여부도 약간 의심스럽다. 결국 나와 크리스티나 양이 녀석들과 혼전을 벌일 것으로 예상됐기 때문에, 마법을 사용한 엄호 공격은 그다지 기대하지 않는 편이 좋을 것 같았다.

젤트의 키는 내 허리 정도밖에 되지 않았지만 그 동작은 마치 나무 사이로 불어오는 회색 바람처럼 보였다.

회색 칼날로 핏빛의 비를 뿌리는 마성의 바람이다. 8마리의 젤트는 이 숲에 서식하는 생명들의 입장에서는 그야말로 죽음의 화신이었다.

젤트 군단은 각각 우리의 다리를 우선적인 목표로 정하고 땅을 박찼다. 이 녀석들의 수법은 우선 적의 다리를 베어 피투성이로 만들고, 땅바닥에 엎드려 울부짖는 동안 천 조각에서 만 조각이 될 때까지 해체하는 것이다.

젤트 군단은 크게 벌린 다섯 손가락의 날카로운 손톱으로 나무 줄기들을 베며 땅을 깎아 내고, 매끈매끈한 얼굴에 나 있는 실처럼 가는 눈으로 나와 크리스티나 양을 노려보고 있었다.

크리스티나 양은 검고 탁한 젤트 군단의 눈을 똑바로 마주 본 뒤

신체 강화 마법을 사용해 급격히 가속했다.

크리스티나 양이 디딘 나무뿌리가 폭발을 일으키고 그 아름다운 육체가 인간의 형태를 지닌 탄환으로 변했다. 서로 뒤얽혀 있는 나무들의 뿌리를 폭발시킬 정도의 도약은 대체 얼마나 강력한 힘을 내포하고 있단 말인가?

나는 그 은색 머리카락이 휘날리는 뒷모습을 바라보며 후방의 세리나를 향해 달려드는 세 마리의 젤트를 겨냥하고 마법을 발동시켰다.

"힘의 이치여 나의 목소리를 들어라 화살이 되어 나의 적을 꿰뚫어라, 에너지 볼트!"

세리나가 갑옷 곰에게 발사했던, 순수한 마력의 화살을 생성하는 공격 마법이다.

세계에 충만한 마력과 자신의 마력을 혼합시켜서 화살을 만들어내는 마법으로, 한 번에 생성할 수 있는 화살의 수는 사용자의 역량과 마력량에 따라 어느 정도 차이가 있다.

하급 공격 마법인 【에너지 볼트】의 살상 능력은 높지 않았지만, 사용자가 표적으로 삼은 적을 자동으로 추적하기 때문에 대단히 편리한 마법이었다.

나는 발을 내달리는 상황에서 영창을 끝냈다. 그러자 내 주위에 녹색으로 빛나는 여섯 개의 화살이 출현했다. 그리고 그 화살들은 내 머리 위를 통과하려고 했던 젤트들을 향해 한 마리당 두 개씩 날아갔다.

슝, 【에너지 볼트】는 날카로운 소리와 함께 빛의 꼬리를 그리면서 젤트 세 마리를 습격했다.

마도병들은 마법에 의해 태어나는 존재들이므로 종류를 가리지 않고 인간을 능가하는 마법 내성을 보유하고 있었다. 하지만 용종의 마력으로 생성된 【에너지 볼트】는 젤트가 보유하고 있는 사소한 마법 내성에 아무런 저항도 받지 않았다.

젤트들은 도마뱀처럼 생긴 얼굴과 심하게 왜곡된 복부에 마법화살의 직격을 맞고, 각각 주먹만 한 크기의 구멍이 뚫린 채 즉시 회색 먼지로 변해 사라졌다.

남은 젤트는 다섯 마리. 그중 세 마리는 이미 크리스티나 양과 접전을 연출하고 있었다.

크리스티나 양은 본인의 허리에 닿을까 말까 한 왜소한 체구의 적을 상대하면서, 마리다와 모의 전투를 펼쳤을 때의 경험을 통해 참격보다는 찌르기 공격이 효율적이라고 판단했다. 그녀는 찌르기 공격을 중심으로 사용하여 젤트 세 마리를 상대하고 있었다.

나머지 두 마리가 세로로 늘어서서 나를 향해 똑바로 들이닥치고 있었다.

나 역시 젤트 두 마리를 향해 달려갔다. 오른손으로 장검을 움켜쥐고 그 칼끝을 오른쪽 하단 후방으로 흘려보내고 있었다.

어떻게 들어올 거냐? 그 말이 머리를 스친 순간, 앞을 달리고 있던 젤트의 속도가 약간 느릿해지더니 갑작스럽게 앞쪽으로 기울어졌다.

그 기울어진 젤트의 등을 뒤에 있던 또 한 마리의 젤트가 밟더니기세 좋게 도약하면서 나를 향해 가속했다.

그렇군. 앞뒤로 늘어서 있다가 갑자기 위아래로 위치를 바꾸면서 허를 찌르는 전술인가? 하찮은 짓거리를 하는군.

젤트 한 마리가 공중에서 나의 머리를 갈기갈기 찢어 버리기 위해 달려들었고, 또 한 마리는 밑에서부터 나의 하반신을 수십 조각의 고깃덩어리로 조각내기 위해 돌진해 왔다.

이 마도병들의 연속 공격은 숙련된 전사라고 해도 쉽게 대응할 수 없을 것이다. 허나—.

"하찮은 짓거리다."

나는 그 한마디만을 내뱉고 밑으로 들어오는 젤트를 향해 오른손의 장검을 가볍게 찔러 넣었다. 용종의 마력에 의한 절대적인 신체 강화로 인해 나의 장검은 번개조차 능가하는 속도로 젤트의 머리를 꿰뚫었다. 그리고 그 몸을 유린하면서 허리 반대편까지 관통해버렸다.

그리고 내 머리 위로 날아 들어오던 젤트—. 나는 동포가 죽었다는 사실에 동요할 마음조차 지니지 못한 마도병의 머리통을, 아무것도 지니지 않은 왼손의 다섯 손가락을 펴서 잡아 들었다.

회색 피부는 건조하게 껄끔거리면서 바위 표면을 연상시키는 감촉이었다. 온기도 느껴지지 않았고 오히려 이쪽의 열을 빨아들일 듯 차갑다.

나는 영혼에 기록되어 있는 나의 전생, 용의 육체 정보를 기초삼아 찰나보다 빠르게 인간의 육체를 일시적으로 용의 육체로 변환시켰다.

이 육체와 생명을 낳아준 부모님에 대한 미안한 감정에 마음이

살짝 아파 와서, 나는 속으로 두 분에게 사죄했다.

마성의 존재들이 파견한 선봉이라고 할 수 있는 마도병의 신체 능력은, 그 내구성이나 견고함이 인간보다 훨씬 강인하다. 하지만 내가 맨손으로 붙잡은 젤트의 머리통은 달걀보다도 허약하게 느껴졌다.

용종의 마력을 사용한 신체 강화뿐만 아니라 인간의 세포 자체를 용종의 세포로 변환했기 때문에, 이때 나의 완력은 성숙한 용조차 능가하고 있었다.

나는 두 마리의 젤트가 한 줌의 재로 변하는 것을 확인하고 나서 크리스티나 양에게 시선을 돌렸다. 후방에 대기하고 있던 세리나의 영창이 들려왔다.

"샤라므!"

크리스티나 양은 젤트 한 마리를 머리 꼭대기에서부터 사타구니까지 일도양단해서 해치웠으며 옆으로 빠져나가려던 젤트의 목을 베어 넘겼다. 그리고 나머지 한 마리가 크리스티나 양의 등을 덮치려고 달려들던 차에, 세리나의 마법으로 출현한 뱀의 환영이 큰 턱을 사용해 물어뜯었다.

저주받은 뱀의 어금니가 젤트의 목덜미에 깊숙이 박히면서 그대로 목뼈를 산산조각 내버렸다. 젤트는 이윽고 먼지가 되어 흩어졌다.

크리스티나 양은 젤트의 소탕을 확인한 뒤에 애검을 칼집에 거둬들이고 내 등 뒤에 대기하고 있던 세리나에게 고개를 돌렸다.

"미안하다, 덕분에 살았군."

"아니요, 당연히 할 일을 했을 뿐이에요. 그리고 크리스티나 양이라면 제가 끼어들지 않았어도 대처할 수 있었지요?"

세리나의 발언은 사실이다.

크리스티나 양은 젤트에게 후방을 드러낸 상황에서도 이미 허리춤의 칼집에 손을 가져가고 있었다. 세리나의 엄호 공격이 없었어도 그녀는 칼집으로 젤트의 목젖이나 콧등을 박살 냈을 것이 틀림없다.

그리고 오른쪽 다리를 지렛목 삼아 바람을 일으키며 돌아선 후 애용하는 검을 휘둘러서 젤트의 몸통을 두 동강 냈으리라는 것은 상상하기 어렵지 않았다.

젤트의 속도는 강한 바람에 필적한다고 알려져 있다. 하지만 그 젤트를 완전히 포착할 수 있는 크리스티나 양의 반응 속도와 반사 신경은 평범한 인간의 영역을 아득히 초월하고 있었다.

"일단 성가신 녀석들은 처리했으니, 왜 네가 쫓기고 있었는지 우리에게 가르쳐줄 수 없을까? 자그마한 아가씨."

내가 큰 나무의 그늘을 향해 말을 걸자 크리스티나 양과 세리나도 나를 따라 그쪽으로 시선을 돌렸다. 그러자 방금 전까지 젤트 군단에게 쫓기고 있던 작은 빛의 공이 흠칫거리면서 모습을 드러냈다.

두둥실, 허공에 떠 있는 빛의 공 안에는 인간의 10분의 1 정도로 보이는 키의 소녀가 있었다.

빛은 그 소녀 스스로가 내뿜고 있는 듯했다.

소녀는 비취를 연상시키는 긴 머리카락을 머리 옆 양쪽에서 노란색 리본으로 묶고 있었다. 그리고 그 등에는 어렴풋이 빛을 투과하는 투명한 나비 날개가 뻗어 있었다.

"요정인가? 그 모습은 마치 그림책에서 등장하는 것처럼 사랑스럽군. 후후."

"와아, 전 요정 처음 봐요! 정말 조그맣고 예쁘네요!"

크리스티나 양과 세리나가 젤트에게 쫓기던 이의 정체를 알고 나서 보인 반응은 자못 여성스러우면서도 평범했다.

특히 크리스티나 양의 경우엔 감정을 드러내는 일이 적은 편이고 인간으로 보이지 않을 정도의 미모까지 더해져, 인간다운 모습이 잘 느껴지지 않는 구석이 있었다.

그래서 그녀가 보인 반응은 의외였다.

대단히 실례라고 여겨지기는 했지만 어쩔 수 없이 그런 생각이 들고 말았다.

조금 더 알고 지내면 크리스티나 양에 대해 알 수 있는 기회도 늘어나서, 이 사람에 대한 오해 역시 풀릴지도 모른다. 하지만 과연 그런 시간이 있을지 장담할 수 없군.

하지만 내가 크리스티나 양을 보고 느낀 감상이나 추측은 당장은 중요한 일이 아닐 것이다. 지금은 이 숲에 일어나고 있는 이변의 단서를 알고 있을 요정 소녀에게 증언을 들어야만 한다.

요정 소녀는 꽃잎을 꿰매서 만든 형상의 드레스를 걸치고 있었다. 그녀는 숲에 살지 않는 인간들의 모습을 보고 경계심을 품은 것 같았다.

그녀는 어느 정도 우리에게 다가와서는 멈추고 두둥실 몸을 허공에 띄운 채 겁먹은 목소리로 우리에게 질문했다.

"저기, 구해주셔서 정말 감사합니다. 이, 인간이신가요? 그리고 라미아?"

"그래. 나는 드란이다. 저쪽의 은발에 붉은 눈의 여성은 크리스티나 양이고, 라미아 소녀는 세리나다. 우리는 이 부근에 위치한 베른 마을에서 왔다. 마을 부근에 칼날 호랑이나 갑옷 곰이 나오기 시작해서, 숲에 무슨 일이 생겼을지도 모른다는 생각이 들었거든. 너는 누구지?"

"마, 마르라고 해요. 좀 전엔 그 마도병들에게 쫓기다가 저, 정말 죽을 뻔했어요. 감사합니다. 하지만, 그랬군요. 인간 종족이 사는 마을 부근에, 숲의 친구들이……."

마르는 순진해 보이는 얼굴에 슬픈 표정을 지은 채 숙이고 있었다. 크리스티나 양이 마르를 위로하며 말을 걸었다.

"음. 그래서 우리가 숲의 이변을 조사하러 온 거지. 이변의 원인은 저 마도병 녀석들인가? 언제쯤부터 저 마도병들이 모습을 드러냈는지, 네가 알고 있는 정보를 우리에게 가르쳐줄 수 없을까? 우리가 힘이 될 수 있는 일이라면 힘을 빌려주고 싶다. 숲에 이변이 일어나서 난감한 건 우리도 마찬가지니까 말이야. 그렇지 않나, 드란?"

평소엔 어두운 표정을 짓고 있어서 어딘지 모르게 퇴폐적인 분위기를 풍기지만 크리스티나 양은 본질적으로 부드러운 여성인 것 같다.

"흠, 분명히 크리스티나 양의 말이 맞아. 우리가 도움이 될 수 있는 일이 있다면 힘이 되고 싶다. 마르, 네 생각은 어떻지?"

"아, 음. 저, 그러니까 다들 굉장히 곤란한 상황이라 도와주신다면 마르는 정말 기쁘지만요. 하지만 인간 여러분까지 말려들게 하면, 폐를 끼치고 말아요~."

결국 우리 스스로를 위한 일이니 신경 쓸 필요는 없어. 내가 그렇게 말하려고 입을 열려던 차에, 나와 크리스티나 양은 주위를 둘러싸기 시작한 낯선 기척들을 포착했다. 우리는 고개를 들고 주변을 둘러봤다.

세리나는 우리보다 두 박자 정도 늦게 눈치챈 모양이었다.

흠, 세리나는 뱀과 똑같은 기관을 보유하고 있으니 틀림없이 강력한 수색, 감지 능력을 지니고 있을 텐데? 나와 크리스티나 양이 너무 규격 밖인가?

주위에서 우리를 향해 보이고 있는 감정은 적대심보다는 경계심이나 의심이 더 강했다. 마도병 특유의 신경을 거스르는 듯한 살기는 느껴지지 않았다.

나는 적대할 생각이 없다는 것을 증명하기 위해, 장검과 단검을 칼집채로 발밑에 내려놨다. 세리나도 나를 따라서 마안을 봉쇄하기 위해 눈꺼풀을 감았다.

크리스티나 양은 조금 망설이다가도 결국 우리를 따라 애검을 칼집에 거둬들이고 천천히 발밑에 내려놨다.

그러자 나뭇가지와 잎들이 바삭거리면서 흔들리는 소리가 이어지고, 우리를 둘러싸고 있던 이들이 한두 사람씩 모습을 드러내기 시작했다.

"우드 엘프 일족이로군."

"그런 것 같아."

크리스티나 양이 중얼거리고, 내가 짧게 대답했다. 우리를 포위하고 있던 장본인은 숲에서 채집할 수 있는 식물의 줄기나 잎, 그리고 동물의 털 등으로 만든 의복을 걸치고 금발에 푸른 눈이 특징적인 남녀들이었다.

하나같이 둘째가라면 서러워할 정도의 미인들이었다. 예술의 신이 눈, 코, 입의 형태와 배치에 그 실력을 마음껏 발휘했다고밖에 보이지 않을 정도였다.

그들의 눈부신 금발이나 진한 녹색 머리카락 사이로 한 사람의 예외도 없이 뾰족하고 긴 귀가 보이고 있었다.

엘프라고 해도 여러 가지 종족이나 씨족, 파벌들이 존재한다. 우리 앞에 모습을 드러낸 종족은 삼림 지대를 거처로 정하고 사는 우드 엘프가 틀림없었다.

과거 베른 마을이 탄생했을 당시에, 촌장이나 왕국의 책임자들이 엔테의 숲에서 건축용 목재나 숲의 물자를 조달하기 위해 우드 엘프와 교섭했다는 이야기를 들은 적이 있다.

우리를 포위하고 있는 엘프들은 그때 교섭했던 이들과 같은 씨족일 가능성이 높다.

엘프들은 일촉즉발의 공기에 겁을 집어먹고 쩔쩔매는 마르를 사이에 두고, 경계의 빛을 숨기지도 않은 채 우리의 머리 꼭대기부터 발끝까지 확인하고 있었다.

그들은 각자 검이나 쇼트 보, 창을 그 손에 지니고 있었다. 그들 가운데 몇 사람 정도는 정령 마법을 발동시키기 직전까지 준비를 마친 상태였다.

우리가 그들에게 해를 끼칠 기색을 보이기만 해도 곧바로 공격에 들어갈 수 있도록 준비를 갖추고 있는 것 같군.

어디 보자, 이 상황에서 어떻게 해야 제대로 교섭을 진행시킬 수 있을까?

제5장 검은 장미의 정령

엘프종(種)의 시조는 이곳 물질계와 다른 시공에 존재하는 정령계에서 이주해 온 이들이다.

말하자면 물질계와 정령계의 틈바구니에서 살아가는 종족이라고 할 수 있다.

엘프는 생활 지역에 따라 그래스 엘프, 시 엘프, 마운틴 엘프 등의 호칭으로 불린다. 그중에서도 가장 수가 많고 다른 종족들에게 많이 알려진 종족이 바로 숲의 식물들을 벗 삼아서 살아가는 우드 엘프들이다.

지금 우리 앞에 모습을 드러낸 우드 엘프는 전부 네 사람이었다. 하지만 교묘하게 숲의 색채 사이에 숨은 채 숨을 죽이고, 모습을 보이지 않은 상태로 우리를 감시하고 있는 인원이 세 사람이나 더 있었다.

어디까지나 우리에 대한 경계심을 유지하고 있는 건가?

과거에 베른 마을 사람들과 교섭한 우드 엘프 종족은 인간에 대해 과도한 혐오감을 보이거나 적대시하지는 않았다고 한다.

그렇다면 이들이 드러내고 있는 지나칠 정도의 경계심은 엔테의 숲에서 벌어지고 있는 사태가 그 정도로 절박하기에, 그들로부터 평소의 여유를 앗아 갔다고 봐야 할 것이다.

우드 엘프 가운데 한 사람이 우리의 정면까지 걸어와서 열 발자국 정도의 거리를 두고 발걸음을 멈췄다.

짙은 녹색의 머리띠로 옅은 황금색 머리를 묶은, 매를 연상시킬 정도로 예리한 눈매의 청년이었다.

커다란 나뭇잎의 잎맥으로 짠 것처럼 보이는 녹색 옷을 몸에 걸치고 가느다란 손가락으로 휴대하기 쉬운 쇼트 보를 움켜쥐고 있었다.

그는 아직 시위에 화살을 메기지는 않았지만 허리춤의 화살통으로 오른손을 가져간 상태였다. 우리가 수상한 행동을 보이는 순간, 이 청년의 양팔은 섬광처럼 움직여 화살을 쏠 것이 틀림없다.

눈앞의 청년은 그런 확신을 들게 할 정도로 심상치 않은 분위기를 풍기고 있었다. 이렇게 우리들 앞에 앞장서서 다가올 수 있는 것도 주위의 동족들로부터 신뢰를 받고 있기 때문에 가능한 행동이리라.

항상 위험에 맞서 선두에 서고 동료들을 지켜 온 인물임에 틀림없다.

청년은 자신들과 우리들 사이에서 어쩔 줄 몰라 하며 당황하고 있는 마르에게, 날카롭지만 배려하는 울림이 담긴 목소리로 말을 걸었다.

"마르, 그들에게서 떨어져. 이리로 와."

"기오. 하지만, 이 인간 여러분은 마르를 구해주신 분들이라고요!"

"알고 있어. 그들이 먼저 허튼짓을 하지 않는 이상 우리도 해를 끼칠 생각은 없어. 그러니까 이쪽으로, 어서."

마르는 기오라고 부른 우드 엘프의 재촉을 받고 우리에게 고개를 돌리더니 한 차례 크게 머리를 숙였다. 그리고 그녀는 여러 번 우리를 돌아보면서도 우드 엘프들 쪽으로 날아갔다.

마르가 기오의 곁을 통과하자 기오의 등 뒤에서 대기하고 있던 우드 엘프 소녀가 밝은 미소를 지으며 말했다.

진심으로 걱정하는 분위기로 보건대 평소부터 마르와 친밀한 사이 같았다.

"마르, 혼자서 밖으로 나가선 안 된다고 했잖아? 지금 숲은 굉장히 위험하단 말이야!"

"미안해요, 피오. 하지만 바깥이 너무 신경 쓰여서 참을 수 없었어요. 숲 친구들이 지금 어떤 상태인지 꼭 알고 싶었어요."

"마르의 마음은 나도 쓰라릴 정도로 잘 알아. 하지만 더는 혼자서 바깥으로 나가면 안 돼. 마르에게 무슨 일이 생겼을까 봐 정말 많이 걱정했다구."

기오와 어딘지 모르게 닮은 소녀가 울상을 지으면서 호소했다. 그러자 마르는 소중한 친구에게 걱정을 끼쳤다는 사실에 몇 번이나 미안하다고 사과했다.

나는 그런 두 사람의 모습을 바라보며 마르를 구할 수 있어서 정말 다행이었다고 진심으로 생각했다.

그러자 기오가 약간 누그러진 분위기를 다잡듯 재차 눈매를 가다듬고는 우리에게 고개를 돌렸다.

기오는 나무들의 초록빛이 비치는 듯한 눈동자로 우리를 바라보고 있었다. 기오의 눈동자는 우리의 참뜻을 알아내려는 듯 나의 눈동자를 똑바로 꿰뚫어 보았다.

"인간과 라미아여. 우선 우리의 친구인 마르를 구해준 것에 감사하고 싶다. 고맙다. 하지만 이 숲은 우리들 우드 엘프를 비롯한 숲에 살아가는 이들의 영역이다. 인간들이 숲을 침범하지 않는 한 우리도 인간의 영역을 침범하지 않는다. 과거에 이 부근을 다스리던 인간들과 그런 내용의 약조를 맺은 바 있는데, 왜 그 약조를 어기고 숲에 발을 들여놓은 거지?"

곧바로 화살부터 쏘고 시작해도 이상하지 않은 상황이었음에도, 기오는 우선 우리가 마르를 구한 일에 대한 감사의 말부터 입에 담았다. 나는 그 성실한 성격에 호감을 느꼈다. 사정을 제대로 설명하기만 해도 무력 충돌은 피할 수 있을 것 같았다.

나는 마을 부근에 엔테의 숲을 본거지로 삼고 있던 짐승들이 출몰하기 시작해서, 숲에 이변이 일어났다고 예측한 뒤 이를 조사하러 온 것이라고 사실대로 설명했다.

우리의 추측은 실제로 적중했으며 엔테의 숲은 마도병들이 출몰하는 이상 사태에 직면한 상황이었다. 기오는 우리의 설명을 듣고 역시 짐작대로였다는 듯 미간을 찡그렸다.

주위에 몸을 숨기고 있던 우드 엘프들에게서도 혼란스러운 감정이 어렴풋이 전해져 왔다. 피오는 순수해 보이는 얼굴에 명확하게 그늘진 모습을 보이며, 숲의 이변이 바깥세상에까지 영향을 끼치고 있다는 사실에 슬퍼하고 있는 것 같았다.

"그런 이유가 있다면 너희들이 숲에 발을 들여놓은 사실을 책망하진 않겠다. 그리고 마도병과 전투를 벌이기까지 했으니, 아무것도 가르쳐주지 않고 돌려보낼 수도 없겠군. 지금 이 엔테의 숲에서는 마계의 존재들과 전투가 벌어지고 있다. 너희들의 마을 부근에 출현한 짐승들은 그 전투에 말려들어 숲에서 쫓겨난 이들일 거다."

"마계의 군세라고?!"

크리스티나 양은 기오의 발언을 듣고 경악했다.

마계는 거의 모든 인간들이 일평생 동안 관여할 일이 없는 세계다. 크리스티나 양은 우드 엘프들이 그런 이세계의 존재들과 접촉했다는 소리를 듣고 놀라움을 금치 못했다.

내 경우엔 예상하고 있던 두 가지 가능성 가운데 성가신 쪽이 적중한 상황이었다. 나는 마음속에서 벌레라도 씹은 듯한 기분을 맛보았다.

먼 옛날의 인간계는 선량한 신들이 사는 천계나 사악한 신들이 사는 마계와 자유자재로 왕래할 수 있는 세계였다.

하지만 내가 아직 용으로서 살아 있었을 당시에 신들끼리 벌이기 시작했던 처절한 전쟁을 겪으면서 인간계와 천계, 그리고 마계 사이에 신이나 악마조차 간단히 통과할 수 없는 공간의 단층이 발생했다.

나의 동포인 용종들도 세계 사이에 발생한 이 단층의 구축에 관여했지만 일단 이 자리에선 그다지 상관없는 일이다.

이 단층은 각 세계 간의 이동을 완전히 차단하고 있는 것은 아니며, 비유하자면 마치 그물과도 같이 촘촘한 구멍이 뚫려 있는 상태라고 할 수 있었다. 격이 높고 강한 힘을 지닌 이들일수록 이 구멍을 통과하지 못하고 인간계— 물질계에 출현하기 어려워진다는 것이다.

만약 출현할 수 있다고 해도, 그 힘이나 이능력을 충분히 발휘할 수 없게 되는 것이 정상이었다. 고위 신의 경우엔 약간의 권능과 의사를 지상에 전달하는 정도가 한계였다.

반대로 힘이 약하거나 저급한 존재일 경우엔 — 예를 들어 젤트 같은 마도병의 경우 — 지상에 출현할 때도 거의 모든 힘을 유지할 수 있었다.

그러나 가령 젤트 같은 하급 마도병의 경우에도 백 단위의 집단으로 지상에 출현하는 것은 심상치 않은 사태였다.

반영구적으로 마계와 접속된 『문』이 엔테의 숲 어딘가에 개방되기라도 했나?

내가 전생에 지니고 있던 용종의 감각을 유지하고 있었다면 문이 개방된 순간에 공간의 이상을 감지할 수 있었을 텐데…… 아니, 이제 와서 후회해도 늦은 일이다.

지금부터 가능한 일을 모색해야 한다. 즉시 마계와 연결된 문을 봉인해야만 한다.

문을 장시간 동안 내버려 두면 이쪽 세계의 만물이 마계의 독기에 침식당하면서 보다 대량, 고위의 악마나 마족이 지상에 출현할 수 있는 기반을 마련하게 된다.

그들이 지상에 초래할 파괴와 죽음, 그리고 공포는 감히 헤아릴 수도 없을 것이다.

물론 그런 일이 벌어지기 전에 내가 이쪽 세계로 건너온 마계의 존재들을 멸망시켜버릴 것이다. 나는 마음속에서 어두운 불꽃이 타오르는 것을 느끼고 있었다.

나는 지금의 가족이나 친구들에게 해를 끼치는 존재들에게는 일말의 자비도 베풀 생각이 없었다.

만약 그 결과 내가 용의 혼을 지니고 있다는 사실이 알려져 고향에서 추방되는 한이 있더라도, 마을 사람들을 지키기 위해서라면 주저하지 않고 능력을 발휘할 심산이다.

내가 머릿속에서 마계의 존재들에게 대처할 방법을 모색하고 있는 동안, 크리스티나 양은 기오에게 덤벼들 기세로 질문을 계속하고 있었다. 그녀도 마계의 군세가 출현했다는 이상 사태에 충격을 받은 모양이다.

마계의 존재들이 과거 여러 차례 지상에 출현했다는 이야기는 인간들 사이에서도 널리 알려져 있으며, 그때마다 똑바로 쳐다볼 수 없을 정도의 심각한 피해가 발생했다는 역사가 전해져 내려온다.

그 전설적인 악몽이 재현될 수 있다는 이야기를 듣고 평상심을 유지할 수 있는 이는 많지 않을 것이다.

"그래서, 그 마계의 존재들은 언제 출현한 거지? 이 사태를 왕국에 전달하기는 했나? 당신들은 어떤 방식으로 대응하고 있지?"

"크, 크리스티나 양, 그렇게 당황하지 마세요. 보세요, 기오 씨도 곤혹스러워하시잖아요!"

세리나는 아직도 눈을 감은 채 크리스티나 양답지 않은 모습에 황급히 제지를 걸었다.

세리나가 크리스티나 양에 비해 안정적으로 보이는 이유는 우선 크리스티나 양이 상대적으로 훨씬 허둥대고 있기 때문일 것이다. 그리고 내가 냉정을 유지하고 있으니 그 영향도 받고 있는 것 같다.

그리고 세리나의 경우는 마계의 군세라는 단어에 현실감을 느끼지 못하는 것 같았다.

"세리나, 하지만 지금 상황은 보통 일이 아니…… 아니, 그렇군. 면목이 없다. 내가 조금 이성을 잃었던 모양이야."

"아니, 너희들이 당황하는 것도 당연하다. 하지만 이번 일은 우리의 문제다. 숲에 살아가는 우리가 숲을 침범하는 존재들을 반드시 타도할 것이다. 너희들이 관여할 일이 아니야. 너희들은 곧장 바깥세상으로 돌아가라. 머지않아 숲의 이변은 평정되고, 숲의 존재들이 너희들의 영토에 모습을 드러내는 일은 없어질 것이다. 엔테의 숲에 사는 우드 엘프, 기오가 일족의 명예를 걸고 약속하지."

나는 그렇게 맹세하는 기오의 표정을 보고 확고한 결의와 긍지를 느낄 수 있었다.

하지만 상대가 마계의 존재들이라는 사실을 안 이상, 우드 엘프들에게만 일을 맡길 수도 없는 노릇이다.

그들이 어느 정도의 전투력을 보유하고 있는지는 모르지만 조금이라도 싸울 수 있는 병력이 더 필요할 것이다.

"기오, 당신을 의심하는 건 아니지만 이번만큼은 그렇게 순순히 따라줄 수는 없다. 지상에 살아가는 모든 생명의 적인 마계의 존재들이 출현했다면, 우리도 잠자코 마을로 돌아갈 수는 없어. 최소한 숲에 출현했다는 마계의 존재들이 지닌 병력이나 동향을 확인해야만 해. 물론 우리가 도움이 될 수 있다면 힘닿는 데까지 지원을 아끼지 않을 생각이다. 일단 나는 그렇게 생각한다만, 크리스티나 양이나 세리나는 어떻지?"

"반대할 생각은 없다. 나 역시 어떤 상황이 벌어지고 있는지 직접 두 눈으로 확인하고 싶은 참이야."

"드란 씨와 크리스티나 양이 돌아가시지 않는다면 저도 그럴 거예요. 그리고 아까 젤트라는 마도병을 본 순간 굉장히 불길한 느낌이 들었어요. 그들은 이 세계에 있어선 안 되는 존재라고 생각해요. 물론 엘프 여러분의 힘만 가지고 물리칠 수 있다면 그게 최선이겠지만, 저희들도 조금은 도움이 될 거라고 생각해요. 아니, 오히려 저희들이야말로 엘프 여러분을 도와드릴 의무가 있지 않을까요?"

크리스티나 양은 비범한 감각을 통해 마계의 존재들이 지닌 위험성을 영혼이나 본능의 영역으로 이해하고 있는 모양이었다. 또한 지금까지 겪은 인생을 통해 지니게 된 윤리관이나 도덕관에 입각해서, 우드 엘프들에 대한 지원도 아끼지 않을 생각인 것으로 보였다.

그리고 세리나는 내 생각보다 사태의 위험성을 훨씬 정확히 이해하고 있었다. 그녀의 몸 안에 흐르는 저주받은 뱀의 피가, 마찬가지로 저주받은 존재들이 다가옴에 따라 술렁거리고 있는 걸까?

우리 세 사람은 숲에서 나가라는 기오의 권유를 거부했다. 그는 크게 한숨을 내쉬면서 힘없이 고개를 가로저었다.

"너희들의 제안은 감사히 받아들이마. 하지만 숲을 더럽힌 자들은 숲에 사는 자들의 손으로 쓰러뜨려야만 해. 그것이 이 숲의 규율이야. 이것만큼은 지금은 물론 앞으로도 변함없고, 변해서도 안 될 일이다."

"하지만 우리가 이렇게 대화를 나누고 있는 동안에도 숲과, 숲에 사는 이들이 마계의 존재들로부터 위협받고 있지 않나? 그렇다면 일시적으로 규율을 어기는 한이 있더라도 우리와 협력해주길 바란다. 규율은 생명을 살리기 위해 있는 것이지, 규율을 지키기 위해 생명을 희생하는 것은 앞뒤가 바뀐 것이 아닌가. 당장 급한 전투가 일단락되든지, 충분한 정보를 입수하고 나면 당신의 말대로 숲에서 나가도록 하지. 그래도 고려해줄 수 없겠나?"

"……그 제안은, 감사히 받아들일 일이다. 하지만……."

흠, 기오 스스로도 사태가 절박하다는 사실은 제대로 이해하고 있군. 하지만 그럼에도 불구하고 숲에 살아가는 이로서의 명예나 사명감 쪽이 앞서기 때문에, 우리의 제안을 순순히 받아들일 수 없다는 건가.

기오의 옆에 서 있는 피오나 주위에 숨어 있는 우드 엘프들은 식은땀을 흘리며 기오의 판단을 지켜보고 있었다.

그들 역시 젤트 군단을 두드러지는 실력으로 물리친 우리의 힘이 필요할 것이다. 하지만 그렇다고 해서 외부인들을 대책 없이 받아들이는 것도 심정적으로 어려운 일이리라.

나 역시 그 심정은 이해하고도 남지만, 이 자리에서 이대로 입씨름을 벌이는 건 시간을 쓸데없이 낭비하면서 마계의 존재들을 돕는 거나 다름없는 일이었다.

우리 역시 포기할 생각은 없으니 일단 무슨 수를 써서라도 기오를 설득하여 가세해도 된다는 허락을 받아야 한다. 그리고 마계의 존재들에 대한 정보를 입수해야만 한다.

그를 대체 어떻게 설득해야 할까? 나뿐만이 아니라 크리스티나 양이나 세리나도 마찬가지로 생각에 잠겨 있었던 그 순간, 피오의 어깨에 올라탄 채 날개를 쉬고 있던 마르가 쭈뼛거리면서 입을 열었다.

"기오, 드란 씨. 마르가 생각하기에, 두 사람이 하고자 하는 말은 양쪽 다 올바른 것 같아요. 하지만 이제 곧 해님이 져버리고 말아요. 이대로 얘기만 하고 있다간 밤이 되고 만다고요."

마르의 말대로 태양은 이미 기울기 시작해서 서쪽 저편으로 가라앉고 있었다. 사실 엔테의 숲에 도착한 시점에 이미 낮 시각이었다.

엔테의 숲에 진입한 이후로 상당히 깊숙이 들어온 지금, 푸르렀던 하늘은 서서히 어슴푸레한 보라색으로 물들기 시작했다.

마계의 존재들은 일반적으로 밤의 어둠과 냉기를 선호하는 경향이 있으며 야간에 더욱 활발하게 활동하는 것으로 알려져 있다. 지금 숲 한복판에서 밤을 맞이하는 것이 대단히 위험한 행위라는 것은 분명했다.

기오는 마르의 지적을 듣고 또 다른 의미로 단정한 얼굴에 그늘을 드리웠다. 그가 우리를 바라보는 눈동자에서 혼란스러운 기색이 엿보였다.

"오빠, 이대로 설득만 하고 있어도 끝이 없어. 이 사람들을 이대로 숲 밖으로 돌려보낸다고 해도, 도중에 밤이 되면 위험해. 그러니 일단 마을까지 안내해서 우리가 알고 있는 사실을 가르쳐주자. 그러면 이 사람들도 어느 정도 납득하고 생각을 바꿀지도 몰라. 그리고 우리도 밤이 오기 전에 마을로 돌아가야……."

"피오…… 너와 마르의 말이 맞을지도 모르겠다. 별수 없군. 너희들, 오늘 하룻밤만 우리 마을에서 묵고 가라. 이대로 밤을 맞이하기에는 지금의 숲은 너무나 위험해. 원래 외부인들을 함부로 마을에 들여서는 안 되지만, 지금 상황을 생각하면 어쩔 수 없지."

"알겠다. 깊은 배려에 감사하지. 검은 당신들에게 맡기면 될까?"

기오는 내 질문을 듣고 갸름한 얼굴을 가로저었다.

"아니, 가지고 있는 편이 좋을 거야. 미안하지만 자신의 몸은 스스로 지켜줬으면 한다. 우리도 그다지 여유가 있는 편은 아니거든."

마을까지 돌아가는 도중에 마도병의 습격을 받을 가능성을 고려하면, 모처럼 전투력을 지닌 우리로부터 무기를 접수하는 것은 현명하지 않다고 생각했을 것이다.

"우리 세 사람은 모두 스스로의 앞가림 정도는 할 수 있다고 생각해. 세리나, 이제 눈을 떠도 괜찮아."

나는 발밑에 내려놨던 장검을 다시 주워 들고 칼집을 허리춤의 벨트에 매달았다.

크리스티나 양과 세리나도 곧바로 준비를 끝냈다.

주위에 숨어 있던 우드 엘프들도 모습을 드러냈다. 기오와 그 일행들이 우리 주위를 둘러싸는 형태로 진형을 구축하고 우리는 그들의 마을을 향해 숲 속을 나아가기 시작했다.

그렇지 않아도 머리 위가 수많은 나뭇가지로 덮여 있어 어두컴컴했던 숲은, 태양이 기울기 시작하면서 급속히 깊숙한 어둠에 물들었다.

라미아인 세리나의 경우엔 육안으로 열을 분별할 수 있는 능력을 지니고 있어서 어두운 곳을 나아가는 것도 문제없었지만, 나와 크리스티나 양은 그럴 수 없었다.

서로 눈동자에 마력을 불어넣음으로써 마법적 시력을 부여한 마안으로 바꾸지 않고서야, 밤의 장막이 내려오기 시작한 숲에서는 시야를 확보하기조차 어려웠다.

아득히 멀리 떨어져 있는 대상의 털 한 올부터 땀구멍 하나까지 명암을 가리지 않고 정확히 포착할 수 있는 마안이다. 크리스티나 양의 붉은 눈동자는 마안으로 변화함으로써 마치 피에 물든 보름 달처럼 요사스러운 빛을 내뿜고 있었다.

세리나는 다른 종족을 매료시키는 능력을 지니고 있을 뿐만 아니라 본인부터 극상의 미소녀라고 할 수 있는 미모를 자랑한다. 하지만 그 세리나조차 가끔 크리스티나 양을 돌아보고 살짝 긴장할 정도로, 지금의 크리스티나 양은 정상이 아닌 요염한 매력을 발산하고 있었다.

우드 엘프 일행은 우리를 중심으로 원을 그리며 발걸음을 옮겼다. 불현듯 피오가 그 원형을 깨뜨리면서 마르를 데리고 우리에게 다가왔다.

우드 엘프는 장수하는 종족이기 때문에 그녀의 실제 나이는 알 수 없었지만 피오는 겉보기에 나와 그다지 차이가 나 보이지 않았다. 그녀는 비취색 눈동자에 강한 호기심을 띠고 있었다.

실제 연령은 일단 내버려 두고 정신 연령으로 따지자면 이 우드 엘프 소녀는 겉모습과 별 차이 없을지도 모르겠다.

"미안해, 일부러 숲을 찾아왔는데 이런 일에 말려들게 해서."

"미안해요~."

마르가 피오의 어깨 위에서 풀이 죽은 듯한 목소리를 냈다. 나는 그 모습을 보고 어딘지 모르게 흐뭇한 감정을 느끼면서 신경 쓰지 말라고 대답했다.

"너희들 때문에 벌어진 일이 아니잖아. 당장 얘기만 들어 봐도 오히려 너희들 쪽이 심각한 상황 아닌가? 마계의 군세가 상대였다면 결코 편한 싸움은 아니었을 거야. 다른 우드 엘프 일족의 지원이나, 숲의 존재들과의 협력 체계는 정상적으로 작동하고 있겠지? 인간들의 군대가 개입하기 전에 마계의 존재들을 물리쳐야 할 테니 말이야. 인간들이 이 숲에 발을 들여놓았다가는 그다지 좋은 결과를 기대할 수 없다는 건 나도 동감이야."

나 자신은 현재 왕국의 정치를 맡고 있는 인물이 어떤 인간인지 털끝만큼도 아는 바가 없었지만, 집단으로서의 인간이라는 종족에게 선량한 판단을 기대할 수 없다는 사실은 전생의 씁쓸한 경험을 통해 깨달았다.

정말이지 돌이켜 봐도 그다지 알고 싶지 않은 사실이었다.

"물론 마계 녀석들 따위는 우리 힘으로 반드시 물리칠 거야! 우리 우드 엘프뿐만 아니라, 숲에 살고 있는 다른 종족들도 힘을 합쳐 싸우고 있어. 그리고 머지않아 다른 동포들의 지원군도 도착할 거라구! 그러면 마계 녀석들 따위는 끝장이야!"

"끝장이에요!"

후후후, 피오가 자랑스러운 듯이 호언장담했다. 에헴, 마르가 피오를 흉내 내면서 자그마한 가슴을 펴 보였다. 보는 이들의 마음을 평온하게 만드는, 정말 사랑스러운 사람들이다.

"그렇군, 끝장이라. 하하, 두 사람 다 기운이 넘치는걸. 가능하면 나도 너희들을 돕고 싶은 참이지만, 기오가 허락해줄지 모르겠군."

"오빠는 조금 완고한 구석이 있어서 어떻게 나올지 모르겠지만, 당신들의 협력을 받을지에 관한 진짜 결정은 족장들이 하게 될 거야. 지금은 바깥세상으로 떠났던 사람들도 돌아온 상태니까, 당신들의 힘을 빌리지 않더라도 해결할 수 있을 거라는 생각은 들지만."

흠. 엘프들은 기본적으로 자신들의 사회에서 벗어나는 경우가 적었지만, 가끔 가다가 바깥세상을 동경한 나머지 촌락에서 나와 여행을 다니는 젊은이들도 있다고 들었다.

기오나 피오가 사는 마을에서는 과거에 바깥세상으로 떠난 이들과 연락을 주고받는 수단을 보유하고 있고, 그것을 사용해서 소집을 걸었다는 뜻인 것 같다.

바깥세상의 풍파를 경험한 이들이라면 어느 정도 전투 기술도 몸에 익혔을 테니 믿음직스럽군.

주위의 우드 엘프들이 우리의 대화에 신경을 쓰는 기색은 보이지 않았다. 기오 역시 동생을 말리지 않고 주위의 기척이나 변화에 주의를 기울이고 있었다.

언제 어디서 마도병들이 습격할지 모르는 이상, 기오 일행의 행동은 옳았다.

우드 엘프와 무력 충돌을 피한 덕분인지 세리나는 조금 느슨해진 표정을 짓고 내 오른쪽 옆으로 미끄러져 들어왔다. 그리고 그녀는 생글거리는 표정으로 피오와 마르에게 말을 걸었다.

피오나 마르는 라미아인 세리나를 특별히 경계하지 않았다. 그녀들은 라미아 내지는 뱀의 아인과 친분이 있는지도 모르겠군.

"엘프 여러분의 마을은 어떤 곳이죠? 마르 같은 예쁜 요정분들도 잔뜩 살고 계시나요?"

"우리 마을은 엔테의 숲에서도 가장 서쪽에 위치한 마을이야. 마르 같은 꽃의 요정이나 드리아드들 같은 나무의 정령들과 함께 살고 있어. 그리고 근방에 늑대 인간이나 아라크네의 촌락도 있지만, 지금은 마계의 군단과 싸우기 위해 힘을 합치고 있지. 마계 녀석들의 표적은 지금은 우리 우드 엘프뿐이야."

"다른 우드 엘프분들은 괜찮으신가요?"

"응. 우리 마을에서 가장 가까운 곳도 꽤 멀리 있고, 다른 마을이 습격을 당했다는 연락은 아직 받지 못했어. 아까도 말했지만 부근 마을에서 머릿수를 끌어모아 지원군을 파견하겠다는 연락도 들었으니까 괜찮아. 당신들이야말로 마을에서 하룻밤 묵은 후엔 순순히 바깥세상으로 돌아가 줬으면 해. 옛날에 우리와 교섭하러 왔던 인간들은 예절을 차릴 줄 알았다고 들었지만, 마을에는 인간들에게 좋지 않은 감정을 품은 사람들도 얼마든지 있거든. 세리나는 라미아니까 예외일지도 모르지만."

상황은 상당히 절박하게 돌아가고 있었지만 피오는 아무래도 낯을 가리지 않는 성격인 데다가 굉장히 수다스러워 보였다. 그녀는 세리나와 금방 의기투합했다.

피오는 가끔 크리스티나 양에게도 말을 걸었고, 결코 달변가라고 할 수 없는 크리스티나 양도 피오의 능숙한 화술에 말려들어

한마디씩 대답을 내뱉고 있었다.

이윽고 크리스티나 양의 표정이 점차 풀리는 모습을 보고 있으려니, 이 세 사람은 종족의 장벽을 뛰어넘어 우정을 키워 나갈 수 있을지도 모른다는 생각이 들었다.

피오가 시작한 대화의 고리는 이윽고 주위의 우드 엘프 여성들에게까지 퍼져 나갔다. 어느샌가 표정을 다잡고 주위를 경계하고 있는 것은 기오와 나, 그리고 나머지 우드 엘프 남성들밖에 없었다.

남자 우드 엘프들도 가끔 가다 피오 일행의 쾌활한 표정에 시선을 돌리면서 입가에 웃음을 짓고 있을 정도니, 정말로 주변 경계에 집중하고 있는지는 조금 의심스러운 상황이었다.

나는 내 앞에서 걷고 있던 기오의 등을 향해 말을 걸었다. 이 청년이라면 그녀들을 제지할 수 있는 한마디 정도는 내뱉고도 남을 정도로 보인다만……?

"그녀들의 잡담을 제지하지 않아도 되는 건가? 쓸데없이 큰 목소리를 내다가는 마도병들에게 발각될지도 모르는데."

"마도병들의 습격이 시작된 이후 피오는 일부러 쾌활하게 행동하고 있다. 자칫 잘못하면 공포와 불안에 사로잡히기 십상인 동료들을 격려하기 위해서지. 녀석이 억지로 허세를 부리고 있다는 사실을 알고 있는데도 그 미소의 덕을 보는 일이 많았던 나는, 이제 그만 쉬라는 한마디를 차마 꺼낼 수 없었다. 하지만 지금은 억지로 만들어 낸 미소가 아닌 것 같군. 예전부터 숲 바깥에 흥미가 있었으니 저럴 만도 하지만 말이야. 목소리를 신경 쓸 필요는 없다. 살랑거리는 나무 소리에 섞여서 새 나가지 않도록 나무들에게 부탁해 놓은 상태야."

기오가 그렇게 말하고 동생을 바라보는 눈빛에서 가족에 대한
따뜻한 애정이 엿보였다. 그리고 기오의 말마따나 주위에 있는 나
무들은 가지나 잎사귀들끼리 서로 스치는 소리를 내면서, 줄기를
사용해 바람의 흐름을 반사시키고 있었다. 나는 피오 일행의 목소
리가 바깥으로 새고 있지 않다는 사실을 확인했다.

"그럼 내가 더 할 말은 아무것도 없겠군."

우리는 나무들의 속삭이는 듯한 목소리를 들으며 점점 깊어지는
초록색을 헤치면서 길 같지도 않은 길을 나아갔다. 태양이 마침내
지평선 저편으로 완전히 가라앉을 무렵, 나는 마법으로 민감하게
강화한 감각을 통해 이변을 감지했다.

바람의 흐름이 변한 것도 아닌데 나무들이 더욱 부자연스러울
정도로 술렁대기 시작했다. 바람을 통해 바람의 정령이 지르는 비
명이 들려오고, 밟고 있는 땅바닥을 통해 대지의 정령이 웅성거리
는 소리가 전해져 왔다.

기오는 숲의 이변에 귀를 기울이다가 무심코 발걸음을 멈춘 뒤
경악에 찬 목소리를 냈다.

"이럴 수가?! 녀석들이 움직이는 속도가 더 빨랐단 말인가!"

그는 경악과 공포가 뒤섞인 표정을 짓고 있었다.

"오빠, 서둘러서 돌아가지 않으면 마을 사람들이 위험해!"

"아아앗? 숲이, 바람이, 모두 죽어 가고 있어?!"

피오가 초조하게 얼굴을 일그러뜨리고 마르는 거의 공황 상태나

다름없었다. 크리스티나 양과 세리나도 그 모습을 목격하고 곧바로 이상을 직감했다.

우리 세 사람 가운데 우드 엘프들과 마찬가지로 숲의 비명을 느낄 수 있었던 것은 나뿐이었지만, 두 사람도 이미 이변을 깨닫고 전투태세를 갖추기 시작했다. 두 사람이 이해가 빨라서 다행이군.

"너희들, 미안하지만 마을에 데리고 갈 수는⋯⋯!"

나는 고개를 돌리면서 말하기 시작하는 기오의 발언을 가로막고 마법 영창을 시작했다.

"바람의 이치여 나의 목소리를 들어라 한순간이라도 우리의 등을 밀어주는 질풍이 되어라, 윈드 액셀!"

바람의 흐름에 간섭해서 민첩성을 부여해주는 보조 마법이다. 나는 이 자리에 있는 전원을 대상으로 윈드 액셀을 발동시켰다.

기오는 갑작스럽게 지향성을 부여받은 바람이 자신들의 몸을 에워싸고 있다는 사실에 놀라고 있었다.

나는 기오에게 문답할 시간도 아깝다는 듯이 빠르게 말했다.

"바람 속성의 보조 마법이다. 서두를 생각이라면 도움이 될 거야. 마도병들이 마을을 습격하고 있군, 그렇지 않나?"

"⋯⋯그래. 고맙지만, 너희들은 여기에서⋯⋯!"

"돌아갈 생각은 없어. 여기까지 와 놓고 그냥 돌아갈 수야 없지 않나? 사람 된 도리로는 물론, 현실적인 측면에서도 말이지."

"나도 드란과 같은 생각이다. 우리도 미흡하지만 그대들을 돕고 싶다. 이미 몇 번이나 말했을 텐데?"

"저도 드란 씨와 크리스티나 양에게 동의합니다!"

"목숨이 위험할지도 모른다. 뿐만 아니라 마을 사람들이 너희들의 전투력에 기대하게될 거야. 그리고 아마, 나도 너희들에게 의지하게 될 테지. 너희들을 숲 속의 싸움에 말려들게 했는데도 불구하고."

"너는 자상하군, 기오. 우리는 그래도 상관없다고 말하고 있는 거다."

기오는 우리의 발언을 전부 듣고 더할 나위 없을 정도의 씁쓸한 표정을 지은 뒤 살짝 머리를 숙였다.

"미안하다. 이 은혜는 반드시 갚겠다."

나는 머리를 숙인 기오에게 이렇게 대답했다.

"딱히 은혜를 베풀려는 건 아니야. 자, 가지."

밤의 어둠이 들이닥치면서 마계의 존재들이 발산하는 독기가 맑고 차가운 밤공기를 더럽히기 시작했다. 우리는 그 어둠을 가로질러 그야말로 바람처럼 질주했다.

우리의 목적지에 기다리고 있는 투쟁을 이겨 내고 이 세계에 있어선 안 되는 이들을 몰아내기 위해서—.

기오 일행이 사는 마을은 숲 속에 있는 여러 개의 샘과 가장 나이가 많은 거목을 중심으로 건설된 곳이라고 한다. 500명 정도의 우드 엘프나 요정들이 살고 있다고 했다.

마계의 군세는 지금까지도 산발적으로 습격을 감행했지만 이번 습격은 지금까지와 차원이 다른 규모인 듯했다.

우리는 달빛에 의해 땅에 비치는 그림자조차 내버려 두고 갈 만큼 빠른 속도로 일심불란하게 한 걸음도 쉬지 않고 내달렸다.

이윽고 우리의 시야에 들어온 것은 이형의 군세가 가시나무나 덩굴이 뒤얽혀서 만들어진 방벽을 에워싸고 있는 모습이었다.

마계의 존재들이 우드 엘프들의 촌락을 지키는 방벽을 파괴하기 위해 격렬한 공격을 감행하고 있었다.

마계의 군세는 횃불 하나조차 피우지 않고 달에서 내리쬐는 달빛만을 등불로 삼고 있었다. 그들은 함성 소리나 고함 소리는커녕 신음 소리조차 내지 않은 채 방벽을 향해 묵묵히 모여들었다.

마도병들은 죽음에 대한 공포는 물론이거니와 잃어버릴 생명조차 없으니 그저 묵묵히 행진할 뿐이다. 그 모습은 대자연으로부터 생명을 하사받은 모든 이들의 눈에, 이보다 더할 수 없이 흉악한 형태로 비치고 있었다.

생명을 가지지 못한 이들의 일그러진 모습을 보고 내 옆을 달리던 크리스티나 양과 세리나는 크게 숨을 삼켰다.

마도병들의 눈앞에 엄숙하게 버티고 있는 방벽에는 여기저기에 붉은색, 노란색, 보라색, 흰색, 초록색 등 다양한 색깔의 꽃들이 피어 있었다. 마도병들이 무심코 접촉하기만 해도 곧바로 가시가 뻗어 나와 그 몸을 꿰뚫었고, 상처를 통해 마도병들을 구성하고 있는 힘을 남김없이 빨아들였다.

자연스럽게 만들어진 것으로 보이지 않는 이 방벽은, 우드 엘프를 비롯한 숲에 사는 이들을 지키기 위해 나무들이 스스로의 의지로 모습을 변형시켜서 탄생한 살아 있는 벽이었다.

뿐만 아니라 방벽의 정상에 우드 엘프나 수인족, 충인족(蟲人族)의 모습이 보였다. 그들은 방벽으로 몰려드는 마도병들을 향해 화살을 쏘거나 바위를 떨어뜨리고, 마법을 사용하면서 최대한의 저항을 시도하고 있었다.

방벽을 파괴하기 위해 몰려드는 마도병 군단은 오직 젤트만으로 구성된 병력이 아니었다.

나의 두 배 정도 되는 덩치에 강철빛으로 빛나는 근육의 갑옷을 걸치고, 통나무처럼 굵은 팔과 눈 코 입이 없는 밋밋한 얼굴이 특징인 마도병 자르츠가 보였다.

그리고 예리한 발톱을 날카롭게 세운 네발짐승의 하반신에, 기병창을 지닌 오른팔과 원형 방패를 든 왼팔을 갖추고 있으며 투구 안쪽에서 붉은 눈동자를 빛내고 있는 마도병 가나프의 모습도 확인할 수 있었다.

자세히 보니 방벽을 구성하고 있는 것과 똑같은 품종의 가시나무가 땅바닥에서 수도 없이 뻗어 나와, 대형을 짜고 있는 마도병들의 발목을 휘감거나 목을 졸라 죽이고 있었다. 그리고 말뚝처럼 날카롭게 변형된 나무뿌리가 마도병들의 몸통이나 허벅지를 관통하기도 했다.

마도병들은 그러한 장애물들로 인해 좀처럼 방벽에 다가서지 못하고 있었다.

우드 엘프 종족은 마도병 군단을 상대로 내 예상보다 훨씬 선전하고 있었다.

하지만 내가 그런 감상을 품을 수 있던 것도 후방에서 흙먼지가 피어오르며 거대한 기마병이 달려올 때까지의 짧은 시간에 지나지 않았다.

우리는 마을 남서쪽에서부터 달려가고 있었다. 그러나 우리의 시선이 고정된 마을 북쪽으로부터 마도병들과는 명확하게 다른 거대한 힘이 네 개나 느껴졌다. 그중 하나가 엄청난 속도로 마을 방벽에 들이닥치고 있었다.

거대한 그림자는 한 발자국 디딜 때마다 대량의 흙먼지를 일으켰다. 마도병 가나프와 마찬가지로 짐승 모양의 하반신에 팔 자체가 거대한 기병창과 원형 방패의 형태로 보였다.

다만 눈이 없는 짐승의 머리가 그 상반신과 하반신의 경계에 달린 채로 이빨을 살벌하게 부닥뜨리고 있었다. 그리고 상반신은 중후한 갑옷으로 빈틈없이 방어하고 있었다.

핏빛의 갑옷과 창, 방패 그 모두가 스스로의 육체를 필요에 따라 변형시킨 형태였다.

나와 비교해서 세 배 정도의 덩치를 자랑하는 거구의 기마병이, 진로 상에 존재하는 마도병들은 물론이고 땅바닥에서 튀어나온 가시나무나 나무뿌리에 아랑곳하지 않고 돌격을 감행했다. 날카로운 여섯 개의 발톱을 세운 거대한 발바닥으로 장애물들을 전부 짓밟고 오른팔의 창으로 쓸어버리면서 돌진했다.

그것은 그 누구도 막을 수 없는 파괴의 돌격이었다.

바람을 잡아 뜯으며 질주하는 거대한 기마병이 굵고 탁한 목소리로 고함을 질렀다. 자아가 없는 마도병들과는 달리, 저 기마병은 스스로의 의지를 지니고 있는 듯했다.

"죽고 싶지 않거든 길을 비켜라! 이 게오루드의 앞을 가로막는 자는 남김없이 산산조각 날 줄 알아라!!"

스스로 게오루드라고 자랑스럽게 이름을 내세운 기마병의 주위에 온몸에서 발산되는 붉은 마력에 의한 역장이 형성되었다. 그 역장은 전방을 향해 내민 기병창에 모여들어 돌격의 파괴력을 극적으로 강화시켰다.

게오루드는 셀 수도 없을 정도의 젤트와 자르츠를 짓밟으면서 그 육신들을 원형조차 남기지 않고 누더기로 만들고 있었다. 이윽고 게오루드는 마을을 지키고 있는 방벽을 향해 거대한 기병창의 창날을 쑤셔 박았다.

게오루드가 방벽과 격돌한 순간, 기병창에 감돌던 붉은 마력과 나무의 방벽에 흐르고 있던 정령들의 마력이 서로 격렬하게 부딪혔다. 그리고 그 격돌은 충격파의 형태로 변하여 사방의 공간을 향해 대폭발을 일으켰다. 부근에서 얼쩡거리고 있던 마도병들은 마치 모래 먼지처럼 부스러져서 날아갔고, 방벽 위에 서 있었던 우드 엘프들도 평형 감각을 잃고 무릎을 꿇었다.

충격파에 이어 우리가 느낀 것은 격돌로 인해 발생한 엄청난 음량의 굉음이었다. 그것은 평범한 굉음이 아니었다.

방벽을 구성하고 있던 나무들의 비명이 우리의 육체와 혼에 직접적으로 울린 것이다.

마계의 존재들이 발산하는 살기와 파괴 의지를 잔뜩 내포하고 있던 마력은, 나무들에게 물리적 영역뿐만 아니라 영적인 고통까지 선사했다. 뿐만 아니라 그 목소리를 들은 크리스티나 양이나 세리나도 온몸을 꿰뚫린 듯한 고통 때문에 한순간 짧은 신음 소리를 흘렸다.

인간이나 라미아조차 이 모양이니 숲과 생사를 함께하는 우드 엘프들이 느꼈을 고통은 말로 표현할 수 없을 정도였으리라.

기오나 피오, 그리고 다른 우드 엘프들이나 마르도 그 자리에서 한쪽 무릎을 꿇은 채 어금니를 깨물며 몸으로 직접 느낀 나무들의 고통에 필사적으로 견디고 있었다.

기오 일행은 그 단정한 얼굴에 진땀을 흘리고 있었고, 원래부터 새하얀 피부에서 더욱 핏기가 가시자 마치 밀랍 인형 같은 얼굴빛을 띠었다.

하지만 그들의 마음속에서 격렬하게 타오르기 시작한 감정이 일시적으로 멈추고 있던 다리를 다시 움직이게끔 했다.

자신들의 가족이나 다름없는 나무들을 상처 입히고 숲에 사는 이들에게 불합리한 죽음을 강요하는 마계의 존재들에 대한 순수한 분노—.

나는 기오의 눈동자 속에서 스스로의 몸조차 태워버릴 듯한 분노의 불꽃이 미쳐 날뛰고 있는 것을 놓치지 않았다. 게오루드가 방벽에 끝까지 찔러 넣었던 기병창을 뽑아낸 후에, 다시금 돌격을 감행하려고 짐승의 네 다리를 움직여 물러나며 도움닫기를 시작하고 있었다.

"흥! 마도병 놈들의 공격은 버틸 수 있어도 이 몸의 창이 내뿜는 일격은 버티지 못한다는 말이냐? 여하튼 방금 내지른 비명 소리는 아주 좋았다. 다시 한 번 이 몸의 돌격을 선사해주마!"

나무들의 방벽은 지금까지 마도병들의 격렬한 공격을 받으면서도 건재했다. 하지만 지금은 무참하게 커다란 구멍이 뚫린 상태였다.

자세히 보니 방금 전의 돌격으로 파괴된 나무나 덩굴들의 단면이 꿈틀거리면서 범상치 않은 속도로 재생을 시작하고 있었다. 하지만 게오루드가 다시 한 번 일격을 가하는 쪽이 더 빠를 것이다.

　게오루드는 방금 전의 일격으로 방벽에 생긴 커다란 구멍을 바라보고 자신의 오른팔을 후방을 향해 크게 당겼다. 녀석은 저 구멍을 더 크게 넓힐 생각이었다.

　마음대로 할 순 없을 거다, 내가 그렇게 생각하며 당장 쓸 수 있는 적당한 일격을 게오루드에게 박아 넣으려고 용종의 혼에서 마력을 조달하려고 한 바로 그 순간이었다. 게오루드가 한 발자국 디딜 때마다 땅바닥에 금이 가더니 일제히 대량의 가시나무가 뻗어 나와 그 거구를 휘감아 공중으로 들어 올렸다.

　"뭐냐, 이 잔재주는! 이 정도의 포박으로 이 게오루드를 결박할 수 있다고…… 으윽?!"

　게오루드의 거구를 결박한 가시나무는 아까 녀석이 짓밟아버린 것들과는 달리, 핏빛으로 빛나는 갑옷과 짐승의 하반신이 꼼짝달싹 못하도록 강력한 구속 능력을 발휘하고 있었다.

　가시나무에 빽빽이 들어찬 가시가 게오루드의 하반신에 파고들었다. 그리고 가시가 관통한 부분에서 밤의 어둠과도 같은 빛깔의 검은 피가 서서히 번지기 시작했다.

　가시나무가 그 검은 피와 마력을 게걸스럽게 흡수하기 시작하자 가시나무 여기저기에서 장미꽃이 흐드러지게 피어났다.

　그것은 깊고 어두운 암흑을 연상시키는 검은 장미였다.

　"그오오, 네 이놈! 이 몸의 피와 마력을 흡수해서 꽃을 피우다니! 불길한 검은 장미 같으니라고!"

게오루드는 기병창 형태의 오른팔을 마구 휘두르면서 어떻게든 검은 장미의 구속에서 벗어나기 위해 몸부림치고 있었다. 하지만 게오루드가 아무리 날뛰어도 검은 장미의 구속은 꼼짝도 하지 않았다. 오히려 녀석이 몸부림을 치면 칠수록 가시나무는 더욱 깊이 파고들어 대량의 검은 피를 빨아들이고 있었다.

문득 게오루드의 정면에 위치한 방벽 위에 새로운 그림자가 나타난 것이 보였다.

하염없이 내리쬐는 달빛이 그 그림자가 걸치고 있던 어둠의 망토를 벗기면서 고혹적인 정체를 폭로했다.

그림자의 정체는 여자였다. 다만 극상의 여자라고 표현해야만 할 것이다. 그리고 요사스럽다는 표현도 들어맞으리라.

방벽 위에 살며시 내려앉은 그 여성의 몸매는 여체의 이상형 가운데 하나라고 할 수 있을 정도로 균형 잡힌 모습이었다. 풍성하게 솟아오른 가슴이나 둥그런 선을 그리는 엉덩이, 그러한 요소들을 커다란 곡선으로 연결하는 벌처럼 잘록한 허리가 모여서 만든 미모는 크리스티나 양에 필적할 정도였다.

그 요염한 몸매가 그리는 곡선을 똑똑하게 강조하는 칠흑빛 드레스가 휘날린다.

스커트 왼쪽에 허벅지 윗부분을 그대로 노출시킬 정도로 깊숙한 슬릿이 트여 있고, 그 틈새로 얇은 스타킹에 감싸여 있는 새하얀 다리가 뻗어 있었다.

뿐만 아니라 드레스의 상반신은 남자들의 시선을 빨아들일 듯한 고혹적인 계곡을 그리는 가슴의 북반구부터 가냘픈 어깨까지 훤하게 보이는 대담한 구조였다.

검은 구슬처럼 빛나는 흑발 사이에 게오루드를 구속하고 있는 것에 비해 가느다란 넝쿨이 섞여 있고, 군데군데에 암흑빛 꽃잎을 지닌 검은 장미가 피어 있었다.

그리고 양쪽 귀의 위쪽 부근에 한층 커다란 검은 장미—.

나는 그 미녀의 정체를 즉석에서 간파할 수 있었다.

"장미, 아니 검은 장미의 정령인가?"

"맞아요. 엔테의 숲에 거처하고 있는 장미의 정령 중에서도 가장 힘이 센 디아드라예요!"

마르가 내 혼잣말을 듣고 쾌활한 목소리로 대답했다. 방금 전까지 공포와 고통에 시달리고 있던 마르가 이런 목소리를 낼 정도로 저 검은 장미의 정령이 믿음직스럽다는 말인가?

"디아드라⋯⋯."

디아드라는 달을 등진 채 검은 피로 물든 마계의 장수를 냉혹한 눈빛으로 내려다보았다. 그 위엄은 마치 밤하늘의 여왕으로 군림하는 듯, 그야말로 제왕의 품격을 한껏 뽐내고 있었다.

나는 날카롭고 차가운 눈매로 게오루드를 내려다보는 디아드라의 모습을 보고, 세리나와 처음 만났을 때처럼 마음이 동하고 있음을 느꼈다.

제6장 마화의 공주의 비웃음

 우리는 마도병들의 통솔자인 게오루드가 검은 장미의 사슬에 사로잡혀 움직이지 못하는 모습을 곁눈질로 바라보며 서둘러 방벽으로 다가갔다.

 우리는 방벽을 포위하고 있던 마도병들의 배후를 공격하는 형태로 접근하여, 수적 열세를 아랑곳하지 않고 단번에 그들의 진형을 가로질렀다.

 "다들, 마을까지 얼마 안 남았다. 방심하지 마!"

 기오가 고개를 돌리고 일행을 격려하자 전원이 「오오!」라는 용맹한 함성으로 대답했다.

 나는 그 경쾌한 응답을 듣고 그들의 결속이 얼마나 굳건한지 깨달았다.

 땅바닥에서 뻗어 나온 가시나무나 나무들은 마도병들을 방해했지만 우리를 방해하지는 않았다. 진행 방향에 늘어서 있던 나무들도 우리가 다가서자 자연스럽게 좌우로 비키면서 길을 만들어줬다.

 나는 젤트 몇 마리가 나무를 밟고 도약한 후 가시나무들을 헤치면서 덮쳐 오는 모습을 보고 마력을 집중시켰다.

 "힘의 이치여 나의 목소리를 들어라 수많은 화살로 변해 내 눈앞의 적을 꿰뚫어라, 에너지 레인!"

 내가 치켜든 왼손에서 공중의 젤트 군단을 향해 20발에 이르는 순수한 마력의 화살이 발사됐다.

하얗게 빛나는 마력의 화살이 달빛의 베일이 걸린 밤의 어둠 속을 누비면서 눈부신 발자취를 남겼다. 그리고 도약하고 있던 젤트들을 한 마리도 남기지 않고 전부 꿰뚫었다.

마을을 지키고 있던 방벽에는 문은커녕 조그마한 빈틈조차 보이지 않았기 때문에 어떻게 마을로 들어가려는지 알 수 없었다. 하지만 기오가 방벽에 다가서자 뒤얽혀 있던 나무뿌리 가운데 몇 줄기 정도가 저절로 풀리더니 발판으로 그 모습을 변형시켰다.

방벽인 동시에 아군에게는 계단이나 사다리의 기능을 발휘하는 건가?

그런 능력이 있다면 문이 존재하지 않는 것도 납득이 가는군.

기오를 선두로 우드 엘프들이 나무뿌리로 된 계단을 뛰어 올라갔다. 하지만 부근에 몰려와 있던 마도병들이 방해하려고 달려들었다. 당연한 흐름이다.

마도병들의 입장에서도 지금이 방벽 내부로 침입할 수 있는 절호의 기회였기 때문이다.

나는 계단으로 몰려오는 마도병들을 상대로 일단 걸음을 멈추고 발길을 되돌렸다.

시간을 버는 편이 좋을 거라는 판단에 의한 행동이었는데 크리스티나 양과 세리나도 나와 같은 생각을 한 것 같았다. 두 사람은 마침 내 양옆에 늘어섰다.

아니, 크리스티나 양이라면 몰라도 세리나의 경우엔 내가 걸음을 멈춰서 반사적으로 함께 멈춘 걸지도 모른다. 하지만 그녀도 곧바로 우리의 의도를 깨닫고 마력을 집중시키기 시작했다.

세 사람이 강력한 마법을 동시에 사용하면 전원이 방벽 위에 도착할 때까지 시간을 벌 수 있을 것이다.

"크리스티나 양, 세리나. 이걸 사용해서 강력한 마법을 시전하도록 해. 그러고 나서 우리도 방벽 안쪽으로 철수한다."

나는 벨트에 묶어 놓았던 주머니 중 하나에서 흰색의 수정을 원형으로 가공한 듯한 돌을 크리스티나 양에게 건넸다.

"마정석인가? 상당히 순도가 높은 돌이군. 학원에서도 구경해본 적이 없을 정도야."

크리스티나 양이 조금 놀란 말투로 반응한 것처럼 내가 건넨 돌은 마력을 내포하고 있는 마정석이었다.

내가 어머니 배 속에 있었을 당시, 베른 마을 부근에 창조한 마정석의 광맥에서 채굴하여 가공한 돌이다.

마정석의 마력은 마법을 사용할 경우 육체의 마력 대신 사용할 수도 있고 마법 자체와 그 효과를 강화할 때도 사용된다.

"내가 태어나기 얼마 전부터 마을 부근에서 채굴되기 시작한 마정석이야. 타지에 도매로 팔아넘길 만큼 흔한 편이지만 마을의 자금원 중 하나지. 그리고 세리나는 이걸 쓰도록 해."

"예. 아, 이쪽은 드란 씨가 늪에서 발견하신 거지요?"

"맞아. 별생각 말고 마음껏 사용하도록 해."

세리나에게는 지정석을 건넸다. 리자드 종족의 촌락 부근에 있던 늪에서 대지의 정령을 격퇴하고 입수한 돌이다.

뜻하지 않게 요긴하게 써먹게 된 셈이지만 물론 이런 기회는 오지 않는 편이 더 좋았다. 세리나는 내가 건네준 결정체를 양손으로 움켜쥐더니 지정석에 담긴 대지의 정령력과 자신의 마력을 융합시키기 위해 집중했다.

크리스티나 양도 왼손에 움켜쥔 마정석과, 마법을 행사할 경우에 위력 강화나 술식 보정의 촉매 기능까지 갖추고 있던 장검에 스스로의 마력을 부여했다. 그러자 그녀의 은색 머리카락이 아련한 청백색으로 빛나기 시작했다.

우리의 강력한 마력을 감지한 나무들이 주위의 가시나무나 뿌리들을 지하로 거둬들였다. 그때까지 마도병들을 가로막고 있던 장애물들이 사라지고 시야가 단번에 넓어졌다.

"바람의 이치여 나의 명에 따르라 바람이여 자유로운 그대를 결박하여 셀 수 없는 칼날로 바꾸리니 휘몰아쳐라, 토네이도!"

크리스티나 양이 몸을 지킬 방패가 사라진 마도병들을 향해 강력한 소용돌이의 마법을 사용했다. 크리스티나 양이 행사한 바람 속성의 상급 마법은 그 명칭에 걸맞게 회오리바람을 발생시키는 술법이다. 회오리바람은 땅바닥을 도려내 흙먼지를 일으킨 뒤, 용이 그 장대한 몸통에 소용돌이를 두르고 대기 속을 요동치면서 승천하는 착각을 불러일으켰다. 동시에 발생한 바람의 칼날이 마도병들의 육신을 갈기갈기 찢어발기고 있었다.

나나 크리스티나 양이 사용하는 마법은 물리적, 영적 법칙에 간섭해서 특정한 현상을 유발시키는 이치 마법이라고 불리는 종류였다. 하지만 이세계의 주민인 정령과 의사를 교환함으로써 사용하는 정령 마법의 경우, 특정한 영창이나 술식의 행사가 필요 없는 경우가 많았다.

"대지의 정령이여! 나의 적은 그대의 적 그 몸을 예리한 창으로 바꾸어라!"

상위 정령인 대정령이나 정령왕이라고 불리는 존재들의 힘을 빌릴 경우엔 영창이나 술식을 필요로 하는 경우도 있겠지만, 그렇게 격이 높지 않은 정령의 힘을 빌린다면 지금 세리나가 보여준 것처럼 간이 영창으로 발동시킬 수도 있었다.

하물며 세리나의 종족인 라미아는 선천적으로 땅 속성을 지닌 존재인 만큼, 대지의 정령력을 소환하는 것은 특기 중의 특기라고 할 수 있다. 뿐만 아니라 지정석의 힘까지 빌렸으니 더 말할 것도 없었다.

묵직한 땅울림 소리에 조금 뒤처져서 대지가 솟아올랐다. 어른 세 사람 정도가 양손을 벌려야 겨우 감싸 안을 수 있는 굵은 창이 대지로부터 무수히 출현했다.

마도병들은 발밑에서 갑작스럽게 뻗어 온 창에 의해 머리나 몸통이 뚫리거나, 창과 창 사이에 끼어서 갈려 나갔다. 아니면 여러 방향에서 뻗어 온 창에 압사당하기도 했다.

세리나가 일으킨 대지의 융기는 마도병들의 진군을 막는 벽의 역할까지 수행하고 있었다.

"두 사람 다 일을 화려하게 벌이는 걸 보니, 나도 질 수 없겠는 걸? 힘의 이치여 나의 목소리에 따르라 모여라모여라모여라 모여서 산산이 깨져라, 익스플로전!"

나는 크리스티나 양과 세리나의 마법에서 겨우 벗어날 수 있었

던 마도병들을 향해, 지정한 범위에 폭발 현상을 일으키는 마법을
사용했다.

내가 치켜든 왼손이 가리키는 방향에 나의 혼에서 추출된 방대
한 마력이 모여들었다. 그리고 육안으로 확인할 수 있을 정도로
압축된 하얗게 빛나는 구슬의 형상으로 변했다.

그 빛의 구슬은 작은 태양과도 같이 격렬한 빛을 내뿜었다. 나는
쳐다보고 있으면 눈이 멀어버릴 것만 같은 빛의 구슬을 마도병들
의 진형 한복판을 향해 발사했다.

빛의 구슬이 착탄하자, 남아 있던 마도병들이 진을 치고 있던 일
대에 그 명칭에 걸맞은 엄청난 폭발 현상이 발생했다.

바로 그 순간이었다. 주위의 소란이나 바람 소리, 나무들의 속삭
임까지 집어삼킬 정도의 엄청난 굉음이 발생했다. 그리고 대기를
타고 온 충격이 우리의 온몸으로 전달됐다.

폭발에 휘말렸던 마도병들은 새하얀 빛 속에서 검은 그림자로
변해 줄이 끊어진 꼭두각시 인형처럼 흐느적거리는가 싶더니, 뒤
이어 덮쳐 온 충격에 의해 우수수 무너져 내렸다.

폭발의 빛과 충격이 잦아든 일대에 마도병들이 존재했던 흔적은
한 조각도 남아 있지 않았다. 내가 주위의 나무들이 말려들지 않
도록 폭발을 조절했기에 지형 변화는 일어나지 않았다.

세 사람의 마법이 제각각 종결됐다. 시선을 좌우로 돌려봐도 남
아 있는 마도병의 모습은 확인할 수 없었다. 일단 이걸로 시간은
충분히 벌 수 있었을 것이다.

우리는 서로 얼굴을 마주 보면서 충분한 성과를 거둔 것을 확인

하고 곧바로 등 뒤의 나무뿌리 계단을 밟고 단번에 뛰어 올라갔다.

기오는 방벽 위에서 우리를 기다리고 있었다. 그는 넋을 잃은 표정으로 우리를 쳐다보고 있었다. 그러고 보니 기오 앞에서 제대로 싸우는 모습을 선보인 건 이번이 처음인가?

아무리 마정석의 보조를 받았다고는 하나, 기오도 우리가 사용한 마법의 위력을 목격하고 우리의 전투력에 대한 평가를 크게 향상시킬 수밖에 없었을 것이다.

"너희들을 의지하고 싶게 만드는군."

"의지가 된다는 모습을 보여주고 싶었거든."

기오는 내 대답을 듣고 두통이라도 느꼈는지 이마에 손을 갖다 댄 채로 힘없이 고개를 가로저었다. 기오가 하고자 하는 말과 느끼고 있을 감정은 짐작하고도 남는다.

크리스티나 양과 세리나의 마법도 내 예상보다 훨씬 강력했으니까 말이야.

방벽 위에서 합류한 세 사람의 우드 엘프 젊은이들은 우리 세 사람이 도착한 것을 확인하더니 기오에게 우리들의 정체에 관해 물었다.

"기오, 그들은 대체 누구지? 일단 외부인인 건 확실하겠지만……."

방금 보여준 행동과 우리의 종족을 고려하면 마도병 측이 아니라는 것 정도는 짐작하고 있겠지만, 아군으로 판단할 근거도 불충분한 상황이니 그들이 의문을 품는 것은 당연했다.

"숲을 조사하러 왔다는군. 마르의 생명을 구해준 은인이기도 하지. 그리고 우리에게 힘을 빌려준다고 한다. 능력은, 방금 보여준 그대로야."

"기오~, 지금 이러고 있을 때가 아니에요~. 빨리 가지 않으면 디아드라가 위험하다고요!"

"오빠, 드란 씨. 서둘러서 북쪽으로 가야만 해. 일대일이라면 디아드라를 걱정할 필요가 없겠지만, 강하고 커다란 기운이 저 게오 어쩌구 말고도 셋이나 더 있어!"

마르와 피오의 말이 옳았다. 내가 보기에도 저 디아드라라는 검은 장미의 정령이 지닌 능력은, 불완전한 힘밖에 사용하지 못하는 마계의 존재들과 비교해도 결코 뒤떨어지지 않았다.

하지만 북쪽에 진을 치고 있는 마도병 군단의 후방에 게오루드와 적어도 동격 이상의 능력을 지닌 존재가 세 녀석은 있었다.

녀석들이 전선에 나설 경우, 전황은 간단하게 전복되어 마계 측에 유리하게 기울 것이다.

기오는 동생의 말을 듣고 일시적으로 느슨해졌던 표정을 다잡은 후 곧바로 주위 사람들에게 호령을 내렸다.

"지엔은 이곳을 지켜줘. 우리는 이대로 북쪽으로 향한다. 드란, 크리스티나, 세리나. 미안하지만 부탁한다."

나는 아직도 망설이는 기오에게 큰 자신을 실어 고개를 끄덕였다. 이런 태도를 보이는 편이 이 청년의 죄책감을 덜어줄 수 있을 것이다.

"그래, 얼마든지."

나뿐만 아니라 크리스티나 양과 세리나도, 각자 있는 힘껏 고개를 끄덕였다.

† † †

　드란 일행이 방벽에 도착했을 즈음, 검은 장미의 여왕은 밤의 어둠과 달빛을 등지고 북쪽 방벽 위에 올라탄 채 넝쿨로 포박한 게오루드를 도도하게 내려다보고 있었다. 선명한 붉은빛으로 젖어 있는 입술이 움직인다.

　장미의 꽃잎을 도려낸 듯한 그 아름다운 입술이 눈매와 마찬가지로 극한의 냉기를 품은 말들을 내뱉고 있었다.

　"꽃과 풀들을 짓밟은 죄. 나무들을 상처 입힌 죄. 벌레들을 으깨 죽인 죄. 짐승들을 살육한 죄. 숲의 백성들로부터 목숨을 빼앗은 죄. 숲을 더럽힌 죄……. 너희들의 죄를 열거해 나가자면 끝이 없구나."

　게오루드는 디아드라의 말을 전부 듣고 그 말에 담긴 냉철한 살기가 상쾌하다는 듯 굵은 목소리로 웃어넘겼다.

　"후하하하! 죄라고? 너희들에게는 그런 게 죄란 말이냐? 내가 한마디 하자면 진정한 죄는 약하다는 거다! 죽고 싶지 않으면 그 전에 적을 죽이면 되지 않나! 적을 죽일 힘이 없는 약자이기 때문에 우리의 손에 죽임을 당한 거다. 약하다는 게 죄가 아니면 뭐란 말이냐? 지상의 존재들은 그런 간단한 이치도 모르는가! 이거야 정말 웃기지도 않는구나, 후하하하하하하하하하!!"

　게오루드는 온몸을 결박당한 상황임에도 불구하고 공포를 전혀 느끼지 않는 대담한 태도를 유지하고 있었다.

스윽, 디아드라의 검은 눈동자에 지금까지와 다른 빛이 감돌았다.

잠시 삐걱거리나 싶더니 검은 장미의 구속이 점점 강해지고 게오루드의 상반신을 덮고 있는 갑옷이 비명과 같은 소리를 내기 시작했다. 짐승의 하반신에서 흐르는 검은 피의 양도 더욱 늘어났다.

게오루드는 지금 느껴지고 있는 고통을 견디기 위해 이빨을 깨물었다. 우드득, 그 입에서 마치 바위를 씹어 먹는 듯한 소리가 새어 나왔지만 비명은 지르지 않는다.

"마계의 존재들은 전부 너 같은 놈들뿐인가? 나야말로 너의 죄를 하나 가르쳐 드리지. 너의 죄는, 나에게 소멸당할 정도로「약하다는」거란다."

게오루드는 약하다는 것은 죄라고 호언장담했다. 디아드라는 날카로운 한마디로 그 말을 본인에게 그대로 되돌려주고 나서 오른팔을 천천히 들어 올렸다.

천상의 달을 가리키는 듯한 팔의 움직임에 따라, 디아드라의 등 뒤─ 장벽의 안쪽에서 불쑥 고개를 쳐든 그림자가 있었다.

그것은 디아드라를 한입에 집어삼킬 정도로 거대한 뱀이나 용의 그림자로 보였지만, 달빛 아래에 드러난 그 모습은 셀 수도 없이 많은 가시나무들이 서로 뒤얽혀 있는 덩어리였다.

셀 수도 없이 많은 검은 장미들이 가시나무 여기저기에 꽃을 피우고 있는 모습을 보건대, 디아드라가 지니고 있는 검은 장미의 정령력을 사용해 만들어 낸 것이리라.

서로 복잡하게 뒤얽힌 가시나무들의 선봉이 갈고닦은 창날처럼 예리하게 빛나고 있었다. 디아드라의 마력은 넘쳐흐를 정도로 충만하여 꺼림칙한 살기를 발산하고 있었다.

디아드라의 마음속에서 격렬하게 소용돌이치던 증오나 분노뿐만 아니라, 말로 표현할 수 없는 복잡한 감정들이 평소보다 훨씬 강력한 힘을 낳음으로써 이 아름다운 검은 장미의 정령에게 강대한 부(負)의 마력을 부여하고 있었다.

"너희 같은 존재가 있는 것만으로도 불쾌해. 네가 지은 또 하나의 죄는 이 세계에 튀어나왔다는 거로구나."

디아드라는 머리 위의 달을 향해 뻗고 있던 섬세한 손길을 참수형의 집행을 명하는 듯한 동작으로 사정없이 내려쳤다. 그러자 거대한 검은 장미의 창이 대기를 꿰뚫고 돌진했다.

아무리 마계의 장수가 강인한 육체의 소유자라고 해도 이 일격을 맞고 무사히 끝날 리가 없다. 게오루드를 지키는 갑옷의 가슴 부위에 거대한 구멍이 뚫리면서 검은 피의 꽃은 커다란 꽃송이를 피우게 될 것이다.

게오루드는 이미 저항할 수단이 없었다. 디아드라는 물론이거니와 마계의 독기에 몸서리치고 있던 바람, 그리고 이날 밤의 사투를 지켜보고 있던 달까지도 모두 그렇게 생각했을 것이다.

하지만 그때, 어딘가에서 명랑하고도 쾌활한 목소리가 울려 퍼졌다.

"아핫."

하나의 그림자가 마치 바람에 흩어지는 꽃잎들처럼 경쾌하게 춤추는 동작으로 밤하늘을 가로질렀다. 작은 몸집의, 그야말로 꽃봉오리처럼 아름다운 10대 중반 정도로 보이는 소녀의 그림자였다.

검은 그림자의 실루엣은 들이닥치는 검은 장미의 창날에 착지했다. 그림자가 붉은 장갑에 감싸인 손가락으로 창을 만지자마자 디아드라의 마력이 안개처럼 흩어졌다.

검은 장미의 창은 창날 부분부터 급격히 힘과 생기를 잃고 맥없이 시들면서 무너져 내렸다.

혼신의 힘을 담은 일격이 무위로 돌아가는 것을 목격하고 디아드라의 미모가 걸치고 있던 냉철한 가면에 금이 가기 시작했다.

"너무 방심한 거 아냐, 게오?"

자그마한 그림자는 무너지는 장미의 창을 발판 삼아 다시금 허공으로 도약하더니, 아직도 구속된 상태였던 게오루드의 왼쪽 어깨에 착지했다.

게오루드의 어깨 갑옷 위에서 그림자의 맨얼굴이 드러났다.

부드러운 곡선을 그리는 윤곽에 자그마한 꽃잎을 연상시키는 입술과 동그란 눈동자가 사랑스럽게 배치되어 있었다. 얼핏 보기엔 사람들이 상상하는 가련한 소녀의 이미지가 현실로 나타난 것 같았다.

하지만 말라붙은 피처럼 검붉은 색깔의 드레스와 가냘픈 체구에서 발산되는 방대한 마력은, 보는 이로 하여금 등줄기에 고드름을 갖다 댄 듯한 오한을 느끼게 했다.

그 토파즈처럼 아름다우면서도 이 세상의 모든 악과 부정을 내포한 듯한 눈동자—.

그 눈동자는 지상에 사는 생명 모두를 향한 비웃음으로 가득 차 있었다. 그녀는 마치 분노와 증오로 몸과 마음을 가눌 수가 없을 정도인 디아드라에게 「왜 그렇게 화내는 거야?」라고, 알면서도 일부러 물어보며 조롱했다.

"흥! 라플라시아! 네 도움 따위가 없어도 스스로 빠져나올 수 있었다!"

게오루드가 장담했다.

라플라시아, 그것이 이 마성의 소녀를 칭하는 이름인 것 같다.

라플라시아는 허벅지에 닿을 정도로 긴 붉은색 머리카락을 목덜미 부근에서 네 갈래로 나누어 검은 리본으로 묶고 있었다. 그녀는 게오루드의 말을 듣고 고개를 갸웃거렸다.

"어머나, 또 센 척하네? 하지만 선두에 서서 매운맛을 보는 게 네 역할이니까, 한번 깔보기만 하고 넘어갈게. 보아하니 본래 역할은 제대로 해낸 것 같으니까."

라플라시아가 손가락으로 게오루드의 온몸을 구속하고 있던 검은 장미를 건드리자, 방금 전과 동일한 현상이 발생하면서 가시나무는 순식간에 먼지로 변했다.

게오루드는 구속에서 해방된 후에 공중에서 지상으로 낙하하는 동안 가볍게 몸을 털고 몸에 엉겨 붙었던 검은 장미의 잔해를 뿌리쳤다.

라플라시아의 지원이 없었을 경우에 대체 무슨 수로 검은 장미의 구속에서 벗어날 생각이었는지, 게오루드를 제외하면 누구도 알 수 없는 일일 것이다. 게오루드는 흉악하게 빛나는 눈동자로 자신에게 치욕을 안겨준 디아드라를 노려보고 있었다.

마력에 대한 방어술을 익히지 않은 이라면 그 자리에서 졸도하거나 최악의 경우엔 광기에 사로잡힐 정도로 강력한 마성의 시선이었다.

"내 역할은 누구보다도 빠르게 적을 짓밟아 죽임으로써, 그 피와 목숨으로 전투의 시작을 만천하에 알리는 일이다! 멋대로 지껄이지 마라!"

"그렇게 생각하는 건 너뿐일걸? 겔렌하고 게오르그도 다들 나하고 똑같은 생각일 거야. 후후, 아까부터 검은 장미 언니가 무서~운 눈빛으로 우리를 쳐다보고 있네? 하고 싶은 말이라도 있어?"

디아드라의 시선이 게오루드로부터 라플라시아에게 이동했다. 이 검은 장미의 미녀가 누구를 최대의 강적으로 인정했는지는 일목요연했다.

디아드라는 게오루드가 안중에 없는 건지, 그 눈동자를 라플라시아가 입가에 떠올리고 있는 조소에 고정한 채 냉철한 목소리를 내뱉었다.

"너냐? 내 동포들의 생명을 빼앗았을 뿐만 아니라, 끝없는 고통을 주면서 그 정기를 빨아 먹은 악귀가……!"

으드득, 디아드라의 하얀 이가 서로 부딪히는 소리를 냈다. 지금 그녀는 게오루드나 마도병들에게 보였던 감정과는 또 다른 종류의 분노와 증오를 드러내고 있었다.

"뭘 가리키고 하는 말이야~? 짚이는 데가 너무 많아서, 언니가 뭘 가지고 그런 소릴 하는지 모르겠어. 비명을 지르면서 시들어 갔던 수련의 정령 얘긴가? 아니면 살려달라고 중얼대면서 썩어 문드러진 용담의 정령? 그것도 아니면 혹시 젤트 애들이 갈기갈기 찢어발겨 놓은 흰 백합의 정령을 말하는 거야?"

라플라시아가 스스로 저지른 소행을 하나씩 열거할 때마다, 디아드라의 온몸에서 뿜어져 나오는 증오의 불길이 한층 격렬하게 타올랐다. 그녀의 검은 마력은 보다 어둡고 깊은 색조로 변화하고 있었다.

아, 라플라시아가 드디어 생각이 났다는 듯 중얼거렸다. 그리고 자그마한 손으로 가슴 앞에서 맞장구를 치더니 눈이 부실 정도의 천진난만한 미소를 지어 보였다.

"이제 알았다~. 『디아드라! 살려줘, 디아드라!』라고 비명을 지르면서 우는 걸 천천히 빨아먹었던 붉은 장미의 정령 말이지? 같은 장미의 정령인 것 같으니, 혹시 언니가 디아드라야?"

"그래, 맞아. 내가 디아드라다. 그리고 네가 죽였던 이들은 모두 나의 친구이자 가족들이었다. 그들을, 감히! 감히!!"

디아드라가 눈에 보이는 모든 것들을 불태워 버릴 듯한 증오의 업화를 내뿜기 시작했다. 라플라시아는 그 시선을 받으면서도 이보다 유쾌한 일은 없다는 듯 더욱 신나게 비웃었다.

"아하하. 아~ 아~ 멍청한 일 가지고 화내네. 아무리 같은 꽃의 정령이라고 해도 서로 번영을 겨루는 상대들이었잖아? 적이 줄었으니 솔직하게 기뻐하면 좋을 텐데. 오~히~려~ 나한테 감사의 말 한마디라도 바쳐야 되는 거 아니야?"

디아드라의 인내는 한계에 도달했다. 그녀의 마음에 뚫린 구멍에서 시커먼 감정이 세차게 솟아올라, 무지막지한 살의로 변해 라플라시아에게 들이닥쳤다.

"너만큼은, 절대로 용서 못해!!"

디아드라의 흑발이 곤두서더니 검푸른 바다처럼 넘실거리는 머리카락 속에서 가시를 잔뜩 세운 무수한 덩굴이 자라났다.

하지만 라플라시아는 더욱 그 미소를 일그러뜨리며 가느다란 왼손을 댄스 파트너의 손이라도 감싸듯 앞으로 내밀었다. 그리고 그 손에서 푸르게 빛나는 안개 같은 입자가 번져 나가기 시작했다.

눈 깜짝할 사이에 늘어나는 안개가 라플라시아에게 들이닥치는 덩굴 채찍에 접촉한 순간, 덩굴 채찍에서 마력이나 수분, 그리고 활력 등 생명의 요소들을 남김없이 흡수했다. 덩굴은 모래 먼지처럼 무너져 내렸다.

"학습한다는 개념을 모르나? 나도 말이지, 꽃의 정령이거든. 다만 너희들처럼 지상의 낙원 같은 장소에서 피는 꽃의 정령이 아닐 뿐이지. 나는 피와 생명을 빨아들여야만 피어날 수 있는 마계의 꽃, 라플라오라의 정령. 생명은 모두 내가 아름다운 꽃을 피우기 위해 존재하는 양식이자 제물에 지나지 않아. 이런 식으로 말이지!"

"이건?!"

라플라시아의 왼손에서 뿜어져 나온 안개가 대지나 바람과 접촉하자, 순식간에 거기에서 마력이나 생명을 흡수하기 시작했다.

자연을 구성하는 모든 요소들로부터 생명을 빨아먹는 마성의 이 능력이다.

라플라시아가 발생시킨 안개는 주위의 모든 사물들로부터 생명을 빨아들이며 나무 방벽 위에 서 있던 디아드라를 향해 엄청난 속도로 들이닥치고 있었다.

라플라시아의 안개와 접촉하자, 게오루드의 일격을 맞고 뚫린 구멍을 조금씩 수복하고 있던 방벽도 눈 깜짝할 사이에 생기를 잃고 말라 죽었다.

디아드라는 자신의 발밑까지 안개가 당도한 그 순간, 사뿐히 방벽을 박차고 발돋움하며 공중으로 그 몸을 던졌다. 그리고 도약 중에 또다시 흑발 속에서 덩굴 채찍을 뻗어 라플라시아를 공격했다.

"다시 한 번 말하는데, 학습이라는 개념을 모르는구나? 아무리 시도해 봤자 똑같은 결과가 반복될 뿐이야."

훅, 라플라시아가 그 조그만 입술에서 희미한 입김을 내불었다.

라플라시아는 고혹적인 그 한숨에 디아드라가 곤경에 몰려 쓸모없는 공격을 계속 시도하는 데 대한 모욕만을 담고 있었다.

이번엔 라플라시아의 왼손뿐만 아니라 온몸에서 푸른빛이 넘쳐흐르더니 코앞까지 당도했던 디아드라의 넝쿨 채찍을 남김없이 말려 죽였다.

"아하하하, 맛있는 식사 잘 먹었어."

디아드라는 그럼에도 불구하고 넝쿨들이 말라 죽자마자 새로운 넝쿨을 뻗어서 라플라시아를 계속 공격했다. 디아드라의 넝쿨은 본인의 마력이 버티는 한 무한히 재생한다. 하지만 이처럼 마력을 물 쓰듯이 소비하다가는, 아무리 디아드라가 강력한 검은 장미의 정령이라고 해도 순식간에 모든 힘을 소진하고 말 것이다.

라플라시아는 쓸데없는 행동을 멈추지 않는 디아드라를 바라보며 신나게 비웃고 있을 뿐이었다.

라플라시아는 디아드라의 넝쿨을 통해 마력을 흡수하고 있으므로 조금도 힘을 소비하지 않았다.

"사실 말이야, 이대로 네 힘이 바닥날 때까지 기다리는 게 제일 편할 것 같지만, 그냥 기다리기만 해도 재미가 없으니까 네 생명을 직접 흡수해줄게. 그 예쁜 흑발에 새하얀 피부, 붉은 입술까지 전부 말라비틀어져서 산산조각 나는 거야. 무섭지?"

라플라시아는 그렇게 잘라 말하며 디아드라를 향해 한 걸음 내딛었다.

냉혹하고 비정한 마화(魔花)의 공주는 자신을 제외한 모든 생명은 아무 가치도 없다고 단언했다. 그녀는 일말의 자비도 베풀지 않고 검은 장미의 여왕에게서 모든 생명력을 빨아먹을 것이다.

디아드라는 라플라시아에 대한 마지막 저항으로, 게오루드에게 투척했던 초대형 창 정도는 아니더라도 대량으로 끌어모은 가시나무를 발사했다. 그 속도는 나는 제비라도 떨어뜨릴 정도였다.

"아, 정말! 시시한 짓거리를……?!"

라플라시아는 그 가시나무도 지금까지와 마찬가지로 말려 죽일 생각이었다. 하지만 이번엔 조금 달랐다.

덩어리로 뭉쳐 있던 그 중심의 가시나무 줄기 하나가, 말라 죽기 직전에 라플라시아에게 도달한 것이다. 그리고 새하얀 도자기 같은 그녀의 뺨을 스치면서 선명한 빨간 줄을 한 가닥 그었다.

한순간, 라플라시아는 정말로 하찮은 통증을 느꼈다. 하지만 라플라시아는 그 이상의 정신적 충격을 받고 있었다. 그녀는 자신의 뺨에서 흐르는 붉은 피를 떨리는 손가락으로 닦아 냈다.

"피? 내 피라고? 나에게 상처를……!"

라플라시아는 열병이라도 걸린 듯 온몸을 부들부들 떨면서 피가 묻은 손가락을 망연자실하게 쳐다보고 있었다. 디아드라는 그런 라플라시아의 모습을 보고 입가에 만족스러운 미소를 지었다.

"아름다운 장미에는 가시가 있다는 격언을 들은 적이 없나? 자 알 기억해 두렴. 기억하는 것도 아주 짧은 시간 동안이겠지만."

한 줄기의 일격을 라플라시아에게 명중시키기 위해 나머지가 말라 죽는 것을 각오하고 계속 발사한 결과, 사소하기는 해도 디아드라의 의도대로 라플라시아에게 상처를 입힐 수 있었다.

라플라시아는 디아드라의 기쁜 목소리를 듣고 몸을 크게 움찔거리더니 지금까지와는 비교도 안 될 정도의 살기를 한꺼번에 내뿜었다. 그 온몸에서 생명을 빨아들이는 푸른 안개가 대량으로 피어오르고 있었다.

라플라시아가 흡사 불타오르는 푸른 불기둥으로 변한 것처럼 보였다.

"용서 못해, 용서 못해! 고작 지상에 핀 검은 장미의 정령 따위가 나에게 상처를 입히다니, 너는 용서받을 수 없는 짓을 저질렀어. 고통을 느낄 틈도 주지 않고 빨아들여주지!"

디아드라는 라플라시아의 진정한 살의를 실은 바람을 온몸으로 맞아 그 검은 머리가 크게 흐트러졌다. 하지만 분노와 증오에 몸과 마음을 맡기고 있는 것은 라플라시아뿐만이 아니었다.

디아드라도 라플라시아에게 호응하듯이 온몸에서 검은 마력을 내뿜고 있었다. 그 기세는 힘을 소모하지 않은 것처럼 새로운 마력과 활력으로 넘치고 있었다.

"어머나, 그래? 하지만 너의 분노 따위는 아무래도 좋단다. 너희들을 한 마리도 남기지 않고 몰살시키는 건 이미 결정 사항이거든. 마음껏 짖어 대려무나. 이제 곧 말하고 싶어도 할 수 없는 시체가 될 테니까."

새하얀 달빛이 지상을 비추는 가운데, 푸른 힘과 검은 힘이 주위의 모든 것들을 집어삼킬 기세로 미쳐 날뛰고 있었다.

그야말로 일촉즉발의 상황이다. 두 사람이 대결을 시작할까 봐 무서운지, 구름은 달을 가리는 것을 주저했고 바람은 섣불리 불어오지 못했다.

격돌의 방아쇠를 당긴 것은 지금까지 방관하고 있던 제삼자인 게오루드였다.

"에이잇! 뭘 그렇게 꾸물대느냐, 라플라시아!! 내 창으로 찔러 죽일 테니 비켜라!"

"잠깐, 게오! 내 사냥감이거든?"

기다리다 지친 게오루드가 네발에 축적했던 힘을 폭발시켜 붉고 거대한 죽음의 바람으로 변해 디아드라에게 돌진했다.

그는 스스로 선언했던 것처럼 팔꿈치 앞이 창 형태를 취하고 있는 오른팔을 앞으로 내세운 채, 디아드라의 가슴을 정확히 겨냥하고 있었다.

"한꺼번에 처리해주마."

디아드라는 게오루드가 난입하는 상황에서도 전의를 상실하거나 물러서지 않았다. 하지만 아무리 검은 증오로 무진장한 활력을 손에 넣은 상황이라고 해도, 이 두 괴인을 상대로 승리하는 것은 대단히 어려운 과업일 것이다.

라플라시아는 게오루드에게 선수를 빼앗기지 않으려고 새빨간 신발을 신은 발로 땅을 박찼다. 가냘픈 소녀의 외모인데도 불구하고 그 다리는 전력 질주하고 있는 표범조차 추월할 정도였다.

"죽어랏!"

"죽이는 건 나야~!"

스윽, 디아드라의 흑발이 다시금 폭풍우에 넘실대는 바다처럼 꿈틀거렸다. 이윽고 넝쿨 채찍이 셀 수도 없을 만큼 많은 뱀들처럼 고개를 쳐들었다.

하지만 그들이 격돌하기 전에 상황은 변했다. 디아드라의 머리 위로 압축 공기의 탄환이 음속으로 날아들어 엄청난 충격파와 함께 게오루드의 창과 라플라시아에게 명중한 것이다.

"우오?!"

"잠깐, 또 방해…… 꺅!!"

게오루드의 돌진은 공기 탄환의 방해로 인해 뒷다리 두 개가 크게 튀어 오르고 말았다. 하지만 간신히 앞으로 고꾸라지는 사태만은 피했다.

라플라시아의 경우엔 푸른 안개를 사용해서 첫 번째 공기 탄환은 막을 수 있었지만 계속해서 들이닥친 【에너지 볼트】의 직격은 피할 수 없었다.

디아드라는 방금 공격이 우드 엘프들이 구사하는 정령 마법이 아니라는 사실을 깨닫고 게오루드와 라플라시아를 경계하면서도 등 뒤로 고개를 돌렸다.

깊은 어둠 속에서 왼손을 뻗고 있는 드란의 모습이 보였다.

남서쪽 방어벽으로부터 서둘러 달려온 드란이 디아드라를 궁지에서 구하기 위해 연속해서 두 가지 마법을 행사한 것이다.

아주 잠시 동안 디아드라와 드란의 눈동자가 서로를 마주 보고 있었다.

제7장 마계의 네 기사

　곤경에 처해 있던 디아드라를 무사히 구해 낼 수 있었기에 나는 은근슬쩍 안도의 한숨을 내쉬었다. 저주받은 꽃의 정령은 【에너지 볼트】의 직격을 맞고 땅바닥 위에 엎드려서 움직이지 않았다. 아마 치명타는 아니었을 텐데 나름대로 충격을 입었는지도 모르겠다.

　라플라시아의 작은 몸집이 땅바닥에 축 늘어져서 뻗어 있는 한편, 내가 사용한 마법에 이어서 디아드라의 머리 위를 통과하는 그림자가 있었다.

　아름다운 그림자가 공중을 내달렸다. 그림자의 정체는 애검을 굳게 움켜쥐고 도약한 크리스티나 양임이 분명했다.

　그녀는 발바닥 밑에 대단히 좁은 면적으로 압축시킨 대기의 소용돌이를 발생시켜, 그것을 발판 삼아 추진력까지 획득함으로써 한 걸음씩 발돋움할 때마다 심상치 않은 속도로 가속하고 있었다.

　크리스티나 양이 발돋움한 여세를 몰아 그대로 게오루드의 얼굴을 향해 대담하게 도약했다.

　"일어서라, 엘스파다!"

　크리스티나 양은 굳게 움켜쥔 애검 엘스파다의 이름을 불렀다. 그것은 엘스파다에 탑재된 마정석과, 각인된 술식을 발동시키기 위한 주문이었다.

　부웅, 엘스파다의 칼날이 낮게 울리는 소리를 내기 시작했다. 그리고 푸른빛이 칼날 끝에서 칼자루 끝까지 에워쌌다.

평상시에도 발동시키고 있는 경량화와 내구력 강화 부여 마법뿐만 아니라 참격 강화, 신체 강화, 마력 부여 등의 효과까지 발동시킨 것이다.

"크윽, 건방진 계집이!"

게오루드의 창은 디아드라를 노리고 있었지만 이미 나의 마법으로 인해 튕겨 나가 그 창날은 엉뚱한 땅바닥에 묻혀 있었다.

게오루드는 창 대신 원형 방패의 형상으로 변형된 왼팔을 휘둘러서 크리스티나 양을 격추하려고 시도했다.

게오루드가 바람까지 찢어버릴 듯한 엄청난 기세로 거대한 팔을 들어 올렸다.

그 거대한 팔에 비하면 작은 그림자에 지나지 않는 크리스티나 양은, 본래 미모를 찾아볼 수가 없을 정도의 처참한 고깃덩어리로 전락할 것이다— 크리스티나 양에 대해 전혀 알지 못하는 우드 엘프들이나 게오루드 본인은 그러한 운명을 필연이라고 생각했을 것이 틀림없다.

"훗!"

크리스티나 양은 예리하고도 순간적인 한숨을 내뱉고, 보는 사람의 오금이 저릴 정도의 지근거리에서 게오루드의 왼팔을 회피했다.

그녀는 자신의 오른쪽 반신을 파괴하기 위해 들이닥친 일격에 대하여 전방에서도 아래쪽 방향— 즉, 게오루드의 목을 향해 바람을 디딤대 삼아 마치 유성 같은 속도로 몸을 내던지며 파고든 것이다.

그녀의 온몸을 내던진 돌격은 정확하게 게오루드의 목에 명중했고 엘스파다의 칼날이 게오루드의 몸 안에 끝까지 박혀 들어갔다.

그토록 건장한 게오루드도 이 일격은 상당히 따끔했던 모양이다. 그는 투구 안쪽에서 성대한 신음 소리를 흘렸다.

"그오오오, 네 녀석! 인간 주제에 감히 이 몸에게 이런 부상을 입히다니!"

견디다 못한 게오루드가 상반신을 비틀면서 물러남과 동시에, 크리스티나 양도 게오루드의 목에 발을 걸고 단번에 엘스파다를 뽑았다. 그리고 검은 피가 솟아올라 옷을 적시는 것보다 빠르게 후방으로 도약했다.

크리스티나 양이 공중제비를 돌다가 우아하게 착지했다. 반면 게오루드는 목의 상처를 왼손으로 억누른 채 증오에 가득 찬 눈빛으로 그녀를 바라보았다.

크리스티나 양은 웬만한 역전의 용사라도 움츠러들 정도의 시선을 받았지만, 엘스파다를 양손으로 다잡고 그 칼끝을 오른쪽 후방으로 거둬들였다.

그녀는 주눅 든 기색이 전혀 없었다. 크리스티나 양은 용맹과감하기 이를 데 없었다.

"네 녀석을 만 갈래의 고기 조각으로 찢어발겨주마아아!!"

게오루드의 몸에서 엄청난 증오의 불길이 용솟음쳤고, 하반신에 달린 눈 없는 짐승은 아가리를 크게 벌리며 누런 침이 흐르는 어금니를 드러냈다.

창으로 찌르고 방패로 찍어 눌러서, 발톱으로 찢어버리고 어금니로 물어뜯으면서 가능한 한 오랫동안 살아 있는 채로 지옥의 고통을 맛보게 해주마. 게오루드의 충혈된 눈동자는 마치 그런 웅변을 토하고 있는 것 같았다.

하지만 크리스티나 양보다 뒤늦게 도착한 세리나가 게오루드의 사악한 목적이 달성되는 것을 내버려 둘 리가 없었다.

검붉은 빛을 두른 황금색 머리카락이 하늘거리면서 곤두서고 세리나의 온몸에서 대단히 공격적인 마력이 발산되었다.

그녀의 혼과 피, 그리고 육체에 깃든 저주받은 뱀이 이러한 형태로 시각화된 것이다. 마법적인 시력이 없더라도 보일 정도로 농밀한 마력이었다. 평범한 마법사가 이 광경을 목격하면 경악을 금치 못하리라.

"나의 혼을 옭아맨 저주받은 뱀이여 나의 증오를 뜯어 먹고 나의 탄식을 마셔 일곱 개의 머리를 지닌 재앙의 뱀이 되어라, 쟈라므 듀아람!"

세리나의 영창에 의해 출현한 거대한 뱀의 환영은 지금까지 내가 목격했던 것들과는 달리 일곱 개의 머리를 지닌 괴물 뱀— 히드라였다.

하나의 몸통에서 갈라져 나온 일곱 개의 머리가 게오루드에게 달려들어 그 양팔과 네 개의 다리, 짐승의 목을 휘감으면서 강철 같은 구속 능력으로 압박하기 시작했다.

"에이잇! 또다시 방해가 들어오다니?!"

세리나는 기세 좋게 방벽 위에서 뛰어내려 디아드라를 등진 채 감싸는 위치로 움직였다. 그리고 게오루드의 시선을 가볍게 받아

넘기며 방벽 위에 머물러 있던 나를 불렀다.

"드란 씨, 부탁드려요!"

"흠."

나는 이미 영창을 완료한 마법의 조준을 게오루드에게 겨냥하고 마법을 해방시키는 주문을 읊으려고 했다.

주문을 입에 담는다. 그것만으로도 나의 마법은 발동된다.

하지만 그 순간을 기다렸다는 듯 머나먼 저편에서 나를 향해 거대한 물체가 고속으로 날아 들어오는 것이 보였다.

바람을 가르는 소리가 간헐적으로 들려왔다. 그리고 거대한 도끼가 격렬한 회전을 일으키면서 나를 향해 급속히 들이닥치고 있었다.

성가신 순간에 끼어드는군. 나는 적에 대한 푸념과 칭찬이라는 상반된 감정을 동시에 느끼며 날아오는 도끼를 향해 마법의 조준을 급속히 변경시켰다.

"같은 편을 죽게 내버려 둘 수는 없다 이건가! 이그나이트 필럼!"

내가 치켜든 왼손에서 유성군처럼 붉고 자그마한 빛을 발하는 점들이 대량으로 모여들어, 강철조차 녹여버릴 수 있는 열량을 지닌 창으로 그 모습을 바꿨다.

사실 이 마법으로 게오루드를 꿰뚫어 버릴 생각이었지만 이렇게 된 이상 어쩔 수 없지.

나는 왼손으로 제어하고 있는 붉은 투창을 불꽃의 꼬리를 물고 들이닥치는 도끼를 향해 발사했다.

【이그나이트 필럼】이 내 키를 능가할 정도로 거대한 도끼와 격돌

한 순간, 막대한 열량을 지닌 불꽃이 둑을 무너뜨린 홍수처럼 사방으로 흘러넘쳤다. 열풍이 나의 뺨과 머리카락을 어루만지고 있었다.

공중에 활짝 핀 폭염의 꽃으로부터 거대한 도끼가 불꽃의 꼬리를 물고 유성처럼 낙하했다. 그리고 묵직한 소리를 내며 땅바닥에 꽂혔다.

저 도끼의 무게는 나의 5배 정도 되지 않을까?

바로 그 직후, 게오루드가 온몸의 완력과 마력을 총동원해서 히드라의 환영을 잡아 찢는 소리와 기척이 전해져 왔다.

"우아아아아아아!"

"꺄악?!"

너무나 대단한 기백과 박력으로 인해 게오루드의 거구가 한두 단계 정도는 거대해진 것처럼 보였다. 히드라의 목들은 한순간에 전부 뜯겨져 나가 원망스러운 듯이 게오루드를 노려보면서 대기에 녹아 사라져 갔다.

다행히 술사인 세리나에 대한 반동은 크지 않았다. 게오루드를 향해 치켜들고 있던 손이 역류한 마력 때문에 조금 움찔거렸을 뿐이다.

그건 그렇고 이 게오루드라는 녀석, 아까부터 계속 구사일생으로 살아나고 있군. 악운이 강한 녀석이라고 해야 할지, 친구를 잘 둔 녀석이라고 해야 할지 모르겠어.

"게오루드여. 그 꼬락서니 가지고는 라플라시아가 하는 소리를 부정할 수 없겠군?"

게오루드를 희롱하면서 나타난 인물은 거대한 몸집에 전신 갑옷을 두른 기사였다. 방금 전에 내가 요격한 도끼를 들고 있었다.

게오루드가 머리 꼭대기부터 선혈을 뒤집어쓴 듯한 붉은 모습인데 비해, 이쪽은 항상 그림자를 두르고 있는 것처럼 보이는 검은색으로 온몸을 에워싸고 있었다.

일단 몸의 모양은 완전한 인간 형태였지만, 신장이 나의 세 배에서 네 배 정도는 넘을 듯하니 인간이 아니라 거인족의 기사로밖에 보이지 않는다.

이 거인도 광물로 단련해서 만든 갑옷이 아니라 전투용으로 스스로의 육체를 변형시키고 있는 것 같았다. 그 거구에서 느껴지는 중후한 기척은 게오루드에 필적할 정도였고, 마치 눈앞에 인간 형태의 산이 출현한 듯한 중압감을 내뿜고 있었다.

게오루드는 그런 전우의 말을 듣고 반론하려는 기색조차 보이지 않았다. 실제로 도움을 받았으니 할 말이 없는 것이리라.

"100년에 한 번 있는 일이라는 건 바로 이런 걸 두고 하는 말이겠군. 이봐들, 나는 겔렌이라고 한다. 보면 알겠지만, 여기 게오루드와 라플라시아의 동포라고 할 수 있지. 거기 있는 인간 남자는 게오루드에게, 검은 장미의 정령은 라플라시아에게 양보한다고 치면…… 인간 여자와 라미아 소녀여. 네 녀석들과 일전을 치를 것을 소망한다. 거절이 통하지 않는 것은 알고 있겠지?"

크리스티나 양과 세리나가 겔렌의 선언을 듣고 긴장했다.

겔렌의 표적에서 벗어난 디아드라의 경우, 라플라시아가 일어서는 순간에 대처하기 위해 정신을 집중하고 있는 것으로 보였다.

디아드라에게 다른 사람들을 엄호할 여유는 없을 것이다.

크리스티나 양은 창백한 빛을 내뿜는 엘스파다를 오른쪽 하단으로 고쳐 잡고 선제공격으로 기선을 제압하기 위해 겔렌을 향해 달려 나갔다.

크리스티나 양은 정면에서 세차게 휘몰아치는 겔렌의 투기와 독기를 뒤집어쓰면서도 전혀 물러서려고 하지 않았다. 마계의 존재들이 내뿜는 독기는 지상의 생물들에게 맹독이나 다름없다. 몸과 마음을 침식해서 혼을 썩게 하는 무지막지한 독이다.

뱀의 저주를 물려받은 세리나의 경우엔 선천적으로 어느 정도 내성을 지니고 있겠지만, 크리스티나 양이 식은땀 한 방울 흘리지 않고 싸울 수 있다는 것은 정말 대단한 일이었다.

이 사람은 대체 어떤 인생을 겪어 왔을까? 어떤 인생을 겪어야만 이만큼 대담한 여성으로 성장할 수 있는 걸까?

"세리나, 엄호를 부탁한다!"

"예, 맡겨주세요!"

"하하핫, 활기가 넘치는 계집들이군. 말해 두지만, 마계에 여자나 어린아이에게 자비를 베푼다는 사고방식은 존재하지 않는다."

"그것 참 신기한 우연이로군. 나도 자비를 받는 건 좋아하지 않거든!"

"그 기개는 가상하구나. 좋아, 어디 한번 그 깜찍한 검을 마음껏 휘둘러 보거라. 이 몸이 그 검기까지 통째로 산산조각 내주마!"

겔렌도 크리스티나 양에게 호응하는 형태로 땅을 울리며 돌격해 왔다.

인간을 초월하는 거구와 엄청난 중량의 질주는 인간과 비교도 되지 않는 박력과 압력을 발산하고 있었다. 한 발자국씩 디딜 때마다 작은 지진이 간헐적으로 일어나는 거나 다름없었다.

"우선은 네 실력을 가늠해보마! 일격에 죽지 마라, 꼬마 계집!"

겔렌이 오른손 하나로 들어 올렸던 도끼를 크리스티나 양을 향해 내리찍었다. 마치 새까만 산사태라도 일어난 착각을 불러일으킬 정도로 압도적인 위압감이었다.

겔렌의 입장에서 보자면 글자 그대로 힘의 일부를 사용한 공격에 지나지 않았지만, 평범한 인간을 상대할 경우엔 열 명에서 스무 명 정도는 한꺼번에 박살 낼 수 있을 것이다.

그러나 크리스티나 양은 머리 위로 들이닥치던 구부러진 도끼날을 엘스파다로 직접 받아 냈다.

크리스티나 양의 완력은 그 특이한 체질 덕분에 평범한 인간을 아득히 초월하고 있었다. 하지만 그것을 감안하더라도 겔렌과 정면으로 충돌해서 힘을 겨루는 것은 승산이 높아 보이지 않았다.

크리스티나 양도 그 사실은 숙지하고 있었던 것 같다. 그녀는 거대한 도끼를 정면으로 받아 내려는 어리석은 짓은 저지르지 않았다. 엘스파다로 도끼가 낙하하는 위치가 비껴 나가도록 측면으로 참격을 가한 것이다.

겔렌이 내려찍은 도끼의 궤도가 비껴 나가면서 크리스티나 양의 왼쪽으로 낙하했다. 그리고 엄청난 위력으로 대지를 갈라 버렸다.

겔렌의 도끼가 대지에 거대한 흉터를 새기고 크고 작은 흙덩어리가 주위로 쏟아지며 번개를 연상시키는 충격이 일대를 진동시켰다.

아무리 힘의 방향을 왜곡시켰다고 해도 엘스파다를 통해 크리스티나 양의 양팔을 덮친 위력은 강대했다. 크리스티나 양은 어금니를 악물면서 있는 힘껏 그 충격을 버텨 냈다.

"좋았어, 일단은 합격이로군."

겔렌이 조금 유쾌한 목소리로 크리스티나 양을 평가했다. 그녀는 그 목소리를 듣고 긍지에 금이 갔다고 느꼈는지 겔렌을 날카롭게 노려보며 과감히 달려 나갔다.

공중을 질주했을 때와 동일한 방법으로 획득한 그 속도는 바람조차 여유롭게 추월할 정도였다.

휘날리는 은발이 달빛을 받아 빛나면서 은색 바람처럼 크리스티나 양이 돌진했다. 하지만 겔렌은 그녀의 움직임을 놓치지 않았다. 그는 그 자리에서 왼쪽 다리를 크게 후퇴시키고 몸을 낮추더니, 크리스티나 양을 향해 꽉 움켜쥔 왼 주먹을 내리쳤다.

겔렌의 왼 주먹은 마치 성문을 부수기 위해 존재하는 공성 병기를 연상시킬 정도였다. 크리스티나 양은 거대한 주먹을 도약으로 피했을 뿐만 아니라, 무서운 속도로 뻗어 나온 겔렌의 왼팔에 착지했다. 그리고 겔렌의 머리를 향해 달려 나갔다.

대담한 공격이라고 감탄해야 할까, 아니면 무서운 것을 모르고 만용을 부리고 있다고 기가 막혀 할 일인가?

겔렌은 자신의 왼팔을 타고 올라오는 크리스티나 양을 보고 「호오」라고 즐거운 듯 중얼거리더니, 도끼를 내려놓고 오른손으로 그녀를 공격했다.

크리스티나 양이 몸에 걸치고 있는 금속제 방어구는 겔렌의 공격에 대해 아무런 위안거리도 되지 못한다.

일격이라도 얻어맞게 되면 즉시 죽음에 이를 것임을 납득하고 덤벼야만 했다.

"대지의 정령이여 저자의 움직임을 멈춰!"

이 상황에서 세리나가 또다시 움직였다. 세리나는 유연한 양팔을 치켜든 채 대지의 정령에게 호소하여 겔렌이 밟고 있는 땅바닥에 간섭했다.

"으음?!"

그가 밟고 있던 땅바닥이 거대한 손의 형태로 변하더니 겔렌의 오른팔을 부여잡았다. 몸을 낮게 숙이고 있었던 겔렌은 그 손을 피할 수 없었다.

세리나는 겔렌의 움직임을 일시적으로 봉쇄했을 뿐만 아니라 추가로 마법 공격까지 시도했다.

"에너지 볼트!"

세리나가 오른팔을 붙들려서 몸을 가누지 못하는 겔렌의 머리를 향해 순수한 마력의 화살을 네 발이나 연속으로 발사했다.

겔렌의 머리는 원통을 연상시키는 투구의 형상이었다. 그 머리가 에너지 볼트를 맞은 뒤 크게 요동쳤고, 그동안에 크리스티나 양이 어깨 부근까지 타고 올라가 있었다.

"그 목! 지금 받아 가겠다!"

크리스티나 양은 엘스파다를 큰 동작으로 오른쪽 후방까지 잡아당겼다가, 겔렌의 목을 향해 온몸의 힘을 전부 끌어모아 일섬을 날렸다. 그녀의 서슬 퍼런 참격은 달빛조차 베어버릴 수 있을 것처럼 보였다. 그리고 그 검은 틀림없이 겔렌의 목을 겨냥하고 있었다.

하지만 겔렌은 오른팔을 붙들린 상태였는데도 불구하고, 그 손을 땅바닥에 찔러 넣어 지렛대로 삼아 몸을 도약시켰다. 그 거구의 질량을 고려해볼 때 전혀 예상할 수 없었던 동작이었다.

엄청난 거구가 물구나무로 우뚝 서자, 그 왼쪽 어깨에 서 있던 크리스티나 양도 허공으로 내팽개쳐지고 말았다.

"하하, 둔하고 느린 허수아비인 줄 알았나?"

겔렌은 상대의 경악에 찬 표정을 보고 진심으로 즐겁다는 듯이 유쾌한 목소리로 그렇게 내뱉었다. 그리고 밤하늘을 향해 똑바로 뻗고 있던 왼쪽 다리로 공중에서 고양이처럼 몸을 비틀면서 착지를 준비하던 크리스티나 양을 걷어찼다.

겔렌의 발차기가 아름다운 반원을 그리며 크리스티나 양을 향해 정확히 날아갔다.

겔렌은 크리스티나 양의 몸이 가루가 돼서 흔적도 안 남기고 박살 나는 광경을 상상했으리라.

쿵!

겔렌은 발차기의 여세를 몰아, 오른손을 땅바닥에 꽂은 상태로 육중한 소리를 내면서 무릎을 구부리며 착지했다.

"칫!"

그러나 겔렌은 방금 전의 발차기로 날려 버렸어야 했던 크리스티나 양의 모습을 자신의 왼쪽 다리에서 발견했다.

크리스티나 양은 바람의 발판을 만들어 그것을 딛고 후방으로 도약한 후, 자신의 몸을 파괴하려던 겔렌의 정강이에 엘스파다의 칼날을 끝까지 꽂아 넣어 매달림으로써 직격을 회피한 것이다.

크리스티나 양이 선보인 동작은 거의 곡예나 묘기의 영역이었다.

그러나 정신력을 몹시 소모한 행위였던 것은 틀림없었다. 크리스티나 양의 백설 같이 흰 피부에 차가운 식은땀이 한두 방울 맺혀 있었다.

"정말이지! 간담을 서늘하게 하는군!"

크리스티나 양이 겔렌의 왼쪽 다리에서 엘스파다를 뽑아 디딤대로 삼아 도약하는 것과, 겔렌이 몸을 일으킨 것은 거의 동시였다.

흥, 겔렌이 낮은 기합 소리를 내면서 오른팔을 부여잡고 있던 대지의 손길을 분쇄했다. 그리고 겔렌은 땅바닥에 꽂혀 있던 도끼를 다시 잡아 들었다.

겔렌은 왼쪽 정강이에서 게오루드와 마찬가지로 검은 피를 뿜으면서도 통증을 느끼고 있는 기색은 없었다. 오히려 기분이 상쾌해 보일 정도였다.

"크리스티나 양! 에잇, 쟈라므!!"

겔렌에게서 거리를 두고 착지한 크리스티나 양을 돕기 위해 세리나가 약간 무리를 무릅쓰고 영창을 생략한 쟈라므를 발동시켰다.

이 마법의 두드러지는 특징은 마법의 발동 위치를 술사의 뜻대로 변경할 수 있다는 것이다. 술사의 부근에 환영을 발생시켜 적을 향해 발사할 수도 있고 반대로 적의 지근거리에 출현시킬 수도 있었다.

세리나는 지금 겔렌의 육체를 조르도록 뱀의 환영을 출현시켰다. 거대한 뱀은 환영이면서도 물리적인 간섭 능력을 지니고 있어서 단숨에 겔렌의 모든 뼈를 파괴하기 위해 강력한 조르기에 들어갔다.

"하하, 이 정도는 오히려 시원하다! 마계에 도사리는 뱀들과 비교하면 안마 수준이다, 저주받은 뱀의 피를 물려받은 소녀여."

겔렌이 독이 섞인 숨결을 내뿜는 뱀의 머리통을 오른손에 든 도끼로 가볍게 산산조각 내어 소멸시켰다.

거대한 뱀의 환영이 박살 난 뼈나 붉은 살점, 눈알까지 정밀하게 재현하면서 대기로 녹아 없어졌다. 이제 겔렌의 몸을 옭아매는 것은 존재하지 않는다.

겔렌은 왼팔을 목덜미에 갖다 대고 두세 차례 정도 목을 기울이며 우드득거리는 엄청난 소리를 냈다. 마치 거목을 강제로 부러뜨리는 듯한 소리였다.

겔렌의 눈동자는 발밑에서 이미 자세를 잡고 있는 크리스티나 양을 비추고 있었다.

"아무리 신체 능력을 마법으로 강화했다고는 하나, 네 녀석은 조금 도가 지나치구나. 내가 발산하는 독기를 코앞에서 뒤집어쓰는데도 심신의 피로를 그다지 느끼고 있지 않다는 게 좋은 증거야. 네 녀석은 초인종(超人種)이로군?"

"초인종? 무슨 소리인지는 모르겠다만, 재미있게 즐긴 듯하니 다행이구나."

크리스티나 양은 아름다우면서도 대담한 미소를 짓고 비아냥을 담아 대답했다. 겔렌은 그 모습을 보고 오히려 호감을 느낀 듯했다. 일대를 진동시킬 정도의 엄청나게 큰 목소리로 박장대소한 것이다.

"후하하하하! 그 대단한 담력, 점점 더 마음에 드는구나. 좋아, 어디 한번 슬슬 진짜 실력을 발휘해볼까?"

"세리나, 방심은 금물이야."

"아, 예. 크리스티나 양이야말로 조심하세요. 평범한 상대가 아니에요!"

크리스티나 양이 「내 말이 그 말이야」라고 조그맣게 중얼거렸다. 피곤한 목소리였지만 어딘지 모르게 즐거운 울림이 섞여 있었던 것은 내가 잘못 들었기 때문은 아닐 것이다.

만약 크리스티나 양이 무의식적으로 이 혼조차 깎아 낼 듯한 결투를 즐기고 있다면, 이 사람이 등에 지고 있는 업보도 영원한 혈투의 운명에 몸을 던진 수라처럼 깊을 것이다.

† † †

기오와 피오 일행은 드란 일행보다 뒤늦게 북쪽 방벽에 도착했다. 그들은 겔렌을 상대로 크리스티나 양과 세리나가 벌이고 있는 무지막지한 전투를 보고 마른침을 삼키고 있었다. 그러나 동시에, 이 싸움은 자신들이야말로 가장 먼저 피를 흘려야만 하는 싸움이라는 사실을 떠올리고 있었다.

숲 바깥에서 온 이들에게만 싸움을 강요하는 것은 사리에 맞지 않았다. 하지만 그러한 심정과는 별개로, 한창 전투가 벌어지고 있는 동안에도 마도병들이 방벽에 몰려들어 이들을 격퇴해야 하는 필요성도 무시할 수 없었다.

기오 일행이 도착하기 전부터 북쪽 방벽을 담당하고 있던 전우들도 일단 발사를 중단하고 있던 활과 마법의 조준을 다시금 눈 아래에 펼쳐진 마도병들을 향해 설정했다.

"오빠, 드란 씨 일행을 엄호하지 않아도 괜찮겠어?"

"분하지만 우리가 간단히 끼어들 수 있는 싸움이 아니야. 우리는 우리가 할 수 있는 일을 한다. 피오, 너도 정령에게 계속 호소해."

"알았어. 마르, 너는?"

"마르도 여기 남을래요. 마르의 힘은 대단치 않지만, 정령 여러분에게 부탁할 수는 있으니까요!"

피오는 어깨 위의 마르에게서 굳은 결의에 가득 찬 목소리를 듣고 대나무 잎처럼 가늘고 긴 귀를 흔들며 고개를 끄덕였다.

오빠인 기오는 벌써 활시위를 당기고 있었고 다른 전우들과 함께 눈 밑에 펼쳐진 마도병 군단을 향해 소나기 같은 화살 세례를 퍼붓기 시작했다.

"우리도 가자, 마르. 바람의 정령이여!"

"예, 바람의 정령 여러분! 마르와 모두의 목소리를 들어주세요!"

"예리한 칼날이 되어 우리의 적을 베어줘!"

나무 방벽에 칼날 같은 예리한 손톱을 꽂아 빠른 속도로 기어오르고 있는 젤트 군단을 향해, 피오와 마르뿐만 아니라 다른 우드 엘프들까지 합세해서 발동시킨 바람의 칼날이 들이닥쳤다.

젤트 군단은 방벽을 오르는 중이라 만족스럽게 움직일 수 없었기 때문에, 가느다란 팔이 잘려 나가고 밋밋하게 생긴 도마뱀 같은 얼굴이 두 동강 날 수밖에 없었다. 우수수, 그들은 방벽에서 버티지 못하고 낙하했다.

기오의 활은 백발백중이라고 해도 과언이 아닌 정확도를 자랑했다. 그는 땅을 기어 다니는 마도병들에게 마력을 부여해 관통 능력을 강화시킨 화살을 차례차례 명중시키면서 한 줌의 재로 돌려보내고 있었다.

게오루드와 라플라시아의 활약으로 인해 마도병들을 방해하고 있던 가시나무나 나무뿌리 창들이 쓸려 나가 빈틈이 생긴 결과, 방벽 여기저기에 마도병들이 몰려들고 있었다.

불행 중 다행이었던 것은 마도병들이 젤렌이나 게오루드가 전투를 벌이고 있는 장소를 피해서 우회하고 있다는 것이었다.

기오는 마도병의 통솔자들을 상대하는 임무를 디아드라나 드란 일행에게 맡기고 전우들과 함께 마도병들의 요격에 전념할 수밖에 없다는 판단을 내렸다.

기오가 데리고 온 일행이나 피오에게 재빠르게 지시를 내리고 있자, 북쪽 방벽을 담당하고 있던 우드 엘프가 다가와서 말을 걸었다. 기오보다 100살 정도 연상인 남자였다.

그는 피가 약간 스며 나오고 있는 붕대를 이마에 감고 있었고 온몸에서 피곤한 기색이 역력했다. 디아드라가 있었다고는 해도 마도병들의 병력이 가장 집중되어 있던 북쪽 방벽을 수비하는 임무는 상당한 정신적 피로를 동반했을 것이다.

"에슈타르인가? 무사했구나."

"기오야말로 별일 없었던 모양이군. 저 인간들에 관해 지금 당장이라도 묻고 싶은 참이지만, 그럴 상황이 아닌 것 같다."

"그래. 저 덩치들은 그들에게 맡기기로 하고, 마도병들은 우리가 저지하자. 남쪽은 괜찮아 보였는데, 동쪽과 서쪽의 상황은 알고 있어?"

"동쪽은 올리비에와 바깥세상에서 돌아온 이들이 지키고 있어. 전령의 이야기에 따르면 일단 문제는 없다는군. 서쪽도 당장은 버티고 있는 모양이지만, 아무래도 이쪽으로 마도병들이 이동을 개시한 것 같다. 저 커다란 녀석들이 전선에 출현한 영향일지도 몰라."

"그런가? 알았어. 족장들이 여기에 모든 병력을 집중시켜줄 테니, 그때까지 우리 힘만으로 이곳을 사수해야만 해."

"알고 있어. 나는 동쪽으로 움직이고 있는 마도병들을 처리하지."

"알겠다. 숲과 바람의 숨결이 함께하기를."

에슈타르는 숲의 백성들 사이에 전해져 내려오는 무사를 기원하는 기도를 듣고, 마도병들에게 화살을 쏘고 있던 부하들을 거느리며 달려 나갔다.

드란 일행이 게오루드나 겔렌을 붙잡아 두고 있기 때문에 이쪽의 병력을 분산시킬 수 있었다. 하지만 만약 그들이 오늘 엔테의 숲을 찾아오지 않았더라면, 혹시 그들과 만나서 지원을 얻을 수 없었다면—.

"대체 얼마나 많은 희생을 치러야 했을까? 이 모든 일들이 위그드라실의 가호일지도 몰라."

위그드라실은 엘프들이 창조신과 동일한 수준의 신앙을 바치는 대상인 창세의 나무를 가리키는 이름이다. 기오는 그 이름을 중얼거리며 새로운 화살을 손에 집었다.

우드 엘프들 중에서도 둘째가라면 서러운 활의 명수가 쏘는 화살이 실로 이어진 것처럼 정확하게 마도병들의 몸에 명중했다.

마도병과 우드 엘프 사이에 방벽을 둘러싼 공방이 진행되는 와중에, 그때까지 땅바닥 위에 쓰러져 있던 라플라시아가 드디어 몸을 일으켰다. 그리고 온몸에서 생명을 흡수하는 푸른 안개를 분출하기 시작했다.

두 눈을 크게 뜬 라플라시아의 눈동자는 압축에 압축을 거듭하여 정신이 이상해질 정도로 반복한 끝의 진한 밀도로 증오를 내뿜고 있었다.

라플라시아는 천천히 고개를 돌리면서 자신에게 마법을 명중시킨 드란과, 자신의 뺨에 한줄기의 빨간 줄을 새긴 디아드라의 얼굴을 순서대로 응시했다.

드란은 게오루드와 대치하고 있었기 때문에 라플라시아의 눈동자는 자신을 주시하고 있던 디아드라를 향했다.

굳게 닫혀 있던 꽃잎 같은 입술이 불현듯 일그러졌다. 라플라시아는 마치 초승달 같은 미소를 짓고 있었다. 그 초승달의 미소에서 인간의 마음을 현혹시키는 광기와 냉기가 느껴졌다.

"저기 말이야, 어디부터 부숴주면 좋겠어? 너의 그 나긋나긋한 팔을 빡빡해질 때까지 말려 버릴까? 아니면 그 다리가 모래 먼지처럼 흩어질 때까지 목숨을 빨아들여 줄까? 그것도 아니면 아름다운 너의 머리만 남기고 온몸을 전부 말라 죽게 해줄까? 저기, 뭐가 좋아? 응?"

디아드라는 듣는 이의 혼을 공포로 물들게 하는 라플라시아의 저주에 귀를 기울이고 있으면서도 달빛을 받으며 사뿐히 서 있었다. 그녀는 라플라시아의 소름 끼치는 웃음과 대조적으로 단아한 미소를 지었다.

그리고 상처 입히는 이가 있다면 전 세계의 모든 이들이 발광할 정도로 아름다운 오른쪽 집게손가락으로 자신의 뺨을 살짝 어루만졌다.

명인의 붓이 종이 위에서 춤추는 듯한 아름다운 동작과 함께 이런 말을 입에 담은 것이다.

"고마운 제안이네. 보답으로 네 얼굴을 좀 더 예쁘게 꾸며줄게. 좀 더 갈기갈기 찢어발기는 편이 너에게 어울릴 것 같지 않아?"

라플라시아는 디아드라가 내뱉은 이보다 더할 수 없을 정도의 비아냥과 모욕이 담긴 언사를 듣고, 온몸에서 분출하고 있던 푸른 안개를 일단 멈췄다. 그리고 다음 순간, 푸른 안개가 폭발적인 기세로 주변을 향해 흘러넘쳤다.

그 현상은 이미 한계에 도달했던 라플라시아의 감정이 한층 더 격렬한 폭발을 일으켰다는 것을 의미했다. 디아드라의 말은 이 세상에서 가장 예리한 칼날로 변해 라플라시아의 긍지를 단칼에 베어 버린 것이다.

"어디 한번 해보시지이이이!! 나에게 상처를 입혔다는 걸 후회하게 해주겠어!!"

"마계에 굴러다니는 못생긴 꽃의 정령 따위가 거들먹거리다니. 너야말로 이 숲에 오고 말았다는 불행을 후회하게 될 거다!"

† † †

우리가 게오루드나 젤렌과 싸우고 있는 동안, 마도병들이 방벽에 향하려는 움직임을 보이고 있었다. 나는 그 움직임에 위기감을 느꼈지만 우드 엘프들도 가만히 앉아서 우리가 벌이는 전투를 방관하고 있는 것은 아니었다. 그들은 적극적으로 공격을 감행하여 마도병들을 물리치고 있었다.

이런 전황을 유지할 수 있다면 마도병들에 대한 대처는 그들에게 맡겨도 문제없을 것이다. 그리고 크리스티나 양과 세리나가 젤렌과 벌이고 있는 싸움은 격렬해지고 방벽의 공방전도 점점 고조되고 있다. 한편, 게오루드는——.

"그으윽! 에이잇! 지금까지의 불명예는 나의 창으로 직접 설욕할 것이다! 인간 놈들아, 나의 손에 죽을 각오를 하거라!!"

나를 최초의 산 제물로 결정한 것 같다. 그는 창날 끝을 거칠게 내밀어 왔다. 그 동작만으로 엄청난 바람이 일어나 나의 검은 머리를 펄럭이게 했다.

"미안하지만 그런 각오는 못하겠다. 너는 불명예를 설욕할 수 없을 거야."

나는 장검을 오른손으로 움켜쥐고 방벽 위에서 뛰어내려 땅바닥에 내려섰다. 낙하 도중에 바람을 일으켜서 착지의 충격을 전부 무효화시켰다.

게오루드는 불손하기 짝이 없는 나의 대답을 듣고 내 얼굴을 똑바로 노려봤다. 하반신에 달린 짐승의 어금니 사이로 불길이나 다름없는 열을 품은 숨결이 뿜어져 나왔다.

겉으로 보기엔 정말로 불을 뿜는 곡예 정도는 해낼 것 같군.

"왜소한 인간 주제에 자기 분수를 모르는 모양이로구나. 이거 잘됐군, 그 생명을 접수하는 대신 내가 소중한 교훈을 하나 가르쳐주마."

"호오? 무슨 교훈이지?"

"지나친 입방정은 스스로의 수명을 깎아 먹는다는 거다!"

게오루드는 그렇게 장담하자마자 땅을 박차고 나를 향해 덮쳐왔다. 게오루드의 네발은 엄청난 거구를 붉은 바람으로 바꿨다. 게오루드의 거구가 순식간에 내 시야를 가득 메웠다.

"흔해 빠진 교훈이지만, 그만큼 진리가 함축된 말이군."

나는 들고 있던 장검을 고쳐 잡고, 목에서 검은 피를 내뿜고 있는 게오루드를 맞이했다.

게오루드의 거구 대신 그 창날이 나의 시야를 가로막았다.

아무리 육중한 장갑이라도 종잇장처럼 꿰뚫어 버릴 창을 앞에 두고 나의 마음에 공포나 불안이 찾아오는 일은 없었다.

나는 무자비하게 들이닥치는 창날을 향해 부드럽게 장검을 갖다 댔다. 영혼에 기록되어 있는 전생의 육체 정보로 재현시킨 용의 눈과 반사 신경을 동원했기에 가능한 묘기였다.

장검의 칼끝과 창날이 접촉한 순간, 내가 미리 장검에 부여해 놓은 마법이 발동했다.

둥!

지근거리에 번개라도 떨어진 듯한 굉음이 연속으로 세 차례 발생하고, 그에 걸맞은 충격이 나의 장검에서 발사되어 게오루드의 창은 크게 튕겨 나갔다.

뿐만 아니라 게오루드의 몸이 오른쪽으로 크게 기울면서 네 다리까지 공중에 붕 뜬 뒤, 중심을 잃고 몸을 가누지 못하며 쓰러졌다.

내가 사용한 술법은 일반적으로 마법검이라고 불리는 기술이다. 병장기나 마법에 즉석으로 마법을 부여해서, 임의 내지는 설정된 조건하에 발동하도록 술식을 조합하는 것이다.

지금 내가 장검에 부여한 술법은 술사의 지근거리에 순수한 마력의 충격파를 발생시키는 【에너지 임팩트】라는 하급 공격 마법이다.

3연속 【에너지 임팩트】는 화려하게 게오루드의 창을 튕겨 냈다.

내 눈앞에 무방비한 상태를 노출시킨 게오루드가 보였다. 흉악하게 빛나는 게오루드의 눈동자에 또다시 추태를 보인 자신에 대한 분노와 나에 대한 증오가 타오르고 있었다.

"빈틈투성이구나."

이런 순간을 맞이할 때 나의 언동에는 자비가 없다고 한다. 전생의 지인으로부터 자주 들었던 충고였다.

게오루드의 하반신에 달린 짐승의 머리가 어금니를 드러냈다. 나는 그 머리를 두 동강 내기 위해 장검을 들어 올렸다.

크리스티나 양이나 세리나를 비롯한 타인의 시선이 있는 장소에서 용종의 능력을 사용하는 사태는 가능하면 피하고 싶지만, 게오루드는 인간으로서의 능력만 가지고 싸울 수 있는 상대가 아니었다.

마력을 부여받아 새하얗게 빛나는 장검을 땅에서 하늘로 치켜들자 백색광의 궤적이 초승달 모양을 그리면서 게오루드의 하반신을 찢어발기기 위해 하강했다.

하지만 게오루드는 나의 참격을 짐승 머리의 오른쪽 목 부근에 깊은 상처를 입으면서 겨우 피했다.

검은 피가 솟아올랐다. 그 피가 내 시야를 한순간 가로막았지만 나는 온몸에 뒤집어쓰기 전에 재빨리 후방으로 도약해서 피 세례를 피했다.

게오루드는 제자리걸음을 하다가 그대로 서너 걸음 정도 물러섰다. 짐승의 입에서 흐르는 누런 침에 검은 피가 섞여 폭포처럼 쏟아지고 있었다.

나와 게오루드 사이의 거리는 열다섯 걸음 정도였다. 이 거리를 0까지 좁히는 데는 눈 깜짝할 정도의 시간만 있으면 충분할 것이다.

내가 최후의 일격을 의식한 그 순간, 나무뿌리들을 날려버릴 정도의 엄청나게 큰 음성이 전해져 왔다.

"거기까지다!!"

그 순간, 내 뇌리를 스쳐 지나간 것은 마도병 군단의 네 번째 통솔자였다. 지금까지 완강히 움직이려 하지 않았던 네 번째 녀석이 드디어 무거운 발걸음을 옮긴 것이다.

나는 게오루드에게 추격타를 날리기 위해 한 발자국을 박차고 나가려던 참이었다. 거대한 그림자가 그런 나를 가로막았다.

그림자가 나를 가로막은 순간, 그 본인의 무게가 나를 짓누르는 듯한 착각을 느꼈다. 땅에 비치고 있는 그림자조차 목소리의 장본인이 발산하는 힘으로 가득 차 있었다.

아무래도 네 번째 녀석은 다른 세 사람과 비교해서 특출하게 강력한 힘의 소유자인 듯하군.

이 전쟁터에 선 모든 이들이 머리 위를 올려다봤다. 그리고 목격했다.

밤하늘의 여왕인 달을 등지고, 눈부시게 흰 빛을 두른 거인을—.

거인은 이미 도약 후에 강하하기 시작했다. 녀석이 나와 게오루드 사이에 착지했다.

압도적인 중량으로 정강이까지 땅바닥에 파고들었다. 녀석은 대지에 우뚝 버티고 서 있었다.

나의 서너 배 정도는 되어 보이는 거구는 게오루드나 겔렌과 다를 바 없었지만, 그 온몸에서 내뿜고 있는 처절한 투기는 물질로 변해도 이상하지 않을 정도의 압도적인 밀도를 자랑하고 있었다.

이 투기는 정말 놀랍군.

그 투기는 질뿐만 아니라 게오루드나 라플라시아와 결정적으로 다른 점이 있었다.

두 괴인이 내뿜는 살기나 투기가 상대로 하여금 처절하고 무참한 고통과 굴욕에 물든 죽음을 부여하리라는 느낌을 주는데 비해, 이 백기사의 투기는 몹시 괴로운 죽음을 연상시키지는 않았다.

진정한 전사라면 온 힘을 다한 투쟁 끝에 찾아오는 명예로운 죽음이라고 느낄 것이다. 녀석이 내뿜는 투기는 사악한 기운이 없을 뿐만 아니라 순수하게 가다듬은 투쟁의 기척이다.

백기사는 온몸을 예리한 선이 특징적인 흰 갑주로 지키고 있었으며 투구 양쪽에서 전방을 향해 완만하게 굽은 뿔이 나 있는 데다가, 이마에서 머리 꼭대기에 걸쳐 후방으로 아가미 같은 뿔이 뻗어 있었다.

통나무보다도 거대한 암석을 서로 연결한 듯한 팔은 네 개였고 각각의 팔이 서로 약간 답답한 듯이 팔짱을 끼고 있었다.

왼쪽 허리에 엄청난 크기의 장검을 늘어뜨리고 아래쪽 왼팔에 원탁으로 착각할 정도의 거대한 방패를 매달고 있었다.

그리고 등에 두 자루의 검을 교차하듯이 지고 있는 모습이 보였다. 세 자루의 검과 하나의 방패를 사용해서 싸우는 방식이 이 백기사의 전술인가?

"게오르그, 이건 나의 싸움이다!"

게오루드가 게오르그라고 불린 동포에 대해 항의의 목소리를 냈지만 어딘지 모르게 힘이 없었다. 도움을 받았기 때문일 수도 있으나 그보다도 게오르그의 지위가 더 높다는 것이 느껴졌다.

아직 전투를 시작하지도 않았는데 그 분위기 하나만 가지고 게오르그가 게오루드나 젤렌, 라플라시아보다 상위 존재라는 사실을 알 수 있었다. 아마도 나를 비롯한 이 자리의 모든 이들이 이해하고 있을 것이다.

"결투에 끼어든 무례는 사과하마. 미안하다!"

게오르그가 게오루드에게 사죄했다. 이렇게 터무니없이 솔직한 사과를 받으면 곤혹스러운 것은 마계의 존재들도 마찬가지인 것 같았다. 게오르드가 노골적으로 머쓱한 목소리를 냈다.

"음, 에이잇! 이 모양이니 너와는 말하기가 껄끄럽다!"

"그건 그렇고 꽤 하는구나, 인간들아. 그리고 거기 있는 검은 장미의 정령도."

게오르그가 황금색 눈동자로 나부터 시작해서 겔렌과 교전 중인 크리스티나 양, 그리고 디아드라까지 순서대로 둘러보며 진심으로 기쁜 목소리를 냈다.

아무래도 게오르그는 게오루드나 라플라시아처럼 생명을 빼앗는 일 그 자체를 즐기는 족속과는 성정이 다른 것 같았다.

물론 마계의 존재인 이상, 지상에 존재를 허용해선 안 되는 상대라는 사실은 변함없었다.

"우리가 「꽤 한다는 사실」이 기쁜 것 같구나, 마계의 장수여."

"홋, 상대할 가치도 없는 적수에게 무위를 휘두르는 것만큼 헛된 일은 없지 않은가. 우리에게 맞서 주눅이 들지 않았을 뿐 아니라 부상까지 입히다니, 진정으로 놀라운 실력이구나. 지상에서 너희들과 같은 강자들과 만나는 것은 실로 오랜만이다."

"그렇다면 실컷 맛보고 가라, 마계 촌뜨기."

"하하하하! 사신들이 꿈틀대고 악마들이 도사리는 마계를 시골 취급이라, 이거야 입도 잘 놀리는 인간이구나!!"

전생에서는 마계의 사신들 중에서 단 한 사람, 친구라고 부를 수 있는 상위 여신이 있었다. 하지만 기본적으로 마계의 존재들은 나에게 있어서 적이었다.

내가 다시금 장검에서부터 온몸에 이르기까지 투기와 마력을 순

환시키는 것을 보고, 게오르그는 계속 웃으면서도 세 개의 팔에
세 자루의 검을 움켜쥐었다.

집 한 채를 통째로 두 동강 내버릴 듯한 어처구니없을 정도로 거
대한 검을 과연 뭐라고 불러야 할까?

"게오르그, 네 녀석! 설마 내 상대를 가로챌 생각이냐!!"

"아니, 잠깐 승부를 겨룰 뿐이다."

"네 녀석은 항상 그렇게 말하면서 상대를 베어버리지 않느냐!"

나는 게오루드와 게오르그가 서로 멋대로 지껄이는 대화를 듣고
무심코 끼어들고 말았다.

"지금까지 네 녀석이 죽였던 사냥감과 똑같다고 생각하다니 섭
섭하군."

나는 땅바닥에 정강이까지 파고들 정도의 폭발적인 돌진으로 게
오르그의 정면에 강습을 감행했다.

게오르그가 다른 세 사람보다 빼어나게 강력한 것은 틀림없지만
그건 나에게 있어서 우려할 요소가 될 수 없었다.

그들에게 선언한 대로 나는 마계 촌뜨기들 따위가 이곳에서 잘
난 척하는 모습을 보고 뱃속에서 울화와 분노를 삭이고 있었다.

"호오. 빠르구나, 인간!"

게오르그가 감탄스런 목소리를 내면서 오른쪽 아래 팔에 든 검
으로 내리쳤다.

게오르그는 칼자루부터 칼끝에 이르기까지 완벽하게 균일한 투
기와 마력을 넘쳐흐를 정도로 부여하여, 그 파괴력과 예리함은 여
러 단계 강화된 상태였다.

지성을 잃어버린 하위종 용이라면 비늘이나 뼈째로 목이 잘려 나가도 이상하지 않을 정도의 일격이다. 전생에 용이었던 내가 보증한다.

"드란이다, 기억해 둬라!"

나는 그렇게 응수하며 들이닥치는 게오르그의 검을 장검으로 정면에서 되받았다.

나는 이미 장검에 마법검 【에너지 임팩트】를 부여하고 있었다. 내가 게오르그의 검을 게오루드의 창과 마찬가지로 튕겨 내자 엄청난 충격음과 함께 게오르그의 검이 튀어 올랐다.

내가 받은 반동은 게오루드와 격돌했을 때보다 강했고 나의 장검도 약간이나마 튕겨 나갔다.

흠, 우두머리 격이라고 생각했다만 틀림없는 것 같군.

"드란이라, 어떤 분이 떠오르는 이름이구나. 지상의 인간에 지나지 않는 너와는 아무 관계 없겠지만!"

어떤 분이라고? 설마 그럴 리는 없겠지.

게오르그가 튕겨 나간 오른쪽 아래 팔을 걸리적거리지 않도록 오른쪽 바깥으로 굽혔다. 그리고 완전히 동시에 양쪽 위 팔에 움켜쥔 검으로 내리쳤다.

최초의 일격과 비교할 수도 없을 정도의 중압과 속도였다. 거대한 산사태를 연상시키는 압력, 그리고 맹렬한 천둥 번개의 속도를 겸비한 참격이었다.

하지만 크리스티나 양과 세리나가 겔렌과의 결투에 집중하고 있는 지금이라면, 내가 스스로에게 부과한 굴레를 약간 해방시켜도 문제없는 상황이었다.

나의 목덜미를 향해 들이닥치는 두 자루의 검을 — 어느 한쪽의 공격이라도 정통으로 먹게 되면 즉시 온몸이 터져 버릴 것이다 — 장검을 한차례 휘둘러 한꺼번에 튕겨 냈다.

이번엔 【에너지 임팩트】로 튕겨 낸 것이 아니었다.

나의 혼에서 끌어낸 용종으로서의 마력을 부여한 칼날로 튕겨 냈다.

만일 신에 가까운 영역의 마법 시력을 보유한 이가 이 광경을 목격했다면 내 장검에서 하얀 용의 발톱의 환영이 보였을 것이다.

"오오, 이 공격은 혹시?"

게오르그는 자신의 참격이 무효화당했다는 사실보다도 내가 내뿜기 시작한 마력을 감지하고 진심으로 놀라고 있는 것 같았다. 하지만 놀라고 있을 틈이 있을까? 마계의 선봉장!

나는 겨드랑이를 조여서 검을 거둬들인 뒤 오른쪽 반신을 통째로 부닥뜨리는 듯한 동작으로 장검을 사용한 찌르기 공격을 가했다.

그오, 나의 목 안쪽에서 인간의 성대로 도저히 낼 수 없는 목소리가 새어 나왔다. 그것은 틀림없는 용종의 울음소리였다.

나의 찌르기 공격은 게오루드의 돌진을 아득히 뛰어넘는 위력을 발산하고 있었다. 하지만 게오르그는 왼쪽 아래 팔의 원형 방패로 그 공격을 받아 냈다.

장검의 칼끝이 방패의 중앙에 파고들었지만 게오르그는 왼쪽 아래 팔을 뒤틀어서 공격의 방향을 왼쪽 바깥으로 비껴버렸다.

크리스티나 양이 겔렌의 도끼를 비껴 나가게 했을 때와 동일한 기술이다. 하지만 내가 쉽게 받아넘길 수 있는 일격을 날렸을 리가 없다.

나는 게오르그의 방패에 바싹 달라붙은 상태의 장검을 양손으로 고쳐 잡고, 순간적으로 짧은 호흡을 내뱉으며 오른쪽에서 왼쪽으로 휘둘렀다.

게오르그는 오른쪽으로 튕겨 나갈 뻔한 거대한 육체를 간신히 버텨서 자세를 유지했다. 그리고 동시에 나를 향해 이보다 더할 수 없을 정도의 경악을 담은 시선을 보냈다.

겨우 몇 합 정도의 격돌에서 내가 보여준 힘은 마계에서 셀 수도 없는 전투를 통해 단련된 게오르그조차 경악할 정도였을 것이다.

그제야 게오르그의 방패에서 나의 장검이 떨어졌다. 그리고 직후, 게오르그의 나머지 세 팔이 최소한의 동작으로 나를 향해 검을 내리치기 시작했다.

칼바람을 한 차례 일으키기만 해도 나의 살가죽 정도는 가볍게 발라버릴 정도의 속도였다. 나의 장검이 그 공격을 세 개의 섬광으로 변해 전부 튕겨 냈다.

게오르그는 튕겨 나간 세 자루의 검을 곧바로 거둬들이고 방패를 사용한 타격까지 조합시킨 연속 공격을 나에게 가했다.

게오르그는 인체와 비교도 되지 않는 심폐 능력과 근력을 지니고 있었다. 그런 게오르그의 모든 공격이 나의 급소를 노리고 들어오면서 그가 특출한 무예를 지닌 실력자라는 사실을 증명했다.

그렇기 때문에 게오르그는 그 모든 공격을 완벽하게 받아 낸 나를 향해 보다 농밀한 감탄의 시선을 보내고 있었다.

검과 검이 서로 부딪히는 소리가 끊임없이 이어지면서 마치 한 곡의 음악처럼 주위에 울려 퍼지는 가운데, 나는 머리 위로 들이닥치는 게오르그의 세 자루 검을 한꺼번에 튕겨 내어 억지로 빈틈을 만들었다.

"익스플로전!"

나는 아주 약간 거리가 벌어진 게오르그의 정면에 용종의 마력을 압축시켜, 그것을 기폭제로 삼아 일으킨 폭발 현상으로 게오르그를 휩쓸어버렸다.

게오르그의 몸은 눈부신 빛과 검은 연기에 휩싸인 채 멀리 날아가 버렸다. 이윽고 그의 거구는 여기저기에서 검은 연기를 내뿜으면서 땅바닥으로 낙하했다.

하지만 나는 검은 연기가 걷힌 뒤 게오르그의 모습을 목격하고 혀를 찰 수밖에 없었다.

게오르그는【익스플로전】에 휘말리기 직전, 방패와 세 자루의 검으로 몸의 앞부분을 감싸서 직격을 피한 것이다.

"으으음, 설마 이 정도일 줄이야. 참으로 놀랍구나, 드란 아무개."

"움직이는 데 지장은 없는 모양이군. 그래도 약간은 통할 줄 알았는데 말이야."

"게오루드의 싸움에 끼어들어 놓고 이 정도도 버티지 못하면 나중에 무슨 소리를 들을지 짐작도 안 가거든."

"네가 한번 노려보기만 하면 그대로 입을 다물지 않을까? 저 녀석과 너를 비교하면 명확하게 격이 달라. 너는 타락한 신으로 보인다만, 게오루드나 젤렌 같은 녀석들은 신들의 권속이 타락했거나 악마의 족속이 아닌가?"

"호오, 지상의 존재가 한눈에 거기까지 간파할 수는 없지. 역시 네 녀석은 뭔가 비밀이 있구나."

"이 자리에서 굳이 입을 열 만한 사정도 아니다."

"동감이다. 역시 대화는 입으로 지껄이기보다 이 검이면 충분하지. 특히 내 검은 세 자루라서 말이야. 하나밖에 없는 혀를 움직일 때보다 훨씬 웅장한 웅변을 토해 내거든!"

게오르그는 그렇게 말하며 세 자루의 검을 자랑스럽게 들어 올리고, 나를 향해 더욱 강력한 투기를 발산하면서도 중심을 낮추고 몸을 앞으로 기울였다.

하늘에서 내리쬐는 달빛조차 게오르그의 온몸에서 분출되는 독기가 섞인 투기에 의해 왜곡될 정도였다.

투기 하나만 가지고 달빛을 왜곡시키다니 역시 최강의 적은 이 게오르그가 틀림없었다.

온다— 왔다!

엄청난 거구임에도 불구하고 바람조차 능가하는 속도의 돌진으로 게오르그는 눈 깜짝할 사이에 나를 공격할 수 있는 거리까지 파고들어왔다.

녀석이 들어 올린 세 자루의 검이, 단두대의 칼날 같은 무자비함과 필살의 위력으로 나를 향해 자비 없이 들이닥쳤다.

그 일격은 우드 엘프 마을의 장벽조차 간단히 파괴할 수 있을 것이다. 하지만 나는 용종의 마력을 더욱 집중시킨 장검으로 그 공격을 받아 냈다.

한 차례 받아 낼 때마다 생기는 충격이 주위의 대기를 태풍이 일어난 것처럼 뒤흔들었고, 땅바닥에 깊고도 커다란 여러 개의 금을 새겼다.

대기가 비명을 지르고 대지가 마구 찢겨 나가는 가운데 나와 게오르그의 공방전은 계속됐다.

"우오오오오오!"

"흠!"

게오르그는 검뿐만 아니라 방패를 이용한 타격이나 발차기까지 섞어서 끊임없는 연속 공격을 시도했다. 나는 그를 상대하며 칼날을 칼날로 막고 방패나 발차기를 상대할 때는 비어 있는 왼손을 사용한 타격으로 대응했다.

타락한 신인 게오르그의 공격에 대처하기 위해, 나는 장검뿐만 아니라 온몸에 용종의 마력을 부여할 필요가 있었다.

게오르그라. 설마 이 정도까지 용종의 힘을 개방하게 될 줄이야. 인간으로 전생한 후, 지금까지 만났던 적 중에서도 틀림없는 최강이라는 사실을 인정할 수밖에 없겠군.

내가 마음속에서 게오르그의 역량을 인정하고 있으려니, 게오르그 역시 나의 역량을 느끼고 괴이한 얼굴에 미소로 보이는 표정을 지어 보였다.

"후후후후, 일대 일 싸움에 끼어드는 무례를 저지른 보람이 있었구나! 네 녀석은 진정으로 훌륭한 강적이다, 인간이여!"

게오르그는 마치 저 멀리 우레라도 떨어진 듯한 엄청난 음량으로 웃으면서, 위에 달린 양팔을 후방으로 당기고 칼끝을 나에게로 향한 채 단 한순간 동작을 멈췄다.

그리고 하늘을 나는 새는 물론 땅을 달리는 짐승들까지 혼절할 정도의 기합이 담긴 포효와 함께, 화살을 메긴 시위를 한계까지 아슬아슬하게 당기는 듯한 준비 동작 후 새하얀 섬광으로밖에 보이지 않는 속도로 찌르기 공격을 날렸다.

"즈아아아!"

빠르면서도 묵직하고, 예리한 찌르기 공격이었다. 이 찌르기 공격을 보면 지상에 사는 나의 동포들조차 죽음을 예감할 수밖에 없을 것이다. 하지만 내가 보기엔 느리면서도 가벼울 뿐만 아니라 미적지근한 공격이었다.

셀 수 없을 정도의 사투로 단련된 용맹한 전사의 눈으로도 게오르그의 공격은 섬광으로밖에 보이지 않을 것이다. 그러나 나는 그 찌르기 공격보다도 빠르게 두 차례 장검을 번뜩여 들이닥치는 검들을 튕겨 냈다.

뿐만 아니라 그 공격을 튕겨 낸 순간, 요란히 흩어지는 투기와 마력의 불꽃이 미처 사라지기도 전에 번뜩이는 세 번째 참격이 게오르그의 오른쪽 허리에서 왼쪽 가슴 밑부분까지 얕게나마 베어 넘겼다.

나는 두 동강을 내버릴 생각이었지만 게오르그가 후방으로 도약하는 동작이 빨랐다. 흠, 나의 돌진이 조금 얕았던 탓도 있나 보군.

"그흐흐흐흐, 이 육체와 혼을 불태울 정도의 강대한 힘이라니. 후하하하하! 이런 행운이 있나! 설마, 설마 이 지상에서!"

게오르그는 내 검이 지나간 복부에서 새까만 피를 흘리면서도 이

보다 더할 수 없는 환희의 감정을 온몸으로 표현하며 웃기만 했다.

흠, 이 녀석이 괜한 소리를 지껄이기 전에 목을 베는 편이 좋겠군.

이번엔 빗나가지 않는다. 내가 그렇게 결심하고 발을 디디기 시작한 순간, 마치 기선을 제압하려는 듯 땅바닥에서 푸른 안개가 갑작스럽게 피어올라 나를 에워쌌다.

"아하하하, 게오르그만 쳐다보고 있다간 큰코다칠걸?"

디아드라와 교전하고 있던 라플라시아가 생명을 흡수하는 안개를 발생시켰다.

디아드라와 숨 쉴 틈도 없는 전투를 벌이면서도 게오르그와 내 싸움에 개입할 수 있는 순간을 놓치지 않고 지하를 통해 생명을 먹어치우는 안개를 전개하다니, 우습게 볼 녀석이 아니군.

게오르그는 자신도 게오루드의 싸움에 끼어들었기 때문인지 라플라시아의 개입에 분노의 표정을 보이지 않았다.

그리고 나와 게오르그의 싸움에 대한 개입은 라플라시아로 끝나지 않았다.

게오루드는 내 공격을 당한 후로 상황을 지켜보고 있다가 내 움직임이 멈춘 순간을 기회로 보고 증오와 분노를 분출하기 시작했다.

"라플라시아뿐만이 아니다, 인간!"

게오루드는 폭포 같이 피를 콸콸 쏟으면서도 하반신에 달린 짐승의 입을 있는 힘껏 벌렸다. 어둠이 농축된 듯한 새까만 목구멍 속에서 붉은 기운이 깜빡거리는가 싶던 순간, 그 입에서 거대한 불덩어리가 발사되었다.

마계의 악귀가 뿜어낸 커다란 불덩어리가, 물질뿐만 아니라 정

신이나 혼까지 불태우는 영적인 살상 능력까지 갖춘 채로 들이닥
쳤다.

"드란!"

"드란 씨!"

크리스티나 양과 세리나가 나의 궁지를 목격하고 곧바로 나를 구
하기 위해 움직이려고 했다. 하지만 겔렌이 그녀들을 가로막았다.

겔렌은 손에 움켜쥔 도끼를 한차례 휘두르면서 세리나와 크리스
티나 양의 주의를 되돌렸다.

"잠깐, 나를 상대하면서 등을 돌릴 수 있다고 생각하나? 그럴 리
가 없지. 나도 저 인간에게 흥미가 있지만, 눈앞의 진수성찬을 먹
어 치우는 쪽이 먼저거든."

겔렌은 그 이상의 행동은 벌이지 않았지만, 두 사람은 눈앞의 기
사에게서 한눈을 팔았다간 죽음을 모면할 수 없다는 사실을 본능
적으로 이해했다.

"방해하지 마세요!"

"큭, 드란……!"

세리나나 크리스티나 양, 그리고 겔렌이나 게오루드, 라플라시
아는 내가 위기에 처했다고 생각한 것 같았다. 죽음의 예감을 부
정할 수 없을 정도의 궁지에 몰렸다고—.

나는 그들이 착각을 하고 있다는 사실을 증명하기 위해 행동했다.

발밑에서 몰려와서 온몸을 에워싸고 있는 푸른 안개, 나의 뼈까
지도 화장시키기 위해 활활 타오르면서 들이닥치는 거대한 불덩어
리—.

양쪽 다 마계의 악귀들이 사용하기에 어울리는 흉악함과 위력을 겸비한 공격이었지만, 내 기억 속의 사악한 상위 신들이 휘두른 권능과 비교하자면 도저히 위협이라고 할 수 없었다.

"내 생명을 내주기에는 너무나 어중간하구나, 악귀들아."

나는 지금까지 육체를 강화하기 위해서만 사용하고 있던 고신룡의 마력을 몸 바깥으로 방출하며 과거에 스스로의 육체로서 지니고 있던 날개 한 개를 실체화했다.

내가 그 누구의 눈으로도 포착할 수 없을 정도의, 한순간조차 되지 않는 시간 동안 출현시킨 날개로 한차례 퍼덕이자 고신룡의 마력이 담긴 열풍이 주위를 휩쓸었다.

나의 날개가 불러일으킨 열풍이 지상으로부터 머나먼 천공으로 날아오르는 용처럼 용솟음치면서, 나의 생명을 먹어 치우려 했던 라플라시아의 안개뿐만 아니라 손이 닿을 정도의 거리까지 닥쳤던 게오루드의 불덩어리까지, 처음부터 없었던 것처럼 흔적도 안 남기고 날려버렸다.

라플라시아와 게오루드는 나의 빈틈을 찌를 수 있었다고 확신하고 있었다. 하지만 그들은 자신들의 공격이 너무나도 간단하게 무효화당했다는 사실에 경악을 금치 못했다.

"말도 안 돼! 내 안개를 이렇게 간단히 날려버리다니!"

"바람으로 없앴다고? 평범한 바람으로 이런 짓거리가 가능할 리가!"

라플라시아와 게오루드는 내가 형성한 고신룡의 날개를 눈치채지 못했을 뿐만 아니라 그 이상 입을 열 수가 없었다.

그럴 수밖에 없는 것이, 내가 고신룡의 날개로 퍼덕이는 동시에 두 사람을 향해 【에너지 볼트】를 발사했기 때문이다. 그리고 두 사람은 방금 전의 광경을 목격하여 정신이 팔려 있었기 때문에 내 마법을 피하지 못하고 가슴에 맞고 말았다. 자그마한 체구의 라플라시아는 멀리 날아가 버렸고, 거구와 육중한 무게를 자랑하는 게오루드도 충격 때문에 몸이 뒤집혔다.

이 틈을 타서 라플라시아와 게오루드의 숨통을 확실하게 끊어놓고 싶은 참이었지만 바로 이 순간까지 침묵을 지키고 있던 게오르그가 무언의 압력으로 나를 방해했다.

그들의 우두머리인 게오르그는, 역시 라플라시아와 게오루드의 공격으로 내가 당할 리가 없다는 사실을 확신하고 있었던 모양이다.

그러지 않고서야 이 순간까지 입도 뻥긋하지 않고 힘을 모으고 있을 리가 없다.

게오르그의 거구에서 분출되는 강렬한 투기가 보다 농밀하고 높은 순도를 보이면서, 마치 태양 그 자체가 눈앞에 출현한 듯한 압력을 내뿜고 있었다.

게오르그는 위쪽의 두 팔로 움켜쥔 두 자루의 검을 하늘로 치켜들며 남아 있는 오른쪽 아래 팔의 검으로 땅을 향했다.

"하늘이여! 나의 힘에 굴복하라! 땅이여! 무릎을 꿇어라!"

게오르그가 움켜쥔 세 자루의 검을 중심으로 천지에 가득 찬 마력이 급속도로 모여들면서 순식간에 막대한 힘을 띠기 시작했다.

자연계에 존재하는 마력뿐만 아니라 게오르그 스스로가 지니고 있는 마력, 그리고 투기를 서로 융합시킴으로써 상승효과를 일으켜 그 위력이 계속해서 강해졌다.

게오르그의 너무나도 강대한 힘을 목격하고 싸우고 있던 세리나나 크리스티나 양, 그리고 디아드라뿐만 아니라 엘프 전사들까지 넋을 잃고 쳐다보고 있었다.

그녀들의 입장에서 보자면 그것은 태풍이나 지진, 또는 천공의 저편에서 날아드는 운석과도 같은 자연재해를 연상시킬뿐더러 저항하는 것이야말로 덧없을 정도의 절대적인 힘이었다.

"지상에서는 이 정도의 힘을 끌어내는 게 한계다만, 이 일격을 이겨 낸다면 그때야말로 네 녀석을 진정한 강적으로 인정하마! 인간 같지 않은 인간이여. 이것이 나의 오의 가운데 하나, 삼마광인(三魔光刃)!!"

게오르그가 들어 올린 세 자루의 검이 새하얀 빛으로 눈부시게 점멸했다. 축적되어 있던 힘들이 그 해방을 차마 기다리지 못하고 굶주린 늑대들의 신음 소리 같은 굉음을 냈다.

게오르그가 끌어모은 힘이 해방되면 내 등 뒤에 위치한 우드 엘프들의 마을은 물론이고, 베른 마을을 비롯한 이 부근 일대가 지도에서 소멸될 것이다. 아마도 거대한 운석이 낙하한 듯한 커다란 구덩이만이 남으리라.

이윽고 게오르그가 세 자루의 검 모두를 머리 위로 크게 치켜들자, 검에 축적되어 있는 순수한 파괴의 힘이 한곳으로 모여 들었다.

그리고 모여든 힘은 거대한 빛의 칼날을 만들어 내어 하늘을 꿰뚫기라도 할 기세로 우뚝 솟아오르며 그 빛으로 밤의 어둠을 걷어 냈다.

다음 순간, 게오르그는 기대와 흥분을 차마 감추지 못한 얼굴로 나를 향해 단번에 빛의 칼날을 내리쳤다!

"드란 씨!"

나는 빛의 칼날이 내려오기보다 조금 뒤늦게 들려온 세리나의 비명에 반응하여 그녀에게 고개를 돌리며 가볍게 미소 지어 보였다.

우리는 아주 잠시 동안 서로를 마주 보았다. 세리나는 내 표정을 보고 죽음을 각오하여 지은 미소라고 생각했는지, 보고 있는 내 마음이 아파 올 정도의 창백한 얼굴빛으로 비장한 표정을 지었다.

흠, 아무래도 뜻하지 않은 오해를 낳은 모양이군. 하지만 지금은 말로 천천히 그 오해를 풀 시간이 없다.

그렇다면 가장 알기 쉬운 행동으로 내가 지은 미소의 진짜 의미를 가르쳐줄 수밖에 없겠어.

게오르그가 빛의 칼날을 향해 다시 고개를 돌린 나를 보고 외쳤다.

부디 이 정도로 죽지 마라, 부디 이 일격을 이겨 내고 좀 더 즐겁게 해다오. 그런 속마음을 넌지시 암시하면서—.

"받아 낼 테냐, 피할 테냐! 아니면 죽을 테냐!"

투쟁의 광기에 물들어 타락한 신이여. 네가 원하는 대답을 지금, 선사해주마.

나는 거대한 빛의 기둥처럼 우뚝 선 투기와 마력의 칼날을 상대하면서, 그저 애용하는 장검에 나의 혼에서 끌어온 고신룡의 마력을 부여하기만 했다. 술책이나 잔재주도 없이 정면에서 반격할 뿐이다.

세리나 일행의 눈에 내 손에 들린 장검은 믿음직스럽지 못하게 보일지도 모른다. 하지만 이 칼날에 깃든 힘은 게오르그의 필살기와 비교해도 부족할 리 없었다.

"하압!"

나는 장검을 대지로부터 하늘을 향해 휘두르며 하얀 초승달 모양의 궤적을 그렸다.

나의 장검과 게오르그가 내뿜은 빛의 칼날이 격돌하며 옆에서 보기엔 도저히 성립될 리가 없는 격돌 상태가 이어진 것은 단 한 순간에 지나지 않았다.

"오오옷?!"

게오르그가 목구멍에서 경악에 찬 괴성을 내질렀다. 그가 소리를 지른 것과, 자신의 필살기인 빛의 칼날이 나의 장검에 의해 두 동강으로 잘려 나가는 순간을 목격한 것은 거의 동시였다.

이 근방 일대를 완벽하게 파괴하려고 했던 방대한 힘은, 내가 장검에 부여한 고신룡의 마력에 의해 별들의 바다가 펼쳐진 저 하늘 너머로 날아가 버렸다.

잠시 동안 이 부근 일대의 어둠을 걷어 낼 정도의 빛의 기둥으로 변한 것이다.

이윽고 빛의 기둥이 서서히 사라지면서 흡사 가랑눈처럼 보이는 새하얀 빛의 입자가 지상으로 내리는 와중에 나는 게오르그를 노려보고 있었다.

"후후후후, 아하하하하하! 훌륭하구나. 정말 훌륭해! 아무리 지상에서 사용했다고는 하지만, 나의 오의를 정면에서 힘으로 제압하다니! 하찮은 계약에 따라 지상 세계에 강림한 보람이 있었구나! 오늘까지 살아온 보람이 있었어! 그하하하하하!"

"유쾌한 시간을 방해해서 미안하다만, 나는 너의 기쁨을 위해 싸우고 있는 것이 아니다. 타락한 신이여."

찰칵, 내가 장검을 다잡고 손안에서 작은 소리를 낸 순간이었다. 게오르그가 천천히 검을 칼집으로 거둬들이더니 손바닥을 내밀고 나를 제지했다.

"기다려라. 네 녀석과의 싸움은 나를 흥분하게 한다만, 오늘 바로 결판을 낼 생각은 없다. 일단 오늘은 이쯤 해 두는 게 어떤가?"

나는 녀석이 뭔가 술수를 쓰려는 건지도 모른다고 의심했지만 특정한 힘이 움직이는 기척은 없었다. 단순히 나를 말리기 위한 동작인 것으로 보였다.

"이거야 생각지도 못한 제안을 하는군. 어느 한쪽이 죽을 때까지 계속 싸우는 선택지밖에 없다고 생각했는데……."

"서두르지 마라. 나 역시 그러길 바라지만 지금은 그럴 수가 없다. 모든 일에는 순서라는 게 있는 법 아니겠나."

내가 장검의 칼끝을 늘어뜨리고 전의를 거둬들이자 게오르그도 좌우의 위쪽 팔에 움켜쥐고 있던 검들을 칼집에 다시 꽂았다. 그리고 한껏 가슴을 펴더니 고막이 터질 것 같은 엄청난 음량으로 이렇게 선언했다.

"들어라, 숲의 백성들아! 이대로 생명이 다할 때까지 우리에게 저항할 텐가, 우리의 진용에 항복하여 명맥을 유지할 텐가! 둘 중 하나의 길을 선택하거라! 우리는 오늘로부터 사흘 후, 또다시 군세를 이끌고 이 땅을 찾을 것이다. 그때까지 뜻대로 의논하여, 종족의 미래를 정해라. 이 인간들의 힘을 빌려서 저항하는 길을 선택해도 좋고, 얌전히 우리를 따라 힘을 바치는 길을 선택해도 좋다!"

게오르그의 선고는 마치 벼락이나 다름없을 정도로 거대했으니 방벽 안에 있는 우드 엘프들도 들었을 것이다.

"흠, 저항하는 길을 선택하길 바라는 표정이구나. 너희들이 착실하게 사흘이나 기다릴지는 모르겠다만, 우리라고 해서 사흘이라는 시간 동안 기다리고 있으리라는 보장은 없다."

게오르그는 내 말을 듣고 아마도 투구로 감추어져 있는 입가를 미소의 형태로 바꿨을 것이 틀림없다.

"후후후, 그만한 기골이 있는 상대라면 필시 대적할 맛이 나지 않겠나! 살아간다는 것은 항상 싸우는 것이나 다름없다. 그렇다면 스스로의 생명으로 어떻게 처신할지 정하는 것은 동시에 싸울 방법을 정하는 것이라고 할 수 있다. 싸울 방법을 선택한다는 것은, 생명에게 주어진 얼마 안 되는 자유 중 하나지. 마음대로 하거라! 게오루드, 겔렌, 라플라시아! 오늘 밤은 여기까지다. 퇴각한다!"

게오르그는 말이 끝나자마자 나에게 등을 돌리고 북쪽 방향을 향해 되돌아가기 시작했다.

내가 등 뒤에서 공격할 일은 없다고 믿고 있는 건지, 아니면 등 뒤에서 공격을 받아도 아무런 문제도 없다고 생각하고 있는 건가?

이 마계의 장수가 보였던 호탕한 성격을 생각해 보면, 아마도 양쪽 다 정답일 것이다. 지금 그를 등 뒤에서 덮치는 이가 있다면, 하얀 섬광으로 변한 게오르그의 세 팔이 검을 뽑음과 동시에 잘려 나갈 것이다.

"음, 이만하면 되겠군."

크리스티나 양과 세리나를 동시에 상대하고 있었던 겔렌은 게오르그의 퇴각 명령에 순순히 따랐다. 그는 어깨에 도끼를 짊어지고서 지체하지 않고 게오르그를 따라 그 자리를 뒤로했다. 이쪽이 넋을 잃을 정도로 전환이 빠른 녀석이군.

"검은 장미의 정령아, 인간들아! 오늘 밤 받은 굴욕은 결코 잊지 않을 것이다! 너희들의 살점으로 배를 채우고, 그 피로 목을 적신 후에 그 비명으로 나의 치욕을 깨끗이 씻어 낼 것이다!!"

목과 하반신의 상처에서 아직도 검은 피를 내뿜으면서도, 게오루드의 온몸에서 분출되는 증오와 흉악한 기운은 전혀 수그러들 기색이 없었다. 디아드라와 크리스티나 양, 그리고 나를 바라보는 눈동자에 불꽃 같은 격정이 소용돌이치고 있었다. 나와 게오르그의 전투에 끼어들었는데도 불구하고 나에게 일축당한 일로 가슴속에 들끓는 분노가 숙성되어 더욱 흉악하게 변한 것 같군.

그리고 게오루드와 마찬가지로 나에게 함부로 수작을 부렸다가 혼쭐이 난 라플라시아도, 게오루드의 왼쪽 어깨에 올라타서는 흙으로 더럽혀진 얼굴로 디아드라와 나를 응시했다.

그 눈동자에는 게오루드에 버금갈 정도의 증오가 깃들어 있었다. 그야말로 100년이나 1000년에 걸쳐 우리에게 지옥의 고통을 맛보게 하지 않고서야 희미해질 리가 없는 증오였다.

라플라시아는 잔혹한 미소를 입가에 분명하게 띤 채로 즐거운 듯이 입을 열었다.

"너희들은 반드시 내가 죽일 거야. 게오 따위한테 죽지 말라고?

너희들 스스로 제발 죽여 달라고 아우성칠 때까지 몰아세워줄 테니까."

마도병들도 유유히 물러나는 게오르그 일당의 뒤를 쫓아 퇴각하기 시작했다.

녀석들의 목적지는 북쪽이다. 아마도 그곳에 마계와 엔테의 숲을 잇는 문이 있을 것이다. 우리의 목적지도 당연히 그곳이다.

마도병을 상대로 방어전을 펼치고 있던 우드 엘프들이 물러나는 게오르그 일당을 쫓으려고 하는 움직임을 보였지만 기오가 그들을 말렸다.

아무런 계책도 없이 추적을 시도해 봤자 쓸데없이 희생자를 늘릴 뿐이다. 기오도 그 사실을 정확하게 이해하고 있는 것 같았다.

"흠, 일단은 이쯤 해서 재정비가 필요한가? 세리나, 크리스티나 양. 그리고 디아드라라고 했지? 다친 데는 없나?"

내가 고개를 돌리면서 묻자 세리나와 크리스티나 양은 고개를 끄덕이며 반응했다. 하지만 디아드라만은 의아하다는 눈빛으로 나를 바라보고 있었다.

"너희들을 돕기 위해 왔다. 나는 드란이라고 한다."

"……내 이름은 이미 알고 있는 것 같지만, 일단 자기소개는 해두지. 디아드라다."

디아드라는 인간들이 참전했다는 사태에 아직 납득하지 못하고 있는 것 같았다. 그다지 석연치 않다는 모습이었다.

그녀에게 현재 상황을 설명하려면 피오나 마르의 힘을 빌리는 편이 빠르겠군.

나는 질서 정연하게 대열을 이룬 채 물러나고 있는 마도병 군단의 모습이 사라질 때까지 지켜보고 있었다. 흠, 나는 입버릇을 한 차례 내쉬었다.

"그건 그렇고, 생각보다 만만치 않은 적인 것 같다만, 어떻게 싸울 생각이지? 숲의 백성들이여."

게오르그의 선언을 믿는다면 사흘의 여유가 있다고 할 수 있다.

공격할 것인가, 지킬 것인가? 아니면 저들의 군단에 무릎을 꿇을 것인가?

마지막 하나의 선택을 제외하면 내 힘이 닿는 데까지 도울 생각이다만, 어쩔 건가?

하지만 마계의 첨병들이 출현했다면 사태는 엔테의 숲에만 한정된 이야기가 아니다.

숲의 주민들이 어떤 선택을 하건 간에, 설령 나 혼자 싸움에 임할 수밖에 없다고 해도—.

그렇다. 나는 고신룡으로서의 힘을 해방해서라도 게오르그 일당을 토벌할 수밖에 없다고 결심하고 있었다.

나는 이제부터 시작될 한층 격렬한 전투의 예감을 느끼며 조용히 나의 혼을 고조시키고 있었다.

잘 가거라 용생, 어서 와라 인생 1

1판 1쇄 발행 2017년 7월 10일
1판 4쇄 발행 2019년 3월 8일

지은이_ Hiroaki Nagashima
일러스트_ Kisuke Ichimaru
옮긴이_ 정금택

발행인_ 신현호
편집국장_ 김은주
편집진행_ 최은진 · 김기준 · 김승신 · 원현선 · 권세라
편집디자인_ 양우연
국제업무_ 정아라
관리 · 영업_ 김민원 · 조인희

펴낸곳_ (주)디앤씨미디어
등록_ 2002년 4월 25일 제20-260호
주소_ 서울시 구로구 디지털로 26길 111 JnK디지털타워 503호
전화_ 02-333-2513(대표)
팩시밀리_ 02-333-2514
이메일_ lnovelpiya@naver.com
ㄴ노벨 공식 카페_ http://cafe.naver.com/lnovel11

SAYOUNARA RYUUSEI, KONNICHIWA JINSEI 1
Copyright © Hiroaki Nagashima 2015
Cover & Inside illustration Kisuke Ichimaru 2015
Cover & Inside design ansyyqdesign 2015
Korean translation rights arranged with AlphaPolis Co., Ltd.
through Japan UNI Agency, Inc., Tokyo and Korea Copyright Center,Inc.,Seoul

ISBN 979-11-278-4193-5 04830
ISBN 979-11-278-4192-8 (세트)

값 8,800원

©Rui Tsukiyo 2015/Futabasha Publishers Ltd.
Illustration GUNP

엘프 전생으로 시작한 치트 건국기 1권

츠키요 루이 지음 | GUNP 일러스트 | 김성래 옮김

한 천재 마술사가 기억을 남긴 채 윤회전생을 하는 마술을 완성시켰다.
윤회전생을 거듭하던 그는 서른한 번째 세계에서
엘프 마을에 사는 소년, 시릴로 태어난다.
하지만 마을은 인간들의 지배를 받았고, 엘프들은 늘 학대당했다.
소꿉친구 소녀 루시에를 구하기 위해,
다양한 종족이 공존하는 이상적인 국가를 만들기 위해,
지금 천재 마술사가 나선다!!

**몬스터 문고 대상 『최우수상』 수상작.
「소설가가 되자」 대인기 시리즈 드디어 출간!!**

이트노벨의 새로운 빛! ㄴ노벨의 신간은 매월 10일에 발매됩니다. http://cafe.naver.com/lnovel11

© Yomu Mishima 2015
Illustration Tomozo

세븐스 1권

미시마 요무 지음 | 토모조 일러스트 | 이경인 옮김

여신을 숭배하고, 검과 마법이 존재하는 세계에서
영주 귀족의 장남으로 태어난 라이엘은 15세에 집에서 쫓겨난다.
이유는— 여동생 세레스에게 패했기 때문에.
과거에는 천재, 기린아라 칭송을 받던 라이엘은
세레스의 영향으로 서서히 냉대를 받으며 연금 생활을 보냈다.
상처 받은 라이엘은 저택 뜰에 살던 노인에게
구조를 받아 보옥이 달린 목걸이를 받는다.
노인이 선대— 라이엘의 조부에게서 맡아놓은,
【아츠】가 기록된 푸른 옥은 월트가의 가보라고 할 수 있는 것이었다.
역대 당주 7인의 아츠가 기록된 보옥을 받은 라이엘은
그것을 갖고 저택을 나서는데—.

라이트노벨의 새로운 빛! L노벨의 신간은 매월 10일에 발매됩니다. http://cafe.naver.com/lnovel11